劲草丛语：

陈平散文选

陈平 著

让坎坷经历如溪水般流去，
把快乐的故事写出来让众人分享，
这方能显我生命真正价值。

团结出版社

UNITY PRESS

图书在版编目(CIP)数据

劲草丛语：陈平散文选 / 陈平著. —北京：团结
出版社，2014.1(2017.10重印)
　　ISBN 978-7-5126-2325-5

　　Ⅰ.①劲… Ⅱ.①陈… Ⅲ.①散文集－中国－当代
Ⅳ.①I267
　　中国版本图书馆 CIP 数据核字(2013)第 302513 号

出　　版：团结出版社
　　　　　（北京市东城区东皇城根南街 84 号　　邮编：100006）
电　　话：(010)65228880　65244790(出版社)
　　　　　(010)65238766　85113874　65133603(发行部)
　　　　　(010)65133603(邮购)
网　　址：http://www.tjpress.com
E－mail：65244790@163.com（出版社）
　　　　　fx65133603@163.com（发行部邮购）
经　　销：全国新华书店
排　　版：北京文贤阁图书有限公司
印　　刷：北京中振源印务有限公司

开　　本：710 毫米×1000 毫米　16 开
印　　张：15
印　　数：5000
字　　数：180 千
版　　次：2014 年 1 月　第 1 版
印　　次：2017 年 10 月　第 2 次印刷

书　　号：978-7-5126-2325-5/I.874
定　　价：39.80 元

目　录

第一辑　本土逸风

第二辑　学海无涯

第三辑　天人合一

第四辑　朝花夕拾

第五辑　江山美好

劲草丛语：陈亚散文选

第一辑　本土逸风

紫藤物语

　　"别小看这条青果巷啊，每个门牌后面都有位驰名史册的贤士呢！"钱文忠，这位常州人的女婿，国学大师季羡林的关门弟子此话没错。史载自明清以来，从常州青果巷走出去的大家已逾百人，仅筠星堂、礼和堂等唐氏八宅凝蕴的厚重文脉便能恩泽无数后人，况且还有座著名的三锡堂。

　　可就从今春起，这青果巷却空荡起来，为何？原来因名巷改造，大部分人先后搬走。但是天井巷十号内的路老夫妻俩，至今仍蜗居在一间矮阁老屋里。"为何不走？"我大惑不解，于是询问，"难道他人的安置问题都圆满解决了，唯你们……"心中感到不平。

　　"没有没有，实话对你说吧，我真舍不得离开这小庭院呢，看那株百年老藤正在紫气东来，牡丹花儿开得多么芬芳尊贵，数百年的院子见证了咱家几代人的艰辛啊！"

　　路老是我弱冠之期的恩师，虽然已有 85 岁高龄，可他面容矍铄、思路敏捷，此时边说边从沙发上一跃而起，然后用略显蹒跚的步履引领我来到屋旁的一座小庭院里，看他神情凝重，我一时无语。

　　展望这十多平方米的小庭院，此时阳光灿烂、春意盎然，绕院的那方简陋的花台上,各类花卉正在争芳斗艳:茶花正以含蓄的中国红与旁边的多株粉红怒放的牡丹竞映,无数花蕾苗挺枝梢待放,绿叶衬托其名贵花卉的气势。欣欣向荣的生命之春,把这简陋的庭院点缀得蓬荜生辉。抬眼见一株老紫藤悬浮院中,枝叶中倒挂着串串朝气蓬勃的小紫花,幽香淹没了茶花、牡丹花的芬芳,扑鼻的香味在空中独自弥漫!

"此处寄托我一生情怀,几十年来,无论在外面遇到何种委屈,回来只要往此一站,我的灵魂就全释然了!"老人笑着对我说道。

"我俩每天都要来此静待十几分钟,尤其这紫藤开花时,朵朵紫艳艳的小花真乃妙不可言,让我俩仿佛又回到了那年轻时代!"路老的老伴,85岁的汪老师笑着补充。受他俩情绪感染,我的心情顿时畅快。

漫谈小院来龙去脉,方知汪老师乃青果巷三锡堂主汪氏之后。

"这棵紫藤乃我曾祖父汪赞纶年轻时亲栽,至今快150年了!"汪老深情地说。

汪赞纶,清光绪二十一年(1895年)进士。曾任直隶州知州、安徽泾县知县等。清咸丰十年(1860年)常州城被太平军占领,直到清同治三年(1864年),淮军将领刘铭传率清军攻陷常州,此时青果巷老宅大部分倾毁,仅留十八间破屋。

刘铭传进驻护王府。有天晚上,他听到屋外传来与众不同的金属碰击声,就亲自提灯寻去,发现是自己的战马在吃料时其笼头上的铜环与马槽相碰的声,"马槽乃石器,怎会发出如此清脆悦耳的声响?"不解中,他判断其中必有蹊跷。

第二天上午,他命人将马槽洗刷干净,发现原来是个青铜盘。因为盘底部铸有长篇铭文,刘铭传顿时惊讶不已:"此物非同寻常呢!"可营中全体将士,无人能识此物!

此时有位幕僚献计道:"常州乃文人荟萃之地,大帅何不张榜召集当地文人辨认?"刘铭传听罢拍额:"此言甚妙!"即刻允许发布告示。

"那天曾祖父也应召前往,实际在之前已有多人对其考察过,但众说纷纭并无定论,曾祖父来后绕其几周细看,随后就对刘铭传说:回禀大帅,在下认为此乃失传多年的西周珍贵文物,名'虢季子白盘'!此言既出语惊四座,也有人问:'何以可见?'曾祖父不慌不忙地将自己的理由一一阐明,接着将虢季子白盘底部的长篇铭文当场颂诵解释,众人听了先是面面相觑,后认定此论无懈……"后经考古专家证实汪赞纶的结论无误,此物确是虢季子白盘,铸于周宣王十二年(公元前816年),至今已有近三千年历史。它与散氏盘、毛公鼎并称为西周三大青铜重器,是件珍稀国宝!1949年,刘铭传后人刘肃曾将虢季子白盘献给国家。此珍贵文物先藏于故宫博物院,后藏于中国历史博物馆。

"刘铭传认定曾祖父学识渊博,1884年抗法保台战争胜利后,他被清政府任命为首任台湾巡抚,马上亲自致书汪赞纶招其为幕僚专办海运事务……"

1895年春,汪赞纶赴京参加春闱时已年过半百,还参与了反对签订丧权辱国的《马关条约》的爱国活动(史称"公车上书"事件),"咱曾祖父可谓常州公车上书唯一人矣!"对此汪老师不无骄傲。1898年,汪赞纶以进士出身派工部任主事,1899年前往泾县为官,期间受清政府大奖四次。

"请奖三品以道员用,奖花翎同知府衔兼领太平县事,以三代公官赝正二品封典!"可见业绩昭卓。其实在1898年汪赞纶就上书朝廷:"要求兴修西北水利,储备粮食,免东南水灾和粮荒之虞,自行设局铸造金币并明令通行以保财权,兴办教育,以币制改革所得收入,补贴教育经费!"

不仅如此,他身体力行首创典行洋码,随后经营典业。1907年代招江苏省铁路股份于本埠,先后集股数千促进次年沪宁线建成!1914年他被公推为江苏省典业公会会长。

"曾祖父不仅是位成功的商人,还是位才华横溢的诗人。1919年12月与金武祥、钱振等文人,为保存国粹启迪后进,共同创设被时人称为'北社'

的'苔岑吟社'，与陈去病、高旭、柳亚子发起的'南社'一样，也是个全国性的诗词组织，成员涉及十多个省市，是当时重要的文学团体，因'苔岑吟社'持续时间较长规模较大，在近代文学史上有一定地位！"

听汪老师如数家珍，"是件很了不起的大事！"我不禁感慨，常州的青果巷啊，真乃名人荟萃，无愧百年名坊！

现细看这株老紫藤，蔓枝牵拉罩盖交错的褐干，根部泥土很少却翠叶茂盛，强大的生命力让我脑海浮现出这段文字："闻到淡淡的幽香，听到嗡嗡的蜂声，顿觉这个世界还是值得留恋的，人生还不全是荆棘丛……"这是季羡林在其散文《幽径悲剧》中的感慨。

凝视这株百年紫藤，我心中揣度他俩迟迟不愿离去的真实想法。这对书画伉俪在青果巷小有名气，可大家都择木而栖，而他俩不愿离开这方寸之地，内心必有难言的苦衷。顺此思路冥想，有个念头突然撞进我脑海，心间由此一颤："难道他俩担心的与周先生如出一辙？"越思越觉得应该就是。

前几天在巷口，我与大学同窗周先生不期而遇，因常有往来，知他家老屋是此次改造重点，想必政策已到位了，否则这位精干老兄是绝不会轻易搬出礼和堂内那几间老屋的。

"简直胡来嘛，这才刚搬出去几天，老院就出事了！"不料他一改平常温文尔雅神情，老远就气急败坏地对我诉说。"肯定有遗留问题没解决。"见他嘴歪脖子粗的模样我想，"大规模改造工程，问题肯定不少，再说老百姓嘛，此时不关心自己还待何时呢？"我就走过去开导他："我说老周啊，既然问题没解决，你……"可细听他道出事因，我顿时愕然。"好好的一棵黄杨树，没几天突然倒掉了，院中那口大缸也莫名其妙地没了，唉，遇到，遇到这班……"他不无痛心地疾呼。

啊，原是如此！常去他家闲坐的我，对其院中那棵老黄杨树也很熟悉，老树不很粗壮可枝繁叶茂，也能将院子遮蔽成荫。退休多年的老周呢，总是边品着香茗，边对我讲起周家史事。

"哎，树龄比我还大呢，是我爷爷亲手栽的！"说完总指着树荫下那口倒置的水缸念叨，"啊，别小看这口不起眼的水缸啊，当年曾救过我们周家呢！"

清咸丰十年(1860年)四月一日，太平军先锋已抵达常州城外四十里的湟里，常州府与阳湖县各衙署俱已一空，城中仅靠居民自卫。赵翼重孙赵起(就是赵元任曾祖父)与周赞襄(就是周有光的曾祖父)一起创办阳湖团练(办团练要自筹粮饷，没经济实力支撑不行，赵起家境相对殷实，所以担任团练一把手，周赞襄助之，目的是保卫各自产业和眷属安全)。此时的太平军势如破竹，仅靠民间武装守城肯定不行。赵起就与周赞襄商讨："城中根本无兵无援，咱区区团练与百姓怎能守住城，现在守城者已五昼夜不获安眠了，如何还能坚持？城陷即在旦夕之间，咱们该早议为计了。"

周赞襄含泪对赵起说："一切听您吩咐！"

"为不受惨杀之苦，唯有投水自尽。咱们是为朝廷守城，城陷后能有完尸吗？"听赵起如此说，周赞襄激动地回应："您既如此，我定相随。"

六昼夜后，城陷，守城者皆死。经巷战周赞襄先退到赵家花园投河自尽，随后赵起与家中男女老少三十余口也相继投河自尽，仅少数幸免，"没有这口大缸，就没有咱周家的后来！"这位周有光先生侄孙，每说到此就感慨不已。

太平天国事件平息，清廷处理善后，刘铭传将赵起与周赞襄为守常州家破人亡的经过上奏清廷，朝廷下旨褒奖赵、周两家后人，让其世袭优恤(直至辛亥革命成功)。赵元任和周有光这两位大学问家也缘此……

"可现在呢，才搬出几天工夫，这缸没了，那棵黄杨树也莫名其妙地倒了！"老周不无沮丧地对我说。

"这些人根本不懂，唉，没了历史悠久的物证，哪来厚实的底蕴呢？保护青果巷，不就是保护这些有历史见证意义的文物嘛！"他不无惋惜地说。

"这哪是在保护历史文化遗产啊，简直是在搞破坏嘛！"见他义愤填膺，我不由联想起庙西巷与前后北岸来。

一座座老宅院与玲珑精致的假山，充满诗情画意的大小花园，令人遐想万千的天井与金鱼池，粗壮的古树与悠悠的长廊，路边端放的精瓷扁荷花缸等，这些曾留下古人足迹的地方，正是见证咱古老城市的悠久文化，追溯文人逸闻的去处！

可就在老城大拆迁时，这些价值连城的古迹，顷刻被那些抢大锤的、开挖掘机的，专门拆老屋子的工程队毁得片瓦不存，令人痛惜而无奈！

"难道青果巷，咱城市幸存的唯一历史名片，也将难逃此厄运吗？"想到此我如履薄冰。"我亲自给市长打了热线电话，总算有人来把这树重栽，否则……"突听老周如此补充我松了口气："幸运幸运！"

不料他又埋怨说："可那口大缸却找不到了，去问负责者吧，他居然也不知去向！"惋惜中见老周愤然离去。

"弄些根本不懂文物的人来保护文物，这跟瞎胡闹有何异？"耳畔骤然响起他那耐人寻味的埋怨。我重新打量眼前这座小院，细观院中一砖一瓦一草一花，冥冥中还能感受到古老文化的磁性气场。抬头再看路老夫妻的耄耋老脸与佝偻背影，有个念头在我脑海絮萦。

无论对往事有何眷恋，甚至恋恋不舍，可时代终究要掀开新的一页。其实老周、路老夫妻还有青果巷老居民们的内心愿望就是："每到春天来临之时，我们还能在此看到这百年紫藤、茶花、牡丹的灿烂绽放！"我想这要求也太合理、太正常了，任何人都会这么想的！

由此判断，人们希望这改造后的青果巷，要传承咱古老的城市文化，尽量避免给后人留下沉重的遗憾，那就阿弥陀佛了！

旧居与子城河

旧居

所居江南古城范围不大，但纵横交错弄堂很多：茅司徒巷、庙直街、三将军弄、大火弄、小火弄、升仙弄、化龙巷、天皇堂弄以及白马三司徒前后北岸、唐家湾等逾百不止，且每个弄堂名字背后都有个耐人寻味的故事。"庙西巷因位于府城隍庙，故名！"地方志寥寥十几字就概括了我童年的故居，可故事却能追溯到宋太平兴国年间，此巷渐成且距护城壕即子城河不远。其实城隍开始不是神而是指城墙与护城壕。《礼记》中记载的"天子大腊八，祭坊与水庸"便是此意，可到了明代，城隍就被作为保一方平安的官方护城道家神位祭祀了！这条丈余宽的石板路小巷由此人脉鼎盛。

进巷往西百米右手处，有座朝南黑漆的 14 号门牌，该宅院貌不显眼，实际足有百米进深，院内有五幢高大平房，每幢平房前均有大小不一的独立庭院。第三、四幢平房属正宅所以庭院最宽敞。我家就居住在第三幢庭院内的三间高大平房里。

宅院南北贯通且各有大门可以进出。从南门出去此弄叫庙西巷，从北门出去就叫茅司徒巷。据说房东祖上是清朝大官，退隐回家造了这片大院子，庙西巷 14 号院仅是其中一座！

庭院内有座不高的小山坡,小山坡上有座由太湖石垒起的假山。此山虽小但玲珑别致、突兀妙趣。沿着山坡上的碎石小路可绕坡一周。碎石小路旁栽满了各种花草,秋天一到就互相争奇斗艳很好玩。假山旁有棵高大、茂盛、粗壮的广玉兰树,一年四季绿叶团簇。

清晨常有几只浑身洒满阳光的喜鹊,栖在树枝顶上朝着我家喳喳直叫。到了开花时节,这树上到处挂满朵朵雪白的广玉兰花。肥厚的花瓣散发出阵阵沁人肺腑的清香。

雨后树叶、花蕾与花瓣上都挂满了无数的小水滴,形同无数个小水晶珠。在阳光的照耀下,这些水晶珠闪烁着灿烂的七彩光芒,使这原本晶莹洁白的广玉兰更显高贵典雅!

小山坡旁有个长方形的金鱼池,上面有座可南北上下的小石桥。长廊与庭院隔开,栏槛中部有条小道,人可走上小山坡也可上小石桥。但这座条石搭成的小石桥太窄,有时我不小心就会掉进金鱼池里。虽然这鱼池不深,但掉得不巧也会跌得很重很痛!有时疼得忍不住便大哭,直到有人来帮我为止。

一阵微风吹来,随风飘落的广玉兰花瓣晃晃悠悠落到金鱼池里。片片乳白色的花瓣零星飘落于碧清水面并不停浮动,模样如同只只小白帆在风力驱动下优哉游哉地漂荡。

金鱼在水里游来窜去,黄黑身影时隐时现,它们全拼了命去追逐这些花瓣,样子活泼可爱!"没见这些小金鱼吃过饭,为啥还活得如此健康愉快?"也没见过池水干涸过的我很纳闷。

屋子门槛很高。板门上方窗格镶着云母片,框上雕了花卉虫鸟和各种动物,众多古装男女正在演绎《西厢记》。假山旁长满了美人蕉、牵牛花、鸡冠花,有条小路直通天井,天井中间有口水质充盈清澈的古井,古井附近长满青苔。夏天大人把西瓜用网兜兜好,系好绳子放进井里,午后取出将其破开,黄瓤晶莹、瓜汁甘凉、直灌五脏六腑。秋天的夜晚,皓月当空,庭院萧瑟,深处传来"嘘……嘘嘘……嘘嘘嘘……"的蟋蟀的鸣叫,一阵紧一阵,真可谓美轮美奂。

三间平房高大,中间是客堂屋,两边是厢房。我家 9 口人也没觉拥挤,可能我们那时还小,但屋子宽敞也是重要原因。

客堂屋门槛很高,还有三开六扇门,高大房门夏天都可拆卸。每扇门上半部由许多小方格组成,因为镶着云母片所以透光性很好。门板下半部雕刻着花卉虫鸟、动物人物,形象栩栩如生。客堂屋与厢房之间是用厚杉木板隔开的,由于年代久了木板呈古铜色,客堂屋地面铺了大块平整、结实、光滑的泥金砖。厢房地面铺了结实的杉木地板。厢房朝南的木板墙上有排木框玻璃窗户,因为随时能朝外支撑打开所以光线很足。整个房屋冬暖夏凉!房子由多根粗壮圆木柱子规则关联,房子坚实牢固,到了秋冬时节,屋里还会散发出阵阵木香!

天井旁边是个大厨房,后面有间堆柴草的小屋,厨房里有座两眼大火灶,全家人就靠它每天炒菜、煮饭、煲汤、烧水等,直到我八岁那年搬到新家!

厨房里有口大水缸,每天都会有人挑自来水送来倒满,一分钱一担水倒满了再算钱!打我懂事起就认识了这位送水的小伙子,大家都叫他阿金!知道他家里穷没钱去读更多的书,所以小学未毕业就出来干活挣钱!但他诙谐、乐观、诚实、正直,因勤快灵巧深受邻居喜欢。后知他那时才十六岁。

关于他的往事,我会在"天人合一"辑中详叙。

宅院有好几进院落,七岁的我如一匹无笼头的野驹,能从这院窜到那院,由此认识了董木匠、朱裁缝,知道了画家房先生画的老虎在艺术界如雷贯耳,还弄清了房东是木材公司经理。

无论春夏秋冬,每天清晨,他家矮瘦小脚的老奶奶就踮双小脚,笃笃笃穿过庭院来到旁边厢房。她对着条桌上的佛龛先上几炷香,然后合掌闭眼虔诚作揖,嘴里叽里咕噜念念有词,接着跪拜如仪。玻璃罩佛龛里站着一位张牙舞爪、浑身通红、浓须长髭的神仙。每进厢房我见到"他"既害怕又好奇。

有次壮了胆爬上供桌近距离观察,顺便拿了个供果塞进嘴巴,见他吹胡子瞪眼看着我并无作为,干脆伸手进去摸摸"他"的头,可任凭我肆无忌惮乱摸,他仍然不动,后来我不再怕他了。实话实说,其实心里还是有点虚的,总觉得他在暗中监视我的一举一动!

可惜这东西没能留到现在,否则恐怕也是件价值不菲的文物!

子城河

跨出宅院南边的黑漆门,沿着小巷向西百米朝南一拐就到了子城河畔。此处有座不显眼但历史蛮悠久的石板桥,好像在宋代的咸淳年间就有了。不过时谓"舜宜桥",后为何改称"觅渡桥",成年后的我常独自揣想:"桥名变更恐怕不是空穴来风,其中必有趣事可寻!"譬如这"觅渡"两字就富蕴禅意,大有普度众生的谶念! 不知这想法对不对。

因为桥下涓涓流淌的子城河伴随我度过童年,所以我对这里的四季印象蛮深。

三月春光妩媚,子城河的河水泛着荡漾碧波时湍时缓向东流淌。两岸河滩边排列着曲径蜿蜒的杨柳树,细细的枝条上透出星星点点的嫩翠苞芽,春风激荡,树枝影娑摇摆。河面上常有装满土产的乌篷木船来往,在摇橹人驱动下乌篷船身在水中一扭一扭摇摆前进,所以河面被搅得白浪泛泛。

一波接一波的浪头向两岸冲击。不远处一座石拱桥的圆桥洞里不时传来艄公会船的吆喝。妇女们在两岸码头上洗涤,手中洗衣捧不停地敲打,"啪咚啪咚! 啪啪咚咚!"响声如鼓久久回荡在河面! 雨季过后是盛夏,猛涨后的河水逐渐平静并慢慢变清。

六月的中午骄阳如火。知了栖在柳树上不厌其烦地鼓噪,子城河里却热闹非凡,孩子们光着屁股在河里嬉得正欢。

大家逮鱼、摸虾、凫水、打闷、斗闹,有孩子从觅渡桥上朝河里跳,由此把河水溅得白浪滔天、天翻地覆! 这情景让正在岸边树荫下摇着蒲扇纳凉,但仍汗流浃背的大人们看得心里痒痒! 会水的早忍不住脱掉了衣服,舒展手脚下河,接着一个猛子扎进河里,大人和孩子们一起痛痛快快玩一把!

几场秋雨下来天气转凉。仲秋早晨,晨曦掠过湍湍河床,淡淡雾气飘动在朦朦胧胧的河面上逐渐散去。雾色中几艘乌篷船从石拱桥洞中悄悄鱼贯而出徐徐靠岸。晨练的人们透过雾气看到:这篷船上的筐筐篓篓里,装的都是肥嫩鲜红的菱角,浑圆肥壮白生生的莲藕! 于是一呼百应蜂拥而至,不到一个时辰,几船时鲜货便空空如也! 艄公们心里很开心但嘴上却还不停嚷着:"啊哟! 真太便宜,吃亏了! 明天我们要换地方了!"可第二天比今天还早呢,这几艘装满时鲜货的乌篷木船却早早又靠到这码头了。

三九严寒滴水成冰! 阳光躲在厚厚的云层后面不肯露面。

西北风刮在带着冰凌的子城河面上,连河床也被冻得瑟瑟发抖! 河面一片凝固泛着寒光。那些裹着棉衣裤、戴着棉帽子、流着鼻涕、哈着红肿冻手的孩子们来到这河边。此时太阳总算透过云层,相当吝啬地露出一丝光芒。有位大胆男孩伸脚用棉鞋尖踹踹那河边冰层,感到有点结实于是两只脚踏上河面:"没有问题!"于是又连跑几步快到河中心还没问题! 他干脆跑到河对岸再又跑回来。

听见两岸一片欢呼大家一哄而上跑得欢! 忽然,听到喀嚓声响,大伙寻声而看,好险! 离对岸不远的河面上的冰层正在开裂! 跑在最后面的那个小男孩已经跌倒在冰面上! 他的一只脚已浸到裂缝中! 一个大男孩看见,很快跑过去用力拉住他往回跑。

幸亏拉得快,因为冰层正愈裂愈大,这男孩差点就要掉进去了!

家长闻讯赶来,见孩子棉裤棉鞋湿透人也冻得瑟瑟发抖,于是边骂骂咧咧边抱起孩子往家急跑,回到家里连忙脱掉湿棉裤和鞋子,然后把那双红萝卜般的小脚塞到自己刚解开的温暖胸口。

可不管怎么说，除寒暑假外的每天上午，子城河桥畔茶馆里的那位说书人唾沫横飞讲到："乾隆爷贴身太监有十三个，按仁、义、礼、智、信、悌、孝、忠、廉、耻，还有……排名，可为何这太监后来却……请听我下回仔细分解"时，这桥北畔的觅渡桥小学也该放午学了。

要上小学二年级那年我们搬家了，从此很少再回到我出生并度过大半童年的宅院里。

十多年后，子城河水被抽干，挖掉淤泥插进钢桩，下面辅上石子水泥上面盖上厚厚的水泥板，建成"深挖洞，广积粮"的防空洞，子城河成了人防工程。

据说洞里物资一应俱全，几个团的人可坚持个把月。又过了十年，改革开放了，准军事禁区也被开放，政府花钱在上面搭起了高大的塑料棚子，里面被划分成无数个小摊位租给那些下海者们。

新世纪开元，子城河上火爆一时的贸易市场不见了，代替它的是一条笔直宽敞的大马路，老城区要改造，原先住过的庙西巷 14 号院，连同周围的老弄堂要被统统拆光铲平！幸亏城隍庙是重点文物保护对象，所以不在拆迁范围。得到消息后，有一天我特地抽空专门回到阔别多年的旧居。

看着曾留过童年踪迹的假山，金鱼池花草庭院，高大结实的平房，抚摸着粗壮茂盛的广玉兰树竟不忍离去！在心中无奈默念："永别了古宅院！永别了我美好的童年！"

不久，座座豪华商住大楼在原地拔地而起，沿街新的人行道旁栽上了一棵棵广玉兰树。

有一次路过此地，无意中抬头发现有棵最高的广玉兰十分眼熟，仔细一看正是故居庭院内假山旁的那棵！因为粗壮的树干上部有我小时候用刀刻的"平"字！虽经多年风雨但凸痕仍历历在目，不过它已有极粗犷的神韵。

文物商店

玩古董我绝对外行,但对文物认识却蛮早。还在上小学时,每次经过本地红星剧院边上不知叫啥的斋,后搬到马路对面又搬到南大街上的文物商店门口,我就会瞪双好奇的眼睛进去,恨不得将所有文物全看个遍。上初一有天上午考试结束早,我又来此闲逛。

看着看着,发现有位同班男生也匆匆进来东张西望。在忍饥挨饿的年月一日三餐都不能填饱肚子,可精神似乎充实,不过社会上也没啥东西可诱惑,没事顶多就到此转悠转悠。可市面上已有高级食品供应:副食品店里有高级糖、高级饼,饭馆里有高级饭菜,可价格比计划供应的要高出好几倍!有条件享受的不是有海外关系,就是拿定息的工商业主,要不就是极少数身份特殊人士的家庭,普通平民虽无缘造访但看看的机会还是有的。譬如文化宫广场对面叫大井头的弄堂西口有家不大的"月宫饭店",那里最近也热闹起来。

厨房里鼓风机嗡嗡作响,小灶上炉火通明,爆炒声噼里啪啦,油烟缭绕,使得整条弄堂都香气扑鼻。有位师傅站在宽宽的案板前麻利地操持白案,鸡鸭鱼肉在其明晃晃的菜刀下立成美食,另一位师傅在灶上挥勺掌着红锅,当他将浓油酱汁的高级菜出锅后,肥嘟嘟油滋滋地让人垂涎欲滴。

进来的这位男生个子比我高半个头,他是学校里的田径队员。每天下午放学后,学校操场上总有群男女生在跑跳,体育老师也忙得不亦乐乎。据说每次训练之后,队员会得到二两粮票毛把钱的补贴,训练完了,他们就到离学校不远的迎春面馆买碗红汤阳春面。

这位男生一会儿工夫就把阳春面吞进肚里,完了还习惯性地伸出舌头舔舔饭碗,接着伸出细脖子看看其他人,一看就知道不够吃。可大家都是在长身体的年龄啊,如果这方面也要学雷锋的话,彼此确实余力不足。

见他进来我没在意,可柜台后面那位身材颀长、谢顶脑袋、瘦削面孔、满脸皱纹、戴副老花眼镜的营业员,却放下手中的报纸走过来问:"有事吗,你们?"男生转头看看,神态犹豫不决,半天鼓足勇气问:"同志,这东西你们收购吗?"说完举起手中的物件。我这才注意到,他手中有件在灯光下晶莹耀眼的东西。

"那要看是啥物品呢,不是古董我们是不收购的,这里是文物商店!"老头嘴上虽如此说,但犀利的眼神却已紧盯他手中的物品。

"先让我看看呢!"他接过东西同时拿出个放大镜,还打开台灯对着灯光细看。趁这当口我凑近问他:"喂,是啥东西啊,从哪儿弄来的?"男生马上朝我眨着眼示意现在不要多问。

"哎哟,好东西好东西,确实是难得看到的好东西!"

忽听营业员惊呼我们急忙抬头,见这老头眉开眼笑,面孔上皱纹也少了许多:"看这翡翠多纯净,正宗的老坑冰种呢,稀少稀少实在稀少!"看着看着老头手舞足蹈喜形于色,兴奋的模样让我俩面面相觑。

凑近看递远瞧,老头爱不释手,嘴里还啧啧有声:"好,好啊,真正的稀少宝物,年代很久有文物价值!"他高兴得把我俩忘了。

"老师傅你究竟收不收啊?"这男生有点耐不住地大声问他。

"啊,收收,这东西我们肯定收肯定收!"听此急问老头如梦初醒连忙回应,男生听了悄悄松口气。

"这东西是从哪儿得到的?"恢复常态的老头边登记边问他。

见男生面孔有点尴尬,神态想说又不能说:"非要弄清来源才行?"吞吐半天他才小心翼翼地问。

"按上面规定,必须弄清来源才能按质收购!"老头态度变得一本正经、公事公办。但我仔细观察发现他面孔虽是副水泼不进的模样,可眼睛不时看看手中的翡翠神情依依不舍。

见他一副刀砍不进的模样这男生支吾:"那么那么,那么就算了,我还是不……"说完手朝老头一摊意思是物归原主。

"此物究竟何来?小伙子你对我说实话。"不料老头一改常态,马上和颜悦色地问。

我也很想知道来源,就在边上一个劲催:"说啊,这东西你从哪儿弄来的啊?"可他涨红脸憋了许久,最后下定决心一吐为快:"实话对你说吧,老同志,这东西是我奶奶给我的。昨晚上她把我悄悄叫到床前气喘吁吁地说:'我的大孙子啊,知道你天天在挨饿,奶奶我非常心疼。也没啥好办法帮助你,这是你爷爷留下的一些古董,他临终前再三关照"不到万不得已,这些东西不要轻易变卖",看你实在撑不住,我……明天你拿它到……千万不要让其他人,包括你爸妈和兄弟们知道!'所以我今天就来了!"

老头一听如释重负,"那你带学生证了吗?"他立刻问。

这东西卖了好几块钱,从商店出来这个男生硬拖我到月宫饭店。两人大大咧咧坐下后,他趾高气扬地点了红烧肉炒鱼片,还有熘猪肝……反正两人美美大吃了一顿!

临别时他对我特别交代:"千万保密啊!"还掏出两样东西送我,一个是缺只胳膊但造型可爱的绿玉小青猴,另一块是温润洁白的玉元宝,可惜我后来没收藏好,否则放到如今,这两块正宗和田老玉价格肯定不菲!改革开放这么多年,文物收藏市场越来越火!虽有人对《鉴宝》《民间寻宝》《一锤定音》等电视节目颇有争议,可我倒一直很喜欢看!

庙西巷口

宅院门朝南是条丈余宽的小巷,沿巷的石子路向西不远有个叉口,朝南稍拐就能见到子城河。巷东口有家麻糕店,老板带个伙计。

麻糕桶炉火很旺,悠悠青烟将甜腻腻味弥漫。该店上午做麻糕炸油条,下午做马脚爪或萝卜丝饼。小小萝卜丝饼正面布满白芝麻,反面烘得微焦稍黄。马脚爪在金坛丹阳一带称"金刚脐",饿极吃时口感极妙。这伙计总把铁夹摆弄得噼噼啪啪响,块块香气扑鼻的麻糕就从炉中夹出排好了。店旁的老虎灶烧的是砻糠壳,一年四季炉火通明,连过年也不息,铜锅里总是热水沸溢。冬天雾气腾腾,让人难以看清里面的情况。灶后有几间低矮的屋,里面摆着几张方桌和长板凳,每天清早坐满茶客。

大家边喝茶边抽烟说话,老板娘大脸、大眼、大嘴巴、大块头,头发整天乱蓬蓬,而她丈夫却似瘦猴正眯着眼帘衔根香烟,袖子卷着,衣襟敞着,不时用铁皮簸箕往灶膛添着砻糠壳。炉口上有个白铁皮圆锥筒罩着,那是防止砻糠壳洒在灶台上用的。

午后老人们手捧铜烟壶围着桌子,吭哧吭哧咳着还不停抽着水烟:"战国时,咱这里可出了个大人物哩,名叫伯……"

"喂，老板娘续点水，顺便带包勇士烟！""来包葵花籽！"有人在吆喝。"来啦来啦！"老板娘连忙提了锃亮的长细嘴大铜壶过来。老板吭吭咳嗽着，"啊呜"吐口痰后又衔烟弯腰铲起砻糠壳。

炉火忽闪，映红他的精瘦面孔。

"知道吗？当年包公包青天身边的御猫展昭，就是咱遇杰村人，那真蛮……"里面有人用当地话大声讲着。顿时啧啧声、啊呜咳嗽声、咕噜咕噜喝茶声响成一片。

"在咱这地方啊，历史上首登中华皇帝宝座的，是南齐开国皇帝萧道成，他儿子是梁武帝萧衍，可有人说萧衍不是他儿子，是吗？"有人怀疑地问。

"是的是的，前几天我到北乡去买芋头，顺便考察万绥梁帝庙，回来专门再查府志，确是他正宗儿子！"有位戴眼镜的干瘦老头说完端起茶盏吱地喝口茶。

"唐荆川抗倭是明朝那代？""哎哟，好像是……"

"恽南田的诗格超逸、书法隽秀、画笔生动，'南田三绝'真正名副其实！"有群文化人边喝边聊。

"掮轮车实际是丹阳话，当年烈帝攻打丹阳城门，发明了……"文化茶客韵味就是不同，"就说老虎灶后面这条河吧，也有很多掌故，原是古南城墙外的护城河，后城市扩大，南城墙外也成了市区范围，当地人就将其称为'子城河'，到了咱们这年代干脆就叫'内河'！"文化人继续讲着这城市的人文故事。

"熏熏甜的西瓜糖！一分钱买一粒！""奶油瓜子！椒盐瓜子！""来来来！快吃五香花生米噢！""油黄豆！一分洋钿买两包！吃着营养好！"小贩们在老虎灶门口转悠兜卖，周围全是馋巴巴的小孩，其中当然有我的身影。

一年级下半学期有天下午，我放学经过老虎灶，忽见门口挂了块醒目木牌"公私合营第五茶社"，于是一字一顿读起来。"大学生啊，请问啥叫'公私合营'？"有位老者背手走过来问我，我一听支吾半天仍是傻眼，唯有拔脚就跑,背后传来阵阵嘻嘻呵呵的笑声。

老虎灶拐弯处就是那条水蛮清澈的子城河,河面横着一座南北朝向的圆孔石拱桥。"这座桥宋代名'舜宜桥',后为何改谓'觅渡桥'? 咱们是否也该仔细研究研究?"有人提议。

研究几十年的结果是这里成了热闹宽阔的大马路,下面也不再是汩汩河流而是防空洞。

历史悠久的觅渡桥消失了,不过河沿上的冠英学堂及瞿氏宗祠没消失,且发展成如今的"觅渡教育集团"和"瞿秋白纪念馆"。

名坊往事

这条不足丈宽的碎石子路，自古就以白云渡口为界，向西谓前北岸，东行至县学街称后北岸。明末清初时这里称为"顾塘尖"，清光绪后才称前后北岸。此处对面原称"白云尖"。那时三面环水，半岛碧波环抱、烟桥画柳，有过龙舟竞渡百舸争流的景象，堪称繁华胜景。

自古此地名士云集，灿若群星，历代高人遗韵雅士文脉地方志均有详载。譬如前北岸 11 号湛贻堂又谓"意园"，里面还有个"魁星阁"，这里是清乾隆年间三大诗人之一、清代著名史学家赵翼的故居，乾隆十九年（1754 年）他以举人中明通榜用为内阁中书入职军机处。

前北岸 27～28 号，是乾隆三十一年（1766 年）进士，历任翰林院编修、贵州道御史、内阁学士、工部侍郎、漕运总督（从一品官），居官清廉的管干贞故居。

前北岸 64 号是清顺治四年（1647 年）殿试获甲一名状元，中状元后，官授秘书院修撰，顺治十年授秘书省学士吕宫的故居。

更早的，应该是前北岸 61～70 号的"藤花旧馆"，这里原为"孙氏馆"，宋徽宗建中靖国元年（1101 年），苏东坡从海南岛贬来就借居于此，是年八月二十四日病殁,享年六十四岁。

这些故事小时我也隐约知道些,尤其还在解放西路小学上学时,班上几个铁哥们家均住在这片大院内,放学后几个铁哥们常邀我到他们家去做作业,由此感受到了名坊内蕴含的文脉气息。

每进弄堂我就两眼发黑,稍停会儿才模糊看到前面有束星亮。发现地上铺了方青砖,顶椽与网砖搭建,巴掌大的天窗很吝啬地将一束阳光斜照到弄堂面壁,模样像电影投影,更像块大麻糕斜贴墙面!"到我家了!"姓邵的哥们儿边兴奋地说,边举起小拳头对着结实的实木门埋头乒乒猛敲!

不一会儿,听见里面有人"来啦来啦"地叫着。门一开,我们便争先恐后一起往里面拥,见来开门的是位颠着小脚的老婆婆。

进门眼前蓦然一亮,在一片蓝天白云灿烂阳光的衬托下,天地豁然开朗,庭院像幅美妙图画展示眼前! 走进庭院长廊,见长廊外的路上隔不远的地上放了不少扁水缸,此缸精致黄灿。我好奇地伸头,见缸内澄清的水面上漂着几小片嫩绿荷叶,纤细的荷茎上有含苞的小花蕾正伸出好奇的小脑袋,羞羞答答窥视着这世界。走进客堂间往后走出门再看,嘿! 后面又有个偌大的庭院,长廊花草树木假山,另有三间高大的带镂花木栏杆与走廊的楼房。

屋里挂摆的屏风、中堂香案、桌椅板凳等大部分由紫檀木制作,太师椅、方凳子、圆桌等家具款式古典凝重、包浆丰润、华雍气派,我根本搬不动。房子内外到处挂了名人字画,令人仿佛置身于与古人大家对话的境地! 家具中间都有块或圆或方,或如瀑布直泻或像吐海吞云、雾中劲松、山峦层叠等光滑的大理石镜面镶嵌其中,用手去摸感到冰凉润滑!

邵哥们儿带我里外转了一圈后回到客堂间,大家便坐到紫檀方凳上掏出书本做起作业。

作业不多很快就做好了,一身轻松的我们就放命地在庭园花草树木间穿来跑去,玩起"官兵捉强盗"的游戏。邵婆婆笑着关照我们:"不要到后院楼上去吵!"原来在那楼上,快九十岁的太爷爷正在休息!

玩够了天也快黑了,经邵婆婆指点:"你从侧门旁边这条弄堂往北走,穿过尽头出门回家路就近了!"当我走在这条长黑弄堂,听到耳边阵阵风声时,心里有点紧张!

顾塘河面较宽,秋冬河水清澈,流淌也慢。有时秋旱水枯,岸边就露出白乎乎的干涸河泥,我也常常这样走过。三年级后到市附小上学,每天须穿过这里好几次。

巷口有个不显眼的小门,里面办过卷烟厂。我看到在一间不宽敞的屋子里,十几个年轻男女正在简陋的卷烟机上生产"经济"牌香烟。据大人们说,这烟抽起来又呛又辣像燃木屑,没多久就停了产。后来办的冰棒厂让我印象最深:有种"企鸟"牌赤豆棒冰四分钱一支,在国民经济最艰难的时期,由大半截粒大饱满的赤豆冻结而成棒冰,咬上去又硬又香确实解馋过瘾。

河浜里常有桅杆坚固的大木船经过,可小舢板也不少。上六年级那年深秋,一天下午放学我从小巷走过,发现有条柳叶小舢正在河面漂浮。还看到几只浑身漆黑、尖尖长嘴巴、扑啦扑啦肩动宽大翅膀、呀呀叫唤的"衔鱼老鸦"(鸬鹚,即鱼鹰)栖于小舢乌篷盖上,另有几只鱼鹰栖立于一根长竹竿上,其他鱼鹰正在如沏河里扑腾腾追逐。

鱼鹰的尖脑袋闷到水里,身体拉长两腿绷直,模样像支利箭,又像三叉载般钻入水底就盯着猎物锲而不舍。若有斩获即窜出水面跳到舢板船舷,边抖落翅膀边伸着肿胀的长脖朝天嗷嗷直叫。舢板船头上站着位头戴破棉帽、身穿棉袄裤、足蹬破高筒胶鞋,胸前围着条油腻发亮的帆布围兜的老人。他手拿根长长的竹竿,嘴里噢噢不断吆喝轰着鱼鹰们往河里扑腾,所以小舢板被搅得不停晃悠。同时他腾出一只手,一把将一只伸长脖子的鱼鹰掐着脖子拎起来。然后将它身子倒着朝下猛抖,或稍用力掰开它的长嘴巴,有条尾巴上下翘动的鲜鱼便从它嘴巴里掉出来顺势滑进大竹篓里。随后伸臂奋力一扬,将这缴械的鱼鹰又扔进河里。

事后知道,这些可怜的鱼鹰的长脖子早被主人扎了根细绳,稍大点的鱼根本进不了它的肚子,所以尽管伸长脖子想将战利品占为己有,但这些卡在脖中的鱼儿最终也得老实交给主人,自己一点儿份也没有!

这诱人场面让我兴致盎然,立刻朝那小舢板方向狂奔而去!站在寒风中我饿了肚子看着鱼鹰们上下撺掇,直至舢板从眼前漂远。此时天已擦黑,西北风比刚才刮得更凛冽,我冷得浑身发抖,但没想到这是我第一次也是最后一次在顾塘河里见到鱼鹰捕鱼!

下乡插队的第二年隆冬,我随队里农民摇了条水泥船拐进此河,就在"意园"后岸边安营扎寨,从此干起白天罱河泥半夜偷粪的勾当。此处属市中心地段,地理位置对于此行极其重要,附近大小公厕都是咱夜袭的目标!

但没过多久顾塘河此段也成了防空洞。

改革开放后,此地诞生了"迎春贸易市场"。有个星期天下午我慕名来此闲逛。

人们摩肩接踵,摊位紧挨。我边看边走到意园后墙偷粪旧战场处拐弯,正在原迎春桥方向触景生情,忽听有人大呼:"陈平!陈平!"于是回头循声,发现路旁摊位后面有位汉子正瞪眼喊我。停步眯眼细看他许久才悟:原来他正是已有三十多年没见过面的邵哥们!不过除他那眼神仍能唤起我童年记忆外,其他还真难辨认其本来面目!

"早下海啦!"他大大咧咧地对我说,"早先全家下放农村,一待十年总算回来,现赶上好时机赚点钱炒炒股,以后买套大房子!"我听此言后好生奇怪:前北岸他家原先那座偌大庭院呢?

"全家下放后,房子被房管所占据分掉了!"他对我说,"嗳嗳!不说这些,不说这些了!现在你怎样?"他急切地反问起我。忆起沧桑往事我俩均感慨不已!

"他家?祖上都是赫赫有名的文人!海外亲戚不要太多噢!近三百年历史的宅院按政策政府已全退还给他了!"多年后在火车上见到另一位好友,提到小邵哥近况,他如数家珍,这让我听了轻松许多!

南大街旧事

财神爷特别青睐"南大街"这个名字,所以在中国大小城市均常见,因大都位于老城区中心,如今仍保留此名且以商家集中闻名的很多。走南闯北几十年的我,初估国内有南大街名称的城市不少于 50 个!

据史载,本地南大街已有数百年历史。这仅有几百米长、宽不足十米的狭长街道上商店鳞次栉比,真谓寸金宝地!

有年冬天,本地新百货大楼落成不久的一天下午,房东王先生进院就说:"不好了,街上失火了!"大家一听大惊失色:"哪块失火?水火无情,不得了喂!"

弄清是南大街上失火,大家全跑出去看,七岁多的我也不甘落后,一溜烟出门经大庙弄朝南拐,经银都照相馆和东丰裕国药店,过甘棠桥边上的老邮电局十字路口,再往南面就是南大街,见东边有间楼房浓烟滚滚……

"绸布店失火了!"听见有人大喊,"哎呀,快救火,快救火啊!"有位身穿棉袍,头戴罗宋帽的老头从店里面冲出来,手里还抱堆账本,"一送闸刀就见冒烟,哎呀,我马上拿账本……"

听他抖抖索索诉说"哎哟,电线老化,赶快切断电源",有人立刻转身朝另一间房子跑去。

眼看火势越来越旺,人们更加惊慌失措,也有自作聪明胡乱指挥的:"快点上房,去扒屋顶!"见那人跃跃欲试,"不好扒,过会儿火会更旺,像架煤炉拨风! 只能用水浇!"有人立刻反对:"下来! 太危险!"见他仍往上爬大家全大呼。"不要乱! 现在听我指挥,赶紧拿所有可盛水的东西来灭火!"突然听见有声大吼,大家回头一看,见一位干部模样的中年人站在百货公司阳台上大喊,弄清他就是区长,人们顿时有了主心骨。

各部门正在区政府开会,这年头工作繁忙会议很多,忽闻南大街失火,"休会,立刻报警全去救火!"区长立刻宣布,说完自己骑自行车赶到现场组织群众救火。在他指挥下,群众扛长竹梯的、拿胶皮水管的,还有端面盆、拎水桶的,全投入救火行列,反正甘棠桥下有河水……但努力被西北风肆虐如杯水车薪,火势太旺啦,如此消防力量实在力不从心。

"上头仓库里全是布料……哎呀,全完了,全完了!"满脸烟灰的店经理面如土色,六神无主就像祥林嫂一样一遍遍念叨,"哎呀,要烧落多少布票钞票啊!"他急得捶胸顿足。

情况确实很严峻,因周围全是商店且木结构互连一起,如不及时控制火势,整条南大街就毁于一旦!

人们不约而同朝东盼望,往东几里的新工人文化宫旁,有座建成不久的带瞭望台的七层消防大楼。报上说政府以民生安全为重,最近又添置了好几辆消防车,现在全市共有14辆,有的还带泡沫机。

"当当当!"正此刻,两辆红色汽车打着急促的摇铃声,在吓人的呼啸声中风驰电掣赶到,人们终于舒了口气。"让开,快让出通道!"有人大喊,大家马上朝后退去,救火车横在现场对面,头戴锃亮铜盔的年轻队员迅速下车。

消防人员身手敏捷地爬上房顶后,举起手中的高压水枪向火旺处喷水,浓烟很快被压得一蹶不振,又有队员爬上附近商店的房顶,几支水枪集中围剿火势。刚才还很猖狂的火魔不一会儿已灰飞烟灭,半个小时不到全被搞定……不久有幢新楼在此竖起，其斜对面就是和平电影院。

紧靠影院前南是家前店后作坊小店，这里冬天卖热粥，夏天卖棒冰，冰淇淋，糯米冰水加蜜枣，还有绿豆汤。再旁边就是时代副食品商店，好吃的东西更是五花八门。

影院边上一家水果店里有位老伯削水果蛮有水平，水果刀上下轻轻一旋，果皮像条带子掉下，不一会儿一只完整无皮的苹果呈现在客人眼前。他还蛮擅长削甘蔗，一手抓在一根粗壮的青甘蔗上面，一手唰唰唰三刨两削，在砍刀闪光中，青皮如飞的甘蔗像被脱光衣服一样雪白水灵……

水果店与红牡丹理发店夹弄口摆了个小小的修理铺，主人以修理钢笔、打火机和配钥匙为生。别看他人长得五短三粗，面孔黑黢黢，眼如铜铃，头发蓬乱，可口才与手艺却很精湛。

上初一的一天下午，我们在和平电影院看完《洪湖赤卫队》出来，与一位同学经过这里。这位男生平常嘴巴从不饶人，见铺主其貌不扬就有意轻薄："呀，看他这模样，简直就是武大郎再生嘛！"那人听见不露声色，只是抬头放下修理的钢笔，然后对我俩笑着招招手，不知何意的我俩脑袋凑近。"回去对你姐说，叫她把欠我的两毛电影票钱还给我！"他的神秘兮兮让伶牙俐齿的这老兄像中了邪，居然木呆呆地看着那大葱脸不知如何是好！我赶紧将他拉开："你能弄得过这整天与三教九流周旋的老街痞嘛！"铺主听了，自己也忍不住哈哈哈大笑起来。

红星剧院

本地红星剧院始建于 1956 年,是本市历史最长的综合性剧院。

记得那天父亲下班比平常早,因机关发了票,"红星大剧院已竣工了,今晚要举行首场演出,哟,有好多名伶应邀前来演出呢!"边吃晚饭父亲边对外婆说。可外婆对京剧不感兴趣,她喜欢黄梅戏,"唧唧!严凤英的'女驸马''天仙配',乖乖,那唱腔,功架,还有那乐器,哎呀热闹哟,啧啧,真是好看好听呢,京剧能与她比嘛?哼哼!"母亲听了大笑。

六岁的我更不懂京剧黄梅戏,只是觉得看戏蛮热闹的,关键是看戏看电影有爆米花、水果、糖之类的零食吃,所以心里也蛮激动。哥姐们听说晚上有戏看了,兴奋地恨不得马上就去才过瘾。

心不在焉地吃过晚饭,除了外婆和保姆羊妈外,全家人兴冲冲地出门分坐几辆黄包车穿过大庙弄拐进南大街口,一路来到人民公园旁那新剧场的门口。

朦胧夜色中,只见一座红砖黄顶的恢宏建筑物矗立眼前,在前后左右平房的衬托下,这座高大的剧院确有鹤立鸡群的气势,抬头见有好几级台阶,剧院门头上挂了红灿灿的大宫灯,白石子磨平水门汀地面照得人影晃动。

里面人山人海,当然不光全是来看戏的,还有许多卖零食的小贩子们……

熙攘中排好队,工作人员验票后鱼贯进了剧场,在柔软富有弹性的锃新座椅上对号入座。边吃零食我边东张西望,见剧场前后全是黑黝黝的人头。

不一会三声电铃声响,场内灯光渐暗,嘈杂声渐少,全场慢慢寂静。

幻灯机在两边的雪白墙面上打出许多文字,人们全神贯注地看着,有人念念有词,"贺红星剧院竣工,祝首场演出圆满成功!"且反复转了几次。

正伸头瞪眼张望,舞台两边的红丝绒幕布被徐徐拉开,但我发现是人工操纵的,因人影被幕布凸显得清清楚楚。顶上好几盏雪亮聚光灯,此刻光线全集中到舞台上。忽然一阵急促的锣鼓声响起砸板有节奏配合,演出正式开始。

两排扛着五彩旗帜的小喽啰,从舞台两边鱼贯而出,绕台走了好几圈又训练有素地排成两排站定。随后有位背上斜插三角帅旗,长须过肩的大花脸,头戴两支长长的野鸡毛头盔,身穿披银灰盔甲,在又一阵急促锣的鼓声中挺把彩带红缨枪,雄赳赳气昂昂上了台,后面还跟了两健壮小厮。

这汉子扯着粗嗓门叽里呱啦吼叫几声,然后哇啦哇啦再猛唱一阵,声势高昂气拔山河!两健壮小厮也哼哼哈哈作出配合性回应,观众目光全被吸引!又是阵比刚才还急促的锣鼓响,此人在舞台上更加张牙舞爪,动作七绕八拐极其夸张,急骤狂舞几下突然像地遁般不见。

"蛮意外呢!"好奇心让我停止小动作,和观众一样凝目憋气密切注视台上,随阵急促的嗒、嗒、嗒、嗒砸板声,还有悠扬的京胡前奏。"啊,青衣要出场了!"有位老戏骨轻说,"他结合花旦、刀马旦表演方式创造了醇厚流利唱腔!"有人立刻补充。

说着说着,舞台灯光也发生变化,有束强光罩住一位手执一把闪亮宝剑,乌发束披眉清目秀,身着长袖素衣的年轻女子撩袖莲步款款上了台。观众立刻交颈接踵交头接耳,"哎呀,终于出来了!""啧啧,确是大家呢,身手就是不凡!""好多年没看到这霸王别姬了!"小小的骚动很快回归寂静,人们瞥睫凝神目不转睛紧盯其一举一动。在七八种乐器的伴奏下，此女子先做了个亮相造型，"好！好！"立刻赢得全场洪亮喝彩，接着她拿腔捏调吟唱起来。细听如玉碟击磬疑是天籁倾九重，吐词如清泉流动又若穿云滴水，真正扣人心弦摄人魂魄，连我都感到唱腔圆润京韵纯正！再见其面部表情顾盼若睨洒脱不凡！随着优美弹奏琴吟，蜿蜒中还不时变换着唱腔舞姿，腿手功架神韵莫测，肢体语言极其丰富，走台身段软锦，技艺确非凡响。

五十多年后想起这情景仍历历在目、余音绕梁，难怪台下鼓掌声、喝彩声暴风雨般响起。

但我希望她快点唱完，这样好再换上那位插了野鸡毛头盔，身披银灰盔甲的猛将上来狂吼！他们究竟唱啥我确实不懂，反正别人鼓掌我也鼓掌，别人喝彩我抓紧吃零食，尽管观众个个如醉如痴若入仙境。

吃完爆米花等戏也结束了，可台下仍意犹未尽，演职人员全体出场，陪着名伶大腕向观众频频作揖谢幕……常言道，"天下没有不散的筵席！"况且是戏剧表演，所以恋恋不舍从剧场出来散去，可心情难以平静！

外面却是一片黑咕隆咚，相互呼喊中人们携老扶幼摸索前进。这剧院刚竣工不久，外部环境尚未仔细清理，周围还堆着许多建筑垃圾，出口处路灯也没有几个。不小心被一块小石头绊倒，我四脚朝天，感到屁股好疼，想爬又爬不出来，幸好哥哥见到后一脚高一脚低地跑过来将我拉起，但浑身泥巴糊浆，回到家保姆羊妈为此忙了好一阵子。后来得知，那天晚上摔倒的不止我一人。

"知道吗，他就是著名京剧大师梅兰芳！为新红星大剧院落成，市政府特邀他前来开首场的哟！"回来听母亲说起，大家全惊讶无比，连外婆听了也赞叹不已，"哎哟，他也来啦，不简单不简单！"

刚上初中的大姐二姐听了更是面面相觑："原来他就是梅兰芳啊！"恍然大悟中异口同声！

八仙浴室

本地人或许还记得,在原甘棠桥副食品商店的马路斜对面有幢综合楼,此楼下面是商店,上面有旅馆和浴室,即使后来此浴室名字改来改去,但人们还总是习惯称其"八仙浴室"。

原因恐怕不仅寓意仙风道骨,还内蕴服务于大众的意思,该浴室所处地段极好,出来往西不远是南大街,东边紧靠红星大剧院,再往东就是人民公园。对面就是一家规模不小的副食品商店。

该浴室功能相对齐全,除有几只大浴池外,还设有较高档的男女盆汤和男女理发室。另外浴客还能叫外卖;穿过浴室旁小弄堂过去不远就能到双桂坊,这里名点小吃很多还好吃。

大麻糕小油条加蟹馍头、小笼馒头、豆腐汤、粉丝汤、牛肉锅贴各种糕团,马福兴的面条馄饨、长兴楼义隆园等特色菜肴应有尽有,中午晚上都能买到,当然须有足够的钞票和粮票。

哪位浴客想存心摆阔,人刚从热气腾腾浴池上来,浑身还赤裸裸湿漉漉,一边让一位穿白褂子男服务员擦拭身子一边就装模作样地说:"哎哟,肚子好像饿了嘛,不晓得附近……"

那位乖巧的服务员一听，马上笑嘻嘻回应："哎哟，方便方便，但不晓得你今天想来点……不要紧，我可为你免费服务！"边说边用干毛巾将其上下擦拭干净，完了拎壶开水放到他浴榻边的茶几上，下来用企盼的眼神看着他。

这位浴客呢，边披上条大浴巾边故作矜持地考虑许久后说："那么就请你给我到双桂坊来客小笼馒头，不要加蟹！我不喜欢加蟹的！"说完皱着眉头往浴榻走去。

躺下前他端起沏好的茶杯，悠笃笃呷口香喷喷的热茶。"好勒，您先歇息，小笼馒头很快就到噢！"聪明伶俐的服务员笑嘻嘻地接过钞票粮票，当然还有根香烟就匆匆离去。

其实这种事他本人不会去跑腿的，而且此刻这里他也走不开。八仙浴室的楼上楼下有好几个偌大的浴厅，每个厅里有好几十张浴榻，可从中午开张到晚上，此地基本人满为患，每张浴榻前还站着一位正在等待的客人，回头再看外面，几张长凳上都坐满了人，尤其是在过年过节前或星期天，这里整天满当当……

说鱼有鱼路，虾有虾道，如此服务自有他们的门道，其实此事只要让门口那些小贩们去办就行！条件是客人买香烟、水果、瓜子、花生啥的，当然优先买他们的，加上逢年过节洗澡紧张时，提前塞他们的亲朋好友优先安排，当然包括自己的三朋四友。相当一段时期我家住离常州浴室较近，所以很少到八仙浴室去洗澡。

文革中有段日子与几位同学住人民公园对面一幢房子里"闹革命"，所以光顾它的机会多些，不过我们很快就被上面赶到乡下去插队了。下放农村十年后回来，听说有位男校友被分配在八仙浴室当服务员，大家认为此资源极重要，因为此时冬天洗澡仍很困难，有天结伙专去拜访他。

进去果然见到这位人高马大，年纪不小的男生，对叉衣服扔毛巾这活竟然相当熟练，弄清是他的还俗老和尚师傅手把手教导的结果，"叉衣服绞热毛巾看上去简单其实大有技巧:譬如扔毛巾就很有讲究,看客人实在太多了,你这把热毛巾扔过去要让客人立刻明白快点离去意思,平常热毛巾不要频扔,当然老弱病残例外……"听他侃侃而谈我们大笑不止。

不料话还没说完,他突然跑到浴厅门口扯着高亢喉咙大喊:"八仙厅35号——揿脚……"声音在长廊内如同瓮头里发出般回荡,直听到有个同样声音回应:"晓得咧,马上……"他才回到室内。

没想到这位在校说话慢声细语的,现飙起来比那长坂坡张翼德还高八度,我们先是面面相觑接着哈哈大笑。

师傅要在短时间教会他这些技能的原因,是国家正在落实宗教政策,这位资深老和尚就要回到寺院老岗位上去了。此事并不稀奇,文革初本市寺庙基本被封掉,和尚尼姑被红卫兵们揪到学校批斗,有目的地对其身份进行严格审查,我校红卫兵也去弄了几位老和尚关在操场后面的体育室。

这些初中红卫兵上来趾高气扬,把他们呼来唤去威胁恐吓,但很快领教到这些和尚的厉害。他们要么一声不吭,对所有问题装聋作哑一口回绝:"你们这些小孩子啥也不懂哟!"

这些和尚大都是苏北人,实在逼急就冒出这句话。"出家人万念俱灰,阿弥陀佛,善哉善哉!"下来就缄口无语,更厉害的是位最老和尚,对任何人他都惘若无闻,整天闭眼合掌盘腿打坐不吃不喝,模样像升了天,但他胸脯仍一鼓一鼓,红卫兵也怕他饿死,每天送几块麻糕进去,但他瞧也不瞧!好几天下来和尚们点事没有,可这些学生们却沉不住气了,"和尚真饿死咋办?"

想想实在后怕,可这些烫手山芋全是自己拿来的嘛,又正是全由着小将们无法无天的年代,有谁肯来撩这馊豆腐呢,挠头抓耳终想出强迫和尚尼姑们还俗的办法来下台阶!

所以当时被迫还俗的和尚尼姑比比皆是,有到工厂的也有到服务性行业的。

县学街

大部分年轻人都不知道,本地工人文化宫是在原武进、阳湖县学与文庙空地上建造而成的,但都知道左旁有个小巷叫县学街,此巷南起文化宫北至局前街,全长约 500 米。

在过去的石子路小巷东北侧有所私立"中山中学",前身是"吴学士祠",新中国成立后改为七初中,"文革"中称"红旗中学",据说该祠奉祀明万历著名政治人物吴中行、吴宗达。

吴宗达是吴中行从子即吴宗达的父兄弟的儿子。他也是明万历年间进士,崇祯初年任吏部侍郎,相当于现在的组织部副部长。当代著名泌尿科专家吴阶平是其后代。

吴阶平出生的县学街"洗马桥"与我家大院仅一墙之隔。吴舜英是他姐姐,家住我家院内西边几间平房里,那时我常到她家玩。吴舜英为人和善,群众关系蛮好。

1968 年我下乡插队,十年后回来发现母校已叫市二十七中,即现在的市实验初级中学。得知母校兼并了市一初中我很意外。印象中的七初中除有两排平房外没啥特色,而一初中一直是市重点中学,光楼房就有好几幢;在县学街恺乐堂旁还有块面积不小的外操场，生源也属全市首选。"嘿，鸟枪换炮了！"明知是城市建设需要，可我心中还是有点得意。

县学街北出口对面有个"迎春桥"商店。计划经济时代物资贫乏，居民买香烟火柴要票，红糖肥皂要票，到对面"迎春饭店"吃饭须先付粮票，不要票的物资也有，譬如夏天用的一种蚊烟香，棉纸里裹点六六粉加木屑，几分钱一盘，燃起来连人带蚊子全呛得昏沉沉。

这年中秋节晚上，母亲掏出两元钱和七两粮票，又从计划本上小心翼翼剪下七张月饼票，我两个姐姐和一个哥哥此时已在外地读大学了。那年代干部群众一视同仁没任何特殊。按计划，中秋节每人有两张月饼票，每张可买一个月饼；母亲决定每人先品尝一个月饼，这对处于营养不良的我们来说已很满足。

"拿好钱票，去买七个白果月饼回来。"她微笑着对我说。

早就弄清白果月饼一毛两分钱一个，金腿月饼要两毛钱一个，枣泥豆沙，什锦五仁也价格不等……将钱粮月饼票叠好塞进外衣口袋，我兴高采烈出了门。夜空秋高气爽，月亮浑圆硕大，星星明亮围绕四周，路灯在树荫旁闪烁，迎面吹来凉爽的风。清新的空气让我浮想联翩，"哇！月亮真大真圆，若是个火腿月饼那该多好！"

边走边想，我不一会就来到"迎春桥副食品"商店，发现灯光不太亮的店堂里已经排了不少人。终于排到我了，我就对营业员说："买七个百果月饼！"他应了声，然后转身从竹筐里夹出七个扁圆粉黄、松酥厚实、两面均盖张小方红印纸的月饼，并将其横排在柜台上一张黄色蜡纸撮齐，随即翻滚蜡纸叠好卷牢，最后用细纸绳扎牢拎在手里。

一系列动作仅在几秒钟内完成，把我看得眼花缭乱。"喏！你的七个百果月饼！钱粮票还有月饼票呢？"递过月饼时他问我。

我"哦"了声，连忙用手到口袋里掏！可掏出两元钱和七两粮票，那月饼票却毫无踪影，让我非常着急。

我将口袋翻过来细找仍不见影子！推开众人在地上仔细寻找还是没有！营业员见状,冷冷收去那包月饼招呼:"下一个!"我气得不行但无办法,买月饼须三票齐全只能丧气回头。

月亮仍高悬空中,路灯还在树荫里闪烁,可我的情绪却如打翻五味瓶忐忑沮丧,虽到家仅百多米,此时却感到有几里路长。我很不甘心,决定一路细寻,认真模样让不少行人也跟我在旮旯里东张西望,可究竟找啥他们不清楚,有人过来悄悄问我:"你到底找啥?"我嘴上支支吾吾,心里却想:"告诉了你,我……"惆怅之余,却也放不下傲慢与矜持……结果是当然没找到!究是何因,这也跟明明是条小巷,为何却叫"县学街"一样,至今我都没弄明白!

县学街中部有座高大的哥特式建筑叫恺乐堂,据说建于1917年。旁边就是一初中的外操场。记得操场的围墙是用干打垒的方式砌成;几块木板先做好模型,然后在模档里填上泥土什么的,譬如混点石灰碎砖洒点水,木板在外面用麻绳扎牢。几位壮汉站上面用大木槌轮流对其猛夯,如此始而复之一段段向上连接直到夯实全部筑成。

外操场里面有座大宅院,据说是明末状元杨廷鉴的故居,此刻住了我一位初中同学还有他的家人。这位老兄后来去金坛茅麓茶场十年,文化上没半点提高,看来状元故居对他没起启迪作用。

上小学时我每天要经过恺乐堂门口几次,常听到有人在里面唱诗做礼拜,风琴弹的非常好听。我有时忍不住就偷偷跑进去看看,见神秘肃穆但光线昏暗的礼堂内,全是黄窗格和欧式桌椅。但挂在教堂最高尖顶内的那只大钟,到时会敲出浑厚钟声,"当、当、当!"几里外都能听到。教堂叶牧师女儿是我初一班主任,当时其丈夫在报社当编辑。

这恺乐堂里办过合群幼儿园,我最小的妹妹就在此受到启蒙教育,大唱革命样板戏时还驻过市京剧团。记得演李铁梅的是位年轻漂亮花旦杨小琴,每当有她演出,看客总是爆满。年轻人想法大家心照不宣,可自她调到省京剧团后情况就逆转了。其实对只要花五分钱就能看的"革命样板戏",

人们早就不耐烦了。

恐受基督冥意，"文革"后恺乐堂冷冷清清，没信徒来做礼拜，所以基督教堂日趋衰败。那位白发苍苍教堂女主持呢，此时整天胸佩毛主席像章，斜背语录袋去接受批判，后来见到任何人都举拳高呼："为人民服务！""要斗私批修！""打倒……"云云，思想比我们还"革命"！恺乐堂周围杂草丛生、残垣断壁，到处凄萧，但也成了孩子们的乐园，每天下午我们全不约而同溜进来玩耍。

久之，我发现别人都在教堂里东窜西跑，唯有一位同院高个男孩却呆头呆脑且喜独自行动。"搞啥名堂呢？"我感到奇怪，就特别注意他。有天发现他站在礼堂台上朝上发愣，我抬头见屋顶上除了黑洞洞地啥也没有。

"看啥呢你？"我好奇地问他。"你说那根电线我跳上去能够得到吗？"听他这么一说，才发现是有根粗电线在上挂着，可离人有一大截。

"够不到呢！"我对高半个脑袋的他实话实说，"要它干吗？"好奇地问他，想弄清……

可话音未落，见他朝上蓦然一蹦，手朝上一捞将这根电线扯了下来。"看，蛮长一截子呢！"还沾沾自喜地对我说。

他边收拢电线边对我悄悄说："铜的呢，能卖钱呢！不要对其他人说啊！"我终于明白了，当然也没向任何人透露。

就这样，他每天就在此锲而不舍地搜寻，可毕竟是教堂，不是存电线仓库且没人管，所以这玩意肯定越来越少。但已尝到甜头的他仍兴致勃勃，来了就东张西望仔细搜索。

终于有天他在厕所的昏暗角落里又发现了一根旧电线，看他兴奋地如拾到个金元宝。见他吸口气弯下腰，双腿一弓人朝上一蹦，双手同时朝上一勒就准确抓牢那旧电线，然后拼命往下死拽，动作娴熟地得我目瞪口呆。可就在这一刹那感到眼前突然一闪，听到声"啊哟"不好的尖叫，我傻了，因见他像被人猛击一般跌倒在地，嘴里还发出痛苦叫唤两手瑟瑟发抖！"坏了坏了,他触电了!"我脑子里立刻反应。

心里很急,但又不敢轻举妄动:"触电不是闹了玩的啊,弄不好……"明明见他正在痛苦挣扎,可我却不敢靠近他半步。

"切勿靠近触电者,否则……"上物理课时我听老师说过电的知识,跨步电压接触电流等,在我印象里这电不是啥好东西,弄不好小命会被它弄完!唯一想法,就是赶快叫人来救他!

可我回头一看,立刻打消此念头,一是他的叫唤声犟气没立刻死去的迹象! 二是他目前正在慢慢爬起,虽表情相当痛苦。

原来这路电线保险没断开,所以他被"电老虎"牢牢咬住了! 幸亏他自身重量将其硬生拉断,否则真的难逃这劫!"这家伙总算捡到一条小命!"过后我心有余悸,想到那幕还很害怕。

不过经过此次惊吓后,从此任何人叫他去恺乐堂玩,他那颗大脑袋就马上摇得如拨浪鼓……

这年年底,我去农村插队后回来过年,听说他们这批人也要去农场了。行前他对我悄悄透露,"想带走的唯一物品,就是这只半导体收音机。这可是我卖旧电线的钱买的!"见他神秘兮兮的模样我想:"别看他平常傻啦吧唧的样子,实际是个会动脑子弄钱的家伙!"

事实是十年后他从农场调回不久,就辞职在家专门炒股。这几年别人炒股炒得焦头烂额,他却买了别墅又买豪车,让人看了真羡慕!

医院故事

　　小时候我家与市第一人民医院距离较近，两分钟不到就能走到。总觉得这里的环境寂静，楼房气派，尤其一进去的三层门诊楼，形状蛮像江西瑞金红军时代的八角楼，特别是红洋瓦顶下那只端正的红五星！

　　三年自然灾害期间，有天我感到肚子又不舒服了，尽管还是小学生可对该医院已很熟悉。上午我自己去挂号看病。不满十四周岁的干部子女可享受公费医疗且不收挂号费。

　　这位男医生用听筒按在我肚子上左听又听，然后轻拍肚子听见"嘭嘭"直响就问："最近吃了哪些食品？"看他和蔼面孔我如实道来。

　　粮管所用稻草轧成粉末掺在面粉发饼里的研究成功了，所长亲自尝了尝说："嗯，蛮香的，稻草粉再轧细点多放点糖精！"所属粮店就此到处宣传推广："一斤粮票可买三斤面饼！"

　　为响应号召，我家也去买了几斤试试，不料这表面上看上去焦黄喷香的面饼实际中看不中吃，掺在面粉里 30％左右稻草末磨得再细仍很粗糙，咬嚼半天还卡在喉咙难以下咽。

　　肚里油水本来就少得可怜，即使勉强咽下去也很难消化，由此解大便又成了问题！喝菜粥挨饥难忍多日的我，因为贪吃几块，结果肚子光胀不放屁且拉不出大便！搞得人整天躁急想闯点祸闹点事！

看我可怜巴巴样，医生开了点干酵母："回去多喝水，千万不能再吃这饼了！"还如此关照，接着埋头在我病历卡签上刚遒有力的"段荫昌"三个字。

当年夏天，听说该院有位刚从国外回来的壮年副院长，在送医下乡途中不幸翻船落水身亡！弄清就是他时我傻了眼。

上初中有天放学回来，我感到腹部隐隐作痛："肯定是脱衣服受凉了！"母亲没好气地说。当晚我没吃东西，第二天醒来小腹部仍然隐隐地疼。"去医院去挂号配点药吧！"母亲对我说。

病歪歪到校请了假我又来到医院门诊部挂号。那天院长亲自坐诊。他稍微检查后就说："急性阑尾炎呢，迟来一步麻烦就大了！立刻住院做手术。"

那年月做阑尾炎手术是件大事，且小孩开刀要有家长签字才行。

但此刻到哪里去找我家长呢！上来院长也很急，但问了我父母亲名字他咧嘴笑了，"啊，陈校长儿子呀！"立刻打电话到父亲单位告诉诊断情况，"不能耽误，须马上开刀，嘿嘿，我就代表你这家长签字了！"说完亲自安排主刀医生。

原来他和我父亲曾在一起干部培训过，所以彼此早就熟悉。在他的亲自安排下，我很快被推进手术室！通过门诊楼后面那长廊进幢三层高大洋房，旁边还有个篮球场，星期天我常和同学们来此打球。那年代医院根本没电梯，推车上下坡全靠人工推拉。

躺在手推车中我往手术室去时，有位漂亮的女护士安慰我："半麻醉，一点也不疼！"还说："主刀医生是院长儿子，是咱们医院最好的外科医生。"可我哪懂呢，从没开过刀嘛！

初生牛犊不怕虎的我，还毫不在乎地说："我心里根本不害怕！"说完哼起"红岩上，红梅花儿开，嗳嗳……嗳……"当时刚看过《江姐》电影不久，我对江姐佩服得五体投地！

院长儿子跟在手推车后面，听见歌声就回头对后面那群女实习医生说："看他多勇敢，你们不用担心！"实话，因我乐观的情绪感染了大家，患者与医方全充满信心。

无影灯下的手术很顺利，但他用锋利手术刀将我肚子破开，且埋头寻找那肇事者准备割取时，我还是很难受地哼起来！

用手在腹腔内翻箱倒柜能没点感觉？迷糊中听主刀者说："可以缝起来了！"我才疲惫地沉睡过去。醒来已住进安静的大病房里，但发现都是成年病友。原来儿童病房暂时无床位。

可大家对我赞不绝口："啧啧！看看，才是小孩子哪，开刀无家长陪，面无惧色哼着歌上了手术台，还成人样半麻醉，英雄！"形象顿时高大！尽管每次打青霉素乳剂时我痛得浑身颤动，但仍然一声不吭。所有医生护士见到我就竖起大拇指，周围全是佩服的和蔼可亲的面孔，我变成有求必应的大众宠物。病友各家送来啥好吃的，大家也是先递给我。

医院还用我的"英雄事迹"开导那些害怕开刀者，"哎呀，大人还不及个孩子吗？"让那些人听了信心百倍，导致手术成功率蛮高。

英雄壮举传到学校。在班主任的带领下，同学们扎了鲜花来病房慰问我。大批人笔直站在我病床前，齐声朗诵了一段集体创作的赞美词。说实话啥内容我没记住，但心里蛮得意。

虽说医院是体现人生瞬然纵变，最能感悟生命价值的直观之地，而健康人是不愿意常去医院的，但我却很留恋这次住院经历。漂亮护士的笑脸，医院上下的关心，同病房病友们真诚的帮助、鼓励与赞赏，让我真正体会到了何谓幸福，还有人格受到最大尊重的感受！

手工匠人

20世纪60年代初,每当星期天就有匠人们来院里揽活干。令我最感兴趣的是补碗匠、补铁锅子和铜匠们干活!

例如补碗,匠人拎的手提木箱里工具一应齐全。破瓷碗经他鉴定后说:"嗯,可以补好的!"当然前提是碎片不少。

他将碎瓷片全集中细拼对全,然后将其用瓷泥粘上,尽量细心重组成原来形状,再用几根细麻线将破碗团团绑扎,扎牢后小心放在地上晾着。从小箱子里取出根硬圆短木套筒杆子。木杆顶上装根很细很尖也很硬的金刚钻头。一根细麻绳绕在这木杆子上,再用根竹片连接好细麻绳,收紧后做成副小弓样。

看晾得差不多了,取过碗小心夹放在自己膝盖中间,用金刚钻头对准碗上拼接好接缝两边,一手拉动小弓,一手空心抓住硬圆短木套筒木杆子,刚柔并举一阵猛钻,不一会儿所有接缝边上都钻出整齐对称的钻眼。根据破碗大小,钻洞大小配用细小铜搭扣子,然后把碗翻过来,将每付细小铜搭扣子对好钻眼,手指用力慢慢将对好铜扣挤压下去,当只只铜搭扣将破碗接缝紧紧扣牢后,再用精巧小铜榔头将碗背冒出铜扣头轻轻敲弯压紧。待破碗上全部接缝都钻好，扣牢敲弯压紧，并且糊些白瓷泥放在地上继续阴干，干得差不多后，他用旧毛巾轻轻将碗内外毛里粗哈瓷泥擦掉，这碗便光洁如新了。

补铁锅子匠人挑副担子，一头放只鼓风手拉风箱，风箱上面堆放些工具杂物。另一头放只铁壳炉子，旁边木匣里堆些刨花木屑木柴煤炭焦炭类，还有几只小坩埚。居民拿来一只底部有破洞铁锅，补锅匠拿过来像牙科医生样，手执一把小尖铁锤，在这铁锅漏洞周围这敲敲那打打，原本不大的洞，经他这样三打两敲，漏洞扩大一圈不止。居民看了心里不乐意，正欲与之争辩，匠人笑着解释："如不剔除周围不好部分，锅子将无法保证补牢。"其道理如补牙，应先剔除坏牙周围腐烂牙龈蛀牙，这样手术才能成功。

将早挑选过，并事先砸碎生铁片放进坩埚里，然后将这坩埚挤进塞满木炭焦炭火炉子中间。准备停当，用火柴将刨花木屑点着火放进炉子里，轻轻拉起风箱鼓风生炉子。在风箱鼓风作用下，烈火点燃木炭焦炭，炭火持续高温燃烧，生铁块在坩埚内熔化成熔液。匠人将要补破洞对好适当操作位置。从木匣里取出块小厚毛毡子铺在黑黢黢的手掌中，再在毛毡上铺满一层厚厚的草木灰，这样可以隔热保温。

另一只手用钳子夹住个小陶瓷勺子，从通红小坩埚里勺滴铁溶液汁，很快倒在毛毡垫上，迅速将手掌中滴了铁溶汁的厚毛毡，从锅底下将铁溶汁合扑到铁锅破洞的边缘，上面手中紧捏根由毛毡卷成的圆柱棒对准，两手上下同时牢牢将铁溶液压紧，不一会儿这滴通红铁熔液便冷却了，铁汁便牢牢粘在铁锅破洞边缘上。往返多次，直到全都合起为止。

更厉害的是那些铜匠们了！同样是挑付担子，一边放只大风箱，上面还放只大木柜，另一边放只形状较壮实的大铁壳炉子，加些钢炭和几只大小坩埚，同样还有木柴刨花之类，可是多了几套已翻砂好的浇铸模子（有时不够，就会立即派人回去取来）。

居民们拿些破旧铜质器皿或杂碎铜啥的，双方事先讲好要浇铸何物，如汤婆子呀、脚炉呀、铜勺子、铜炊子、铜壶、铜茶缸、脸盆,甚至铜痰盂等器皿。只要和匠人们把斤两价格都洽谈好,这些玩意儿都能马上现做出来。制作过程比补铁锅要多个把人,其铸造工艺也复杂得多。

先根据要铸作的铜器皿的大小重量,挑选相对应的冶炼坩埚,将碎杂铜细细敲打弄成形状差不多的小铜块,然后慢慢塞放到炉子上的坩埚里。塞满后盖好了盖子,周围再塞满小木块和钢炭。一切安排停当,上手师傅用小油壶往小木块钢炭上倒些煤油点上火,大风箱由慢到快阵阵猛拉,木块和钢炭很快同时燃着。拉了会儿风箱,浓烟没了,炭火燃烧炉子里的淡蓝色火苗渐渐旺盛,此时风箱尚需不停猛拉,见炉中那坩埚变得像燃钢炭样,颜色也通红通红。坩埚在炉里变得金黄晶闪如同一团火球。大师傅打开坩埚盖子,见坩埚里碎杂铜已熔化成亮晶绿萤铜汁,用勺子搅了几搅觉得时机差不多了,师傅摆放好配用浇铸翻砂模子,继续猛拉风箱炉,火更旺盛。

忽然,上手师傅停拉风箱,并从担上木柜里取出把大铁扁嘴钳子,他小心翼翼钳住炉间坩埚,慢慢从炉中将其提出,且迅速朝边上摆好的翻砂模子灌口倾注,待到整坩埚铜液缓缓流完,大功就此告成一半! 待翻砂模子完全冷却就可出模了。

刚才还是大堆碎杂铜块,现在已铸成了造型精致的半成品,再经匠人的细研打磨、焊接整理,不一会儿,这只造型独特、形状古朴、浑身锃亮且大器的铜铸成品就呈现眼前,完美得令人爱不释手……

别小看这些民间匠人,譬如铜匠的铸造制作整理过程,工艺涉及多门学科知识:炉火温度控制涉及冶炼学,翻砂造型属立体几何与物理学,有色金属配比属材料学,还有钳工、焊接技术、金属品制造工艺技术、古典造型设计艺术技术等,没有一定文化艺术修养水平,根本制作不了哩!

这些承传祖辈的手工匠人文化都不是很高,操作技艺却很精湛! 可是个个都是面黄肌瘦衣衫褴褛,看得出家境都很贫寒。

但难能可贵的是他们对工作都极其严谨认真,一丝不苟! 有时忙乎了

劲草丛语：陈亚散文选

大半天,连在旁观看的我都感疲倦,但这些忙碌不止的匠人,如自己觉得作品不称心,便宁可毁掉重制,宁可赔钱也要制出自己认为欣赏满意,并让大家都满意的作品为止!

如今,这种老行当手工匠人在城市基本消失,可他们刻实敬业,追求完美的精神令我难忘!

斜桥巷点滴

何谓"斜桥巷"？我长期没弄清，后知此地曾有座名叫玉梅的斜桥！当年我与大批老三届一起下乡插队，十年后回来听说有好几位家住斜桥巷的漂亮女生，在插队时先后被迫嫁给普通农民，令人捶胸顿足，叹惜不已，"哎，怎被……"可她们现在连孙子都有了。

巷子中部还有家小副食品店，1959 年春的有天早上，我来此对女店主说："买只豆沙面包！"接着把一枚 5 分钱硬币放柜台。

可她没有像平常一样，拿出个焦黄松香，中间叉开像五个手指还夹酱色豆沙面包给我，而是从高大木柜台后伸出大扁脑袋问："喂，小佬，粮票副食品券呢？"此话让我听了莫明其妙。

"粮票副食品券？"对此名称绝对陌生。

"哎！买副食品要收粮票和副食品券了！"面孔黄黄的女店主边将硬币扔给我，边如此解释。突如其来的变化让我傻了眼，"昨天来买面包你也没朝我要啥粮票副食品券呀，怎么一夜过来就……"我手足无措地问。

"我对你说啊小孩，昨天下午才接到上头通知，从现在起所有副食品都要收粮票和副食票，否则不卖！回去向大人要吧，以后都这样了！"见我不移半步,她又重复解释了一遍。

这天我只能饿着肚子去上学了。

"明天每家都要去粮管所领计划供应票证!从现在起,国家实行严格计划定量供应制度,一切物资都要凭票供应,包括粮食副食品等!"当晚居民小组长陈师母就挨家挨户通知。

九岁的我,朦胧中得知咱国家发生自然灾害,并且严重到让几亿人吃饭成了问题;粮食严重缺乏不说,外面还有老大哥趁机逼债,情况雪上加霜。当时街道办起公共食堂,地点就在斜桥巷内座居委会大院里,附近居民大部分都到此用餐,我家每日三餐也来此。

有天早上母亲对我说:"今天下午放学后,你去食堂买 30 斤饭票!"我听了点点头,见母亲把钱粮票放在抽屉便匆忙上班,我也走了。此时我哥姐大都已读大学高中初中,下面弟妹比我小得多,由此家中这类事基本由我去完成。

下午放学回来我去公共食堂买饭票,有位戴眼镜女会计接过我粮钱,埋头趴在算盘上噼里啪啦熟练一打对我说:"钱粮正好啊!"同时递过一叠饭票。我呢,大大咧咧地接过来点也不点就往裤袋里一塞回了家。到家拿出来细点,发现咋算都是六十,这让我傻了眼。

再细点几遍,还是六十斤,我激动不已。不久前听大人们说:"自然灾害严重,粮票就是人的活路!"居民粮食定量每月 24 斤,每月生活费约 8 元钱,我们小学生也是如此。

"公安局刚破获几起伪造粮票案件!"还听有人议论纷纷。真实情况是在大院外马路边的一间不起眼民宅里,前几天屋主人忽然被捕了;经公安局几个月跟踪侦察,最终确定此人是个伪造粮票高手,"黑市粮票五块钱一斤!"据当前市场行情,此人危害许久,所以必须绳之以法。联系此事我忐忑不安!于是拿起饭票重返食堂。见女会计还在埋头打算盘。"刚才来买 30 斤饭票,但……请你重点一次吧!"

我如获重释将饭票递给她。她满脸疑惑接过饭票埋头重点。可点着点着见她面孔由白转红转青,大冷天头上还冒出冷汗!

后来干脆摘下酒瓶底般的眼镜,双手紧按起伏不定的胸口抬头吐口气!原来她把十六两面额(一斤)的一张饭票,错成八两面额的一张半斤饭票给了我,所以整整多给了30斤!

在粮食特别紧张的年月,这可是笔不小数字。她每月的粮食定量二十四斤,工资才14元!由此冷汗直冒应在情理之中。双手发颤将饭票张张重数给我,直到确定30斤后我也心安理得地转身离去。

当晚有人来敲我家门,我满腹狐疑打开一看,原来是咱街道主任与那位年轻女会计:"我们来登门致谢!"主任的开门见山让我父母亲惊讶不已!女会计流着热泪紧握住我手说。

"谢谢! 谢谢你啊,小朋友!"主任将这此事经过告诉我父母亲。她们全用惊讶的眼光朝我上下打量,模样像刚认识一样!

其实我不交出这笔意外收获,这位临时工女会计也根本弄不清这30斤饭票究竟错发给谁,可食堂每天晚上都要轧账。

"不管啥理由,饭票少了她就要赔! 三十斤啊,嘿嘿……"街道主任意味深长地感慨,让女会计听了如履薄冰连连点头。

不久我所在学校接到封表扬信,校长打开一看惊讶不已,因为信上强烈要求校方:"马上宣传陈平同学优秀事迹!"如此咆哮让校长极其意外。实话实说,当时我不仅长相不行,调皮捣蛋在校也赫赫有名,因闯祸告状者甚多,还有人曾公开宣布:"你这孩子出息不会太大!"此结论让我自暴自弃,从此就变本加厉专门捣蛋,发展上至校长下至任课老师,见了我就像拿只刚出炉的山芋丢不了吃不下,我却若无其事!

可自接到这封表扬信后,我的形象一夜间被彻底改变!

大环境是毛主席刚发出"向雷锋同志学习"的号召,小环境是校长看完这信心潮起伏。

　　"这孩子虽顽皮出格但品质高尚,正确引导必有深远教育意义!"校长观念改变下面就不用说,所以我很快加入了少先队,虽别人是二年级,我却在四年级。

　　祸闯故事越来越少,学习成绩就直线上升,当然进步离不开两位特级教师精心的辅导。有天校长把我叫到他办公室亲自鞭策:"厚德若怀瑾握瑜,才真方蕴碑于心!努力吧,相信你会越来越优秀!"虽寓意让我好多年后才弄懂,但对他摸我头的那殷切神情印象太深,直至如今每经过这条面貌大变斜桥巷我仍感慨联翩!

勤业新村

勤业新村是本市建的较早也较大的居民小区，1986年我们搬去时，这里已在建四村。去年我特地再去看看："哟，范围比原来大五倍不止，不仅公共设施齐全，环境漂亮，而且交通已相当方便，有好几条公交线路经过这里，记得当年我们乘公交车，先要经过大仓路后再到怀德桥，这才有……"真乃往事不堪回首！

那年听说京杭大运河要拓宽了，我们摸清拆迁详情后按规定付掉超出房款，第二年春就搬到三村这套面积三十五平方米不到的顶层房子里。

事先请几位好友将一桶鲜红油漆涂在客厅地面，六平方米面积立马是片猩红，再用墙粉将所有墙面均匀涂遍，大小两房间用塑料地毯一铺，家具还是用旧的，家电只有一只小吊扇和24寸旧电视机。

所以新居装潢两天就告罄。

婚后在运河畔间二十平方米不到的黑潮小屋住了几年，现见这套虽小，但功能齐全，新居我相当满意，"你有才，太有才！"跷着大拇指一个劲夸自己老婆。实话实说，此次提前乔迁全靠她运筹帷幄、巧妙公关！

老婆心情更好啦："最喜欢这朝东阳台，从此晒衣服再也不用麻烦了！

你看天上蓝天白云,阳光明媚,采光好啊,这下不用像待在地洞里了!"瞧着明晃晃的天空我一个劲点头。

"吃喝拉撒也全各就各位,免得你冬天夜里跑到百米外的公厕去方便!"我听了更加喜滋滋:"新生活又开始啦!"

才四岁的女儿天真活泼,此时翘了两条小羊角辫子从这间屋跑到那间屋,还拍着小手大嚷:"噢噢!这是我的新家,新家!"模样说不出有多开心。

但夏天刚到烦恼事就接踵而来,大清早,灿烂阳光从东阳台一丝不漏地泻照在猩红客厅地面,周围一片红彤彤一看让我们浑身冒汗!

这没关系,弄个遮阳避光就行,虽然东南风由此受阻。顶楼太热空调太贵倒也难不倒我们,为了下一代健康从此节衣缩食,不久就买回只电冰箱用于防暑降温,当然这事也要动番脑子,此刻电冰箱还要凭票供应,这只名叫阿里斯顿洋冰箱买回来后,凡能放进去的东西没理由让它空着。女儿对此积极支持,欣喜若狂。

可对梅雨季节的雷暴雨我们束手无策!

如暴雨下得太急,平顶楼面溢满积水就来不及排泄,隙缝渗漏也难以避免;严重的跑冒滴漏过后,屋顶周围还留下片片霉斑!

此幢楼有胎里毛病,运河拆迁工期太短居民太多,这种安置房工程大都由乡镇建筑队承建,质量必然存在问题,那时没物业管理,全靠房管所负责日常维修。类似问题发生的多了,房管所也管不过来。

没想到此事也如中彩一样落到我们头上。

那天下班回来听老婆气呼呼说了件事,我顿时火冒三丈。

新村的房管员姓王,平常大家相敬如宾,相处比较和谐。不料这几天连续暴雨,房子漏得面目全非,只能用瓶瓶罐罐到处接漏水。

实在没办法了,老婆请假去找王房管员说:"能否尽快派人帮助维修!"不料平常和善的她竟一改常态,有点气急败坏,瞪眼大嚷:"啊!说得倒轻松!'马上修修!'我们是神仙啊,你说修就修?去看看,新村像你家情况的有多少，想办法暂时克服克服吧，暂时还轮不到……"老婆听了，立刻耐了性子对她解释："今年漏得太厉害了，家中到处用盆盆罐罐……"王房管员马上打断道："绝对不可能马上解决，有本事，有本事，叫你男人去找某某某好了！"毫无商量余地，老婆只好悻悻而回，一肚子气撒到我身上。我毫无办法，"竟有此事！"唯有气得两鼻冒青烟。

稍冷静后我对她说："你不要急，我自有办法对付她！"老婆听了朝我翻翻眼睛说："恐没这么简单吧！听说房管维修资金严重超支，根本……"我朝她眨眨眼睛说："哎，她干脆说房管维修资金困难，暂时克服克服还情有可原，可竟说：'有本事去找某某某好了！'这话太过分！"大家都知某某某是本市分管城市建设副市长！我想她对我老婆说这话应有两层含意，一维修资金确实紧张现在僧多粥少实属无奈，二有压势意思，通过接触她认为作为普通人不可能去翻这大浪，尤其见我这矮不溜秋其貌不扬的企业干部。"嘿嘿，真是有噱头的话，至今还会住这么小的顶楼？"势利算是到了家，可这种人在当今社会就是不少！

所以第二天一早我就拿了房屋调拨单，冒着瓢泼大雨骑车直奔市政府！

事也巧，这天市府值班员是我插友，听我说明来意，他立刻给我指明分管副市长办公室方向。"去，如果他问我，我会对他如实解释！"插友笑着对我表态。

此人知道我父亲桃李芬芳，在这大楼里的头头脑脑中他的门生许多。不过我不想这么做，而且从来没此想法，只是借管理人员打扫卫生时机，我理直气壮地进去正襟危坐皮沙发上专候他上班。

分管城市建设的副市长浓眉大眼人高马大，气势威猛。当他昂首阔步走进自己办公室，一眼见我这矮瘦的陌生人，不仅不请自到且还大大咧咧坐在他办公室里顿感奇怪。

到底是市领导，涵养确实与众不同，见他先弓下身很和蔼问我。

"请问你找我有事吗？"我毫不客气将来意原本道来，最后还强调："这是房管员叫我来找你的,否则我家漏房将无法维修,人也无法继续生活下去!"我递上调拨单给他看。

壮汉副市长喜怒不形于色,接过调拨单细看过后嗯了声,然后倒杯凉茶放在我面前茶几上,还打开落地风扇朝我吹起来。自己却坐到宽宽办公桌后处理事务。完了他转过身子对着我一字一顿地说:"你反映的事我知道了,现在你就到你辖区政府去找某副区长,说是我叫你去找他的,请他立马处理好此类问题,并将处理情况亲自向我汇报!"听他此话我立刻告辞,出来骑车直奔辖区政府而去!此时雨也不下了,所以我很快就骑到目的地。

其实我还在路上时副区长已接到他打来的电话,所以见我就热情寒暄几句,迅速换上雨靴陪我骑车赶很远的区房管局。

到了房管局,他对局长当面交办:"类似问题立刻安排解决!"说完回头看看我:"经费你们不要担心,居民房子维修要紧!"并如此着重强调。"请区长放心,我们一定全力以赴办好这事!"年过半百的老局长听了,立刻很严肃地对他表态。

天刚有点放晴,清早就有人爬到了我家屋顶认真维修。几天里他们用玻璃纤维布和沥青在我家屋顶上浇了又浇,漏水现象终被止住。单位在市中心给我买了套住房,前几年间,咱居住的这套顶层房,夏天好像没再漏过。

西仓桥畔

身居江南水乡对桥本很熟悉,20 世纪 80 年代初,我们结婚又住运河畔小院,暇余常到此座号称"京杭运河第一桥"的西仓桥上溜达。

京杭大运河拓宽是在上世纪末,此桥由此也被拆掉,但围绕古桥的往事我仍记忆犹新。从一张老照片上能见我抱着襁褓中的孩子站在岸边码头,西仓桥苍劲身影与独特风姿尽收眼底。

自古西仓桥南是国家粮食的仓重地,是朝廷皇粮的转运站,国家命脉所系也是百姓活命之靠。西仓桥是因漕运而产生的桥,隋唐以来本地就成转运漕粮中心。

此地一千三百年间漕粮数额不断攀升,宋时每年最高达七百万石。陆游曾赞:"苏常熟,天下足!"位于大运河和南运河交汇处的西仓桥南现在还有个大仓弄,桥东南百余米的原第二粮食加工仓库前身,就是有名的"西仓库"旧址,明、清称"廒仓"。

明正统十二年(1447 年)江南巡抚、清官周忱建广济桥。

广济桥开始是木桥,因其靠近西仓库,故百姓俗称西仓桥。明成化十七年(1481 年),巡抚王恕、知府孙仁重修了广济桥,并将木桥改为三孔石拱桥,重修后的西仓桥雄伟坚固。

1567年和1718年广济桥又重修。西仓桥是市区古代石拱桥中孔跨径最大的一座桥,典型明代风格,拱券高敞薄拱薄墩非常美观。

桥北堍东是条不宽的石子马路:菜场理发店,老虎灶澡堂子,药房诊所旅馆应有尽有,但多的还是饭店与船用商店,附近众多码头停泊各类船只,加上轮船公司班船、旅客上下,所以周围车水马龙。

一天去理发,听店里那位老师傅说:"咱爷爷年轻时就开这剃头店,自古这里周围开了不少木行,所以来此做木材生意的商人很多,当然米行豆行也不少,当时可真热闹!"

小时有年冬天我曾偶尔来此溜达,见码头周围搭了不少上盖毛毡茅竹的棚子,里面堆满乌菱莲藕,甘蔗梨子等各种水果。"那是季节性货栈,过完年就撤掉了!"老师傅边刮我脸边说。改革开放后,这些码头上物资堆积如山,但细看还是以建筑材料和南北货见多。

登上古桥石阶桥面,扶着石栏环顾四周,见大运河两岸平房众多却高低不一,桥下河面不很宽也不直。但黄澄浑水总是向东,湍流不息。

载满各类物资船只,在大运河日夜穿梭忙碌令人遐想:"如此贯穿南北的千年交通大动脉,究已承载过多少代人的梦想和希望?"可不息的噗、噗、噗的声音却让人吃不消,在此住了几年后我们才适应。

孩子诞生,洗尿布成主要任务,就是每天要洗几盆,星期天更加繁重,可小院里的男人们全无半点怨言:"哎呀,今天我家宝宝表现不错,才洗十五块!"唯一相互调侃:"哎,我们晒三十块联合国旗!"身后缤纷布片在阳光下迎风飘扬。

"噢……噢……噢……"听到火车汽笛嘶叫由远而近传来,我立刻放下手中尿布,一溜烟跑出小院站在驳岸伸颈瞭望;发现西面天空浓烟簇簇,远瞧如黑牡丹怒放,细看是烟囱高耸,浑身黑黢黢燃煤蒸汽小火轮,"空咣空咣"旁若无人地驶来!

蒸汽机喷着团团白雾，"哧咕哧咕"直喘。船头如一把利刃将河面劈成两爿，之字形水浪泛着层层涟漪，波涛阳刚冲刷两岸，河面搅得晃荡晃荡，结实两岸石驳被涛峰迎头痛击，水涯如天女散花般飞溅往返不断！

见船头上站个人，他手执一根长长的标杆，边朝船头前河面伸去边弓身向驾驶员打着手势。驾驶员或用汽笛声或用高音喇叭作出回应。两人浓重快速的北方口音如同咒语，后知是在相互通报此段河面的吃水深度。

要过桥洞前，小火轮放缓航速，可蒸汽机仍在哧吭哧吭急促哼唧，听上去像有多人同时咳嗽。船头后面拖着大咕噜铁驳船，仓里装的全是乌黑油亮煤炭。船工们边大声讲着话，边用吊桶将河水提上来冲刷黑油油的铁壳甲板。

如此壮观情景，令人确实好奇，因为这种燃煤蒸汽机小火轮已属少见。如今在运河里航行的大都是内燃机轮船，"呜呜！呜呜！"鸣声沉稳从容，不像这小火轮"喔喔……噢噢"急吼腔。而且内燃机船身总是清清爽爽，不像燃煤蒸汽轮船还是副邋里邋遢模样。

有天上午我去换液化气。跨上自行车没骑几步前胎就被石子硌了下，慌乱中听见车后篷通哐啷啷声巨响，接着是阵哐啷啷，我刹车回头一看，坏啦！钢瓶从车架颠下，现正骨碌碌往岸边急骤滚去！将车停住我下来朝其猫腰扑过去，但晚矣，这钢瓶一蹦三跳，眨眼工夫就掉进了运河里！

我连忙奔到岸边寻找：见钢瓶在水面上下翻滚几下，就顺着水流一浮一沉向桥洞方向淌去！我沮丧万分，"完了完了！这下真没辙了！"

刚好有位邻居老伯出门，抬头见状，二话没说转身回屋拖出根带铁钩的长粗竹竿，然后一路小跑到码头前面那个豁口旁——此处有个阶梯码头。"噔噔！"老伯三步并两脚，很快跑上贴河面的那级阶石，人稍微站稳就伸出长竹竿在河面仔细巡查，果然看到这钢瓶顺流漂过来。

就在它从眼前淌过一刹那，老伯身手敏捷，用杆猛然向前一扎，竹头铁钩便准确无误地扎住那钢瓶耳栓，然后用力将其拖到岸边，我立刻弯腰伸手捞了上来。

"嘿,我看你往哪跑!"老伯边收长竹竿边得意扬扬地说,神采奕奕模样像刚打过胜仗。"谢谢您啊老伯!"我千恩万谢地掏出大前门香烟。

攀谈后得知这位黑脸长鬓身体健壮的邻居,从小在运河边长大,所以练就一身好水性。俗话说"靠山吃山靠水吃水",打年轻起他就专事运河打捞工作。

"这也算个事?这辈子我捞上来的东西数也数不清,就说救上来的人吧,究竟有多少连我也记不清啰!"老人边乐呵呵帮我将钢瓶拎上岸,边大大咧咧地说。

"哎,现在老了,有些事就让年轻人去干吧!"凝视眼前浪涛大运河,老伯不无眷念地自言自语。告别好心老伯,我将钢瓶扎牢跨上自行车。

有时河里船队来往太多太密,全拥在桥洞前后就轧起挡来,如不及时疏通,没多久,长长驳船队上下互相尾随,就像被胶水牢牢粘住般。有时竟会排上好几里路!遇到此事也只好耐心等待,因水警闻讯会驾汽艇赶到现场指挥疏通。但有时船队实在太多了,航路很难马上恢复,若遇出事,譬如有船被撞沉、撞翻或搁浅,这航道就要很长时间才能恢复正常。船上妇女闻讯,立刻穿戴齐整挎上竹篮拖儿带女下了船。

这些平常不注意的船家女们,下了船模样又是另一番风韵,身姿结实健美,走路左右摇摆,风情万种。这是她们长期在船上生活养成的习惯,

女人们边用甜腻的腔调询路,边用略带羞涩的眼神四下打量,来到桥东小街上大家就分散了,由此各商店就见到这些船家倩影。不一会个个大包小袋嘻嘻呵呵满载而归。

中午,男人们盘腿坐在船舱顶棚盖板上,边喝酒抽烟边叽里呱啦说话。船工豢养的大小狗们也不闲着,它们站在泛着袅袅炊烟的船舷旁起劲互相对吠。偶尔有年轻妇女手拿水桶,怯生生来到我们这小院。

有位年长女子小心翼翼问:"先生,想讨点自来水行吗?"对此我们相当

热情,马上指着那水龙头说:"没问题,尽管来放,你们尽管来放噢!"听了此话,妇女们满心喜悦地放满水就走,从不多要。

每到枯水期,桥洞前后常有船只搁浅。遇到此事船工们边焦急地大呼小叫,边用篙竹拼命支撑船身想立刻脱险,有时实在不行,有人干脆脱光衣服跳进冰凉河里,然后使尽力气推那沉重倾斜的船体。

正在航船舵工均以此与儆,自觉放缓速度不敢抢挡争进桥洞,规规矩矩小心翼翼礼让三分!

有年秋旱,河水严重枯竭,岸边露出明显干涸河泥,河里行船由此骤减,环境宁静许多。这天午饭后,我和老婆一起抱着孩子在堤岸上散步。

那些跑建材运输的船主们,在此搭了几条宽长跳板。运河水浅下去大截,那些载满砖头石子黄沙,还有水泥钢筋的驳船无法近岸,聪明的船主先用木桩架了支撑,然后用几块跳板连接好往岸上卸货。

"不这样不行啊!建筑公司催得紧啊!"有位包工头模样的中年汉子笑着说。那些船工们正挑着担子哼哟哼哟将建材往岸上卸。

这几年房地产膨胀很快,建材需求骤增,所以跑建材运输成了船主赚钞票的热门。

正瞧得起劲,听到像有人在高喊:"小朱!小朱!""朱老师!朱老师!"且一阵高一阵,老婆听到东张西望循声去寻,终见河岸下边一条狭长旱路上有支队伍正在经过。

仲秋时节天很凉了,可眼前的男人们却全穿着短裤光着膀子,他们赤脚弯腰、头几乎冲地,每人身上都斜背根粗壮纤绳正吃力地一步紧跟一步朝前迈去。其中一位蓬发年轻壮汉,虽满脸大汗身子130度朝前倾斜,但仍抬头瞪眼吱着雪白牙齿举了黝黑左手臂冲我老婆直挥,嘴里大声叫唤:"朱老师!朱老师,是我是我!"惊喜神情显而易见!

见此熟悉脸庞,老婆蓦然想起他也是姓朱的初中同班同学!当年她被选出来当了老师,而这位船工子弟按规定只能回到船上去子承父业,不料竟会在此不期相遇,确实非常意外!

可他边笑着与我老婆简单询问近况,边姿势未变,仍然用力拉着纤绳跟着众人蹬脚缓缓离去。顺其身后那根粗粗纤绳延伸看去,原来正与河中一艘木船桅栏紧紧相连。不过此船虽沉重蹒跚,但航向始终坚定!

多年后,老婆参加老同学聚会回来问我:"还记得当年那位拼命拉纤绳的朱同学吗?"一经她提我就想起,"他已拥有好几支船队,是位运输大鳄啰!"变化让我深感惊讶。

每年夏天雨季,大运河河水泛滥,古老河床就像被人突然打肿般宽阔高涨,急湍如泻毗浪高涨洪水,从上游一路汹涌流到西仓桥洞前戛然被阻,此刻桥洞里河水骤流速泻,桥洞外水流形成数尺落差。考验舵工行船真功夫的时候到了!

顺水行船要注意不能偏离航向,否则就有可能撞在那千年历史的石桥墩上,弄不好就可能船翻人淹。逆水行舟的小吨位水泥船、机帆船、小木船更须格外小心,有时船还未到洞前就有被激涌涡流旋转席卷而下,导致人船失控沉入河底的危险!

连那些隆隆巨响,依仗大马力柴油机的内燃轮船龙头,有时也会被这强劲落差顶的如陀螺般在洞前打旋旋!所以不管白天黑夜,这些貌似强大的家伙要通过桥洞前,总先要"呜!呜!呜呜!"预先发出高昂鸣叫以壮其胆!有时半夜三更忽地连响几声把熟睡的女儿闹醒!

其后长龙般拖驳船上的船工们,此刻也紧张地相互传递信息,"注意!要过桥洞啦!""扳艄!""推艄!"声如狮吼虎啸。南腔北调吆喝声,稀里哗啦拖篙动撸嘈杂声响成一片,现想起似乎还在耳边回荡!

但这些早成历史!20世纪90年代,京杭大运河拓宽工程全面启动!来年春天我家随之搬走。再见到这京杭大运河已是本世纪初,河道拓宽通航已有好几年。那座历史见证味十足的西仓桥呢,被拆掉几年后如今按原型重建于东坡公园供游人观赏。

公园故事

据说这里原是"陈氏后圃"部分。"后圃"即后花园，当年的园主人陈果仁是本地著名历史人物，他是隋代司徒且有勇有谋，死后被谥"武烈帝"还建忠佑庙祭祀。据说在陈朝灭亡后他归隐深宅，因此地有眼潺潺泉水千百年不涸，所以他在此精心营造此园。后来这花园与崇法寺部分相连，慢慢发展成本市"第一公园"。新中国成立后被重新修缮扩大，命名为"人民公园"。

位于市中心的公园里面有大草坪、小山坡、落星亭、季札亭，从西门进去有个小剧场，对面评弹团的门口全是葡萄架。金鱼池前有个茶室，铁笼子里关只面孔与屁股总红彤彤的断尾猕猴。每天早上有人在人民公园树丛间锻炼，有人在茶室内外逗鸟喝茶。崇法寺已成市图书馆，下午读者很多。

按当时流行口头禅："大光明看电影，马复兴吃点心，人民公园谈爱情！"所以晚上这里虽是黑黢黢，但正是适龄男女的好去处！门口常有小贩吆喝："荷兰水，快来尝啊，熏熏甜哟，一分钱买一杯，错过就没了！"尽管知道它是白开水加食用香精与颜料混合而成，但颜色晶莹对我们这些小学生很有诱惑力。1957年秋的一天下午人民公园里更热闹了，有支志愿军回国部队在此与中小学生开联欢会！

这天晚上我们全到家了,可两个姐姐仍不见踪影。正在想入非非,听到院子有人说话我回头看:"叔叔当心,前面是个门槛!"听到二姐提醒:"好好,知道知道!"

"哟,这院子还真不小呢!"回答声不止一人。

"到了,叔叔,这就是我们家!"这是大姐的清脆喉咙。

明亮灯光下见两位戎装飒爽的军人走进来,意外情况让正做作业的两个哥哥惊讶不已,他俩全抬头张嘴,露出整齐牙齿。

父母亲和外婆见了虽然意外,但立刻满腔热情迎上去,连正在收拾桌子的羊妈也放手走来。见一位黑脸矮个子和另一位白脸高挑的两位年轻军人,正精神饱满地看着我们。

联欢会上,"有个姑娘来到深山去找红梅阁……"大姐甜美的歌声让官兵如醉如痴,强烈要求下她连唱几首中外歌曲;二姐表演的民族舞更让官兵们兴高采烈……联欢会结束后,余兴未止的两志愿军干部在她俩的盛邀下,兴致勃勃来我家做客。

一番寒暄后他们自我介绍。"俺叫祁启章,山西五台人,1944年参加八路军……"黑脸矮个子用口山西话说完就敬礼。"我叫邹洪起,安徽金寨人,1946年参加刘邓大军,1950年参加志愿军。"细高个白脸膛,有点疤瘌眼儿的军人边敬礼边说。

"啊,咱们还是老乡哩!"父亲听了立刻笑了,"不过从抗战爆发那年我们参加革命后就很少回去!"外婆在旁连连点头说:"哎,那年月哟……"白条脸军人很惊讶:"老乡见老乡,两眼……乐哈哈!"大家情绪顿时高涨。

忽见两人呼地同时站起立正敬礼:"向首长们致敬!"并异口同声。突然举动让大家深感意外!"刚入伍我跟军长当警卫员,知道咱首长都是那时参加革命的!"矮墩墩的祁启章崇敬地对父母亲说。父亲听了频频点头:"那年代,热血青年不参加革命能行?我们在国统区搞地下工作,斗争残酷,生活艰难随时都有牺牲危险,可比起你们在战场上面对面斗争就不算啥啦!"父亲很谦虚地说。

母亲满腔热情招呼:"快请坐,你们千万不要站着!"两军人听了毕恭毕敬坐下。父亲拿出大前门香烟,外婆拿出松子糖芝麻糖,还有正宗奶油西瓜子……大伙坐在大桌子旁抽烟喝茶热情攀谈,我站边上听着。

"我是连长,他是指导员,"边抽烟邹洪起边介绍,"俺俩都是从战场上打下来的生死战友!"祁启章操口纯正五台话说。

话题转到朝鲜战场。五次战役,青峰岭战役、上甘岭战役,我们全都打过,最后次仗打得真艰苦,事先上级命令我们须坚守 563 高地两天两夜,面对装备精良三倍于我,上面还有飞机支援的敌人,我们清楚是场从来没遇过的硬仗!

战前我俩商量:"如果咱俩全部牺牲就不说,如有活着就此负责赡养咱两家父母孩子!"老邹说得轻松,可我们听得沉重。

"是的!"祁启章坚毅地点了点头。我见父亲母亲眼神坚毅,外婆羊妈眼里全热泪盈盈。

邹洪起眯眼回忆,老祁闷头抽烟。听他心情沉重地说,我们脸色煞白,憋气无声,外婆看看羊妈重重叹口气,转身抹下眼睛回头连说:"吃吃,你们不要客气,快吃!"边说边把桌上的所有东西往他俩面前推。

"敌人蜂拥而上,距阵地几十米,看到美国佬吹胡子瞪眼凶神恶煞面孔,嘴里还嗷嗷直叫,我丢掉发红机枪,叫负伤通讯员拖来几箱手榴弹将底盖全旋掉,扔下棉帽脱掉破棉袄仅穿件衬衫,憋足气对着呀呀直冲的鬼子群连扔几十颗手榴弹,颗颗全在中间爆炸。老祁也打红了眼,他伏在那唯一还能射击的重机枪上狂扫猛射,硬把要冲上来的敌人全给打退下去……"

说到这里他呼地吐出口烟,胸部一起一伏,我们也呼地松了口气。"嗨!那天美国佬是疯了,飞机来了一批又一批,子母弹曳光弹像蝗虫般泻下来!炮弹轰得周围山头都被削平,满眼寸草不留,这仗打得可真惨烈啊!"邹洪起瞪着疤瘌眼儿吱嘴啧啧感慨,"但不管怎地我们还是挺下来并打赢了,美国佬真正领教到跟咱中国共产党军人打，嘿嘿还早着呢！"老祁眯着小眼挺起胸，沉稳又乐呵呵地说，残酷生死厮杀被他俩描述得如上趟市场般轻松。

"战争考验人，无畏是革命军人本色，你们确是咱老百姓最最可爱的人！"在市委宣传部当理论干部的母亲激动地说。我们听了全热血沸腾。

他俩从军装口袋拿出金灿灿勋章我眼前一亮："这是"志司"颁发的一级战斗英雄勋章，这是朝方颁发的金日成勋章，我俩一样！"金灿勋章映的他俩满面红光。"哇，真勋章呢！喷喷，简直……"大姐二姐，还有两哥哥全不停感叹。

我们轮流拿着看了又看，完了父亲决定："全家都去银都照相馆和英雄合影留念！"老祁和邹洪起也点点头，除外婆羊妈外我们簇拥他俩出了门。

照片上我们站中间，两志愿军英雄戎装挺立，勋章闪耀雄赳赳站两边，像保护神般气宇轩昂，模样让我这辈子难忘。记得部队第二天一早就开拔了，从此我再没见到过老祁，听说他转业回山西老家后任乡长……与邹洪起联系上，也在我下乡插队办社队企业时；转业后他曾专门来过我家，由此留下联系方式。可惜的是那些珍贵照片全在后来全遗失！

"将来你们的理想是啥？"可我仍清楚记得老祁和邹洪起先后问大姐与二姐。"我也要做最可爱的人！"二姐瞪着一双纯真大眼回答。"我造火箭，把帝国主义吓得闻风丧胆！"大姐回答更精彩。事实是1960年大姐高中毕业考取南工无线电系，专业就为发射火箭，卫星服务；1961年二姐高中毕业被保送到解放军外国语学院，成了名真正的革命军人！

第二辑　学海无涯

高考前后

光阴似箭，转眼在外地读大学的学习生涯结束，她以品学兼优的成绩圆满完成了学业，不仅把该拿的证书全拿到了，而且还比别人多拿了好几个。

回来后，她参加了本市有关部门组织的层层考核，且都门门过关，最后在好几百个竞争对手中脱颖而出，被一所省重点中学录用，成为一名高中外语教师，从而了却我父亲，这位弱冠便从事教育工作，被录入国家教育界近代名人史册，88岁著名老教育家一辈子追求事业后继有人的遗愿。在我兄弟姐妹8人中，通过历年高考考取名牌大学的有6人，且都学有所成：总工，国防科技高级工程师，外文高级编审，教授级主任医师，高级会计师，高级建筑师等！但对我父母亲几十年来甘受清贫，历受各次政治运动冲击而刻骨铭心的教育工作，居然无一人去青睐，这使父母亲内心多少有些遗憾！

女儿参加高考那年，巧遇到高考制度首次重大改革，那几天把考生们考的呀，真是个个如履薄冰，让冒着酷暑在考场外翘首企盼的家长，也都是沦肌浃髓忧心如焚。此时的父亲已近弥留，但我学习功底扎实的女儿，每考完一门功课后都要挥汗如雨赶到医院，趴在爷爷病榻前躬身附耳告慰："爷爷，您放心，我考得很好！"而爷爷立刻挣扎着从昏迷中醒来，憋足劲断断续续、气喘吁吁对她说:"好!好!快去……吃……饭吧,一定要好,好好考啊!……要读……师范大学,要当教师……"他在孙女儿高考结束那天凌晨与世长辞!不负众望的女儿顺利考取了她向往已久的师范大学,而且读的也正是她的强项外语专业。

不过每到高考之际我仍很关注这年考试动向,也自然忆起女儿高考时重病缠身的我父亲对她寄予的殷切希望!

我有过两次高考经历,且中间相隔十六年之久!1969年被打成"叛徒走资派"的父母被迫下放农村,同去的有我小哥和小妹,第二年我也转来此地继续插队。

其实此前母亲早病休在家九年多,1973年春她又发病了,公社卫生院无条件医治,但有位医术高明医生。这位戴着"反动学术权威"帽子的美国医学硕士邓医生,细查母亲病情后马上说:"要尽快转送到城里大医院医治,否则后果将不堪设想!"接着又咕哝了声:"这么重的病人了还狠心下放到此,究竟算何事嘛!"

此地要去县城的公路尚未修呢!第二天一大早,生产队长安排叫人拖来辆两轮胶皮平板车,大家将母亲小心平躺放在车上盖好被子。大伙和我哥俩轮流将车子拖到了有十几里路外的镇上,好不容易挤上每天仅一班通往县城长途班车。路上辗转一天,晚上才回到了下放前城市,直接将母亲安排住进了那家大医院进行救治。小哥和小妹一起回城去护理母亲。

我被派到几十里路外的新开河工程上挑河泥。

乡下只剩我父亲一人,他刚被任命为公社下放办主任。在这异常偏僻贫穷的公社里,此时有几百个各有难处下放人员家庭,正企盼父亲逐一帮助解决问题,所以工作很忙。

挑河工程结束,我拿了张优秀民工奖状匆匆回城调换小哥陪护母亲。妹妹也和小哥一起回到了乡下,因她尚在公社中学读高中。

谁知有天夜里母亲又突然发病,我摸黑匆匆上街叫来辆三轮车将她拉到医院抢救。闻讯又从乡下匆匆赶回来的小哥与我一起，轮流陪在医院。但母亲病情仍无起色！在外地农场的弟弟，还有工作的哥姐们接到加急电报都匆匆回来了，父亲带了小妹也从农村风尘仆仆赶回。

不料刚进门父亲就对我俩说："明早返乡复习功课，准备参加数理化语政文化考核！"我一听懵了。

原来从今夏起，国家逐步放开大学多年不招生禁令："要从工农兵中推荐优秀年轻人去上大学。"因我在农村表现突出，所以被大队公社革委会推荐作为全公社 6 名候选人之一，按期到县城先参加统一文化考试，待五门功课考试通过逐一选拔录取后就去上大学！冷静后我想：文革至今届指有七年多没摸书本，肚里本来就少得可怜的文化知识，不早还给老师了嘛！听说还要考一门没学过的化学，我更晕头转向。

为了照顾母亲，这些日子累得筋疲力竭，整天都是昏昏沉沉的，还能去考什么试，不真是赶骡子上架活受罪吗！

转眼再想："这是千载难逢的机会，辛辛苦苦熬到现在很不容易，别人想考还得不到推荐，怎能放弃？"细算时间还有几天可临阵磨刀！第二天一早，我和小哥带些不易找到的几本旧初高中书籍，冒酷暑赶回乡下复习功课。

小哥本是个市重点中学 66 届高中生，如不是文革原因，在校品学兼优的他早是清华或北大高材生，所以辅导我这 67 届初中生绰绰有余！经过几个日夜与蚊子苍蝇斗，与高温疲劳斗，加上原来语数物理基础尚好，稍温习再填些高中内容，也能囫囵吞枣对付了。

应付政治考试也不难，只要把当前报纸上正鼓噪的政治口号，常规术语等记住再临场发挥，无非是"无产阶级革命路线取得了如何伟大胜利"之类那套理论。

关键是我对这门化学基本一窍不通！

听说学化学首先要记住化学元素，此乃基础必定要考。此时正是"批林批孔"高潮，小哥对我说："学化学必须强记，但也有技巧，例如化学中的磷元素,英文代号称 p 只要记住:批〔p〕林〔磷〕就是磷。再如化学中钾元素,英文称 K,每天我们洗脚,都要搋脚的搋〔K〕脚〔钾〕K 就是钾!"等如此由浅入深、通俗易懂的学习技巧,对毫无化学基础的我速成也很有点实效。

几天下来,居然也记住好几个简单化学元素名称与基本概念。如 OH^-,那是氢氧根,这 $CO_3{}^{2-}$,就是碳酸根,而 $SO_4{}^{2-}$,就是硫酸根,食盐叫作氯化钠,石碱叫氢氧化钠等。俗话说临阵磨刀刀也锋,经过几个日夜挥汗如雨速成提炼,临时抱佛脚般复习,按规定日期我赶到县城准备上阵。

数百名男女考生从全县各个角落赶来参加考试。我们被统一安排住在党校宿舍,考场就设在县中。但报到这天我公社却来七个人,有位考生是以"自己推荐自己"的身份赶来报到的。

这位不速之客是老夏,他是我小哥高三的同班同学,插队在本公社最偏僻的村上。老夏有头乌黑卷发,长脸盘宽额头高鼻梁,身材魁伟肌肉发达,神态剽悍器宇轩昂,天生是副雄赳赳样。与众不同的长相,很像部外国电影《斯巴达克斯》主角,著名希腊奴隶起义领袖斯巴达克斯!可他说起话来一脸诙谐滑稽样,又蛮像苏联内战时红军赫赫有名传奇人物夏伯阳。

可二十六七岁的他,一段时期面色苍白,神情颓废沮丧,模样像只被秋霜打蔫的老茄子,又如棵营养不良的大白菜,精神面貌可说一塌糊涂!

去年秋天有个晚上,在大队宣传队打酱油的我来到他所在的村上演出,碰巧他也像出差样从城里来到生产队,目的是为秤点口粮回去。"明天一早就走!"趁人不注意他对我悄悄透露。

老套筒般的演出结束时已是深夜,他打着哈欠说:"已经太晚了,你就与我住一宿吧,明早咱们一起走。"我欣然同意。可一迈进那间烟味浓烈,凌乱如只垃圾箱般黑矮屋子,点上油灯见床上仅有的一条破旧棉裤,因他喜欢躺在床上思考问题还乱扔烟头,所以上面布满大小焦洞,连自己都无法遮体,为此我只能婉谢回头,走了 8 里夜路到家。

现在见他不请自来,并煞有介事地报了到,公社那位带队者看了目瞪口呆束手无策。

"老夏啊老夏，就算是神仙下凡，但你上大学愿望比我还悬呢！"我心如明镜。

来到宿舍他坐在我床沿上，放下帐子，边摇扇子边神秘兮兮对我透露："经我多年潜心研究，对"阿基米德定律"原理有了新的认识，不，有了创新！为此专门写了篇数万字的论文，直接寄到军事科学院下属某物理研究所，得到该所专家高度重视并有回信！"说完他从挂包里掏出一只牛皮纸信封给我看。

接过来我一看，见信封下面确有"中国人民解放军某某高能物理研究所"字样。不过在回信中很遗憾地告诉他："由于你学历和资历问题，要求入伍进研究所不可能！除非有本科学历才有探讨可能，否则不会破格录用！"

看着他得意加遗憾的面孔，我哭笑不得："真是个书呆子啊，一点拎不清政治形势，现在是批林批孔时期，哪个人敢冒这种天下之不韪！"

他在城里家中潜心研究"阿基米德定律"，听到大学招考消息很高兴，也没经过地方层层推荐，自己就直接跑到考场"报到"了——县招办那位女领导被他缠得走投无路，只能勉强同意："你可参加考试但不算推荐名额！"明眼人一听就知在敷衍他，可他却沾沾自喜！

清楚他还有个致命不足：这位"夏伯阳"夏老兄人虽下乡插队多年，但上下无人知道他在研究《阿基米德定律》，当然即使知道了也无济于事，因他没参加过一天劳动！也很少有人关心他，尤其是那些干部。

这年月如无地方层层革委会证明推荐，别说想入伍上学，就是出去讨饭也寸步难行！

"不愧是位夏伯阳！"见他那副踌躇满志势在必得的模样，我暗自为他能否如愿捏把汗。

第二天上午进考场，感到语文题目易如反掌，尤其一看到那篇作文题我就笑了：记难忘的一件事？这年头要说是难忘的事，陆离光怪的恐怕五百件也不止！随即文思如涌信手拈来，一篇数千字文章即刻呵成！在大家诧异的目光下我第一个交卷出来。

下午考政治，我埋头把满街挂的标语口号，人民日报解放军报，还有红旗杂志近期社论标题，凡记得的老套术语尽量写满考卷："让阅卷者自己去核对吧，反正不说反动话总不敢说我是错！"对此我绝对有信心。

第二天下午考数理化，虽在拿到考卷分把钟内我脑子发懵眼睛发黑，但冷静下来细看，"哎？好像也没太为难的东西嘛！"于是稳住情绪保持好必胜的心态，沉住气仔细做题，哧哧吭有一说一慢慢作毕！

两天文化知识考核下来，估计除化学没大把握外（但我仍把从小哥那里学到的所有东西，统统填上了卷子）其他绝对没问题。据了解我们公社这次推荐的 6 名正式候选人中，至少有 4 名文化连小学都没毕业！

当时同公社男的同住一宿舍，晚上我抓紧时间认真复习，书看到很晚才睡觉。而他们呢，睡觉的睡觉，打牌的打牌跟没事一样。

考试完了，体检填志愿，根据小哥预先指点："不管去学什么，首先考虑解决就业！"所以我填个省内最不起眼的院校、最不起眼的专业，然后回生产队边劳动边等待通知。

"斯巴达克斯"老夏考试一结束就回去了。无人通知他去体检和填志愿，可在临走前却对我充满信心地说："凭我考试成绩，被清华北大录取绝无问题！"

我们公社有三人被大学录取，读大连海运学院与上海交大的那两位，全是文化程度只有小学的复员军人，另有位回乡知青被录取南师院。

我没被录取，"斯巴达克斯"老夏更有没戏，只能回到城里家中继续研究他的"阿基米德定律"，直到恢复高考第二年他才考取南师物理系，但毕业后也没去什么部队研究所，而在本市某中学当了名物理老师。作为几代单传的他已三十六岁，当务之急是应该赶紧找老婆生儿子，这比发展"阿基米德定律"还重要！

这场令人啼笑皆非的闹剧，直演到"四人帮"被粉碎后的 1977 年，国家拨乱反正，正式恢复严谨高考制度。年近三十岁的我小哥，终在此年以优异成绩考取医学院，多年后成了名心血管病专家。但很可惜的，正是患了这种严重心血管疾病的我母亲，在我被推荐去考大学未遂那年年底去世，享年 55 岁！

第二次参加高考，是在我参加工作且成家十多年后的 1989 年春，由单位提名，主管部门审核批准，让我去参加某学院开办的"安全工程专业"班考试。

多年前我在化工企业工作过，还专门脱产培训半年学习化工方面知识，所以这次入学要考六门功课，可我以化学满分，其他五门优秀的成绩考取该学院，终于圆了我十六年前就希望读大学的美梦。

几年后十四门课程都获优秀，不仅拿到该院毕业文凭，还拿到学院颁发给我的"优秀学员"奖状。年底回到单位，领导发了百元奖学金，更重要的是我年龄正好四十周岁，蛮符合革命事业第三梯队的"四化"标准！

永恒的财富

"如果人有灵魂的话,何必要这个躯壳,但是,如果没有的话,这个躯壳又有什么用处?这不是格言,也不是哲理,而是另外有些意思的话。"伫立于瞿秋白同志的巨大铜像前,我反复回味这位伟人的狱中遗言,"另外有些意思"究竟是啥?我一直在心里仔细回味揣摩。

1958 年前我在觅渡桥小学上学,每天都要从庙河沿上的瞿氏宗祠门口经过几次。印象中的这瞿氏宗祠:淡红格栅前有两个石鼓但大门常闭,上面的黑漆也很陈旧斑驳,门头瓦楞上总有几棵墙头草在风中摇曳。宗祠很少见人进出,冷清与周围宅院没啥区别。

可大人们总用敬佩的口吻对我们说:"哎哟,这里可走出了位当代伟人;他与列宁讲过话,经历过苏联内战及最艰难大饥饿时期,作为新闻记者专访过列宁,还担任过中国共产党早期领导人!"此言让我打小就很仰慕这位叫瞿秋白的本地人。

后知他诞生于本市青果巷八桂堂天香楼,童年移居瞿氏宗祠,少年去京求学。后成《饿乡纪程》《赤都心史》的作者,由此成为鲁迅先生的挚友。"人生得一知己足矣,斯世当以同怀视之"从鲁迅先生书赠他条幅可见他俩是生死之交。

瞿秋白是《国际歌》在中国传唱的首倡者,他所译的"英德纳雄钠尔"至今一直沿用。刘少奇、罗亦农、任弼时等中共主要领导人,都是瞿秋白在苏联莫斯科东方大学任教时的学生。

瞿氏宗祠前面有条不宽的石子路,旁边就是子城河。六月中午骄阳似火,这河里也热闹起来:午后常有光屁股的孩子浸在河里逮鱼摸虾,穿水斗闹,胆大点的还爬到石桥栏杆上朝河里直蹦,水面被溅得白浪滔天!"凉快!"之间还相互大嚷。

这年夏天,河对岸有位刚拿到大学录取通知单的小伙,见大家在河里"翻江倒海"玩得很欢,忍不住也脱光衣服一头栽进河里,可下去就不见了人影。

"呀,他不会游水,快救救他吧!"待其家长哭喊过来人们才恍然大悟,由此打捞许久无见踪影:"随水漂到下游去了!"正众说纷纭,从瞿氏宗祠走出位中年汉子,弄清情况后他一声不响地跳进河里,不会儿就将此人捞了上来!"侠肝义胆,不亏瞿家人品!"人们用崇敬的眼光打量着瞿氏宗祠,觉得形象又高大许多!

"文革"中瞿氏宗祠内外贴满了"大叛徒,大反革命分子"的标语,大门被封,文物被毁,这还不算,报刊杂志常批判瞿秋白的"多余的话"。疯狂地口诛笔伐,让这位中国共产党早期主要领导人之一、无产阶级革命家、理论家、宣传家、鲁迅先生挚友、中国革命文学事业重要奠基者之一、在中国革命最艰难时期毅然投身共产主义事业的瞿秋白同志,虽逝多年还蒙受不白之冤!

当时我曾细阅过《多余的话》,虽理解水平有限脑中也带极左思潮,但无论从何角度理解,也总不能与所谓的"叛徒自白书"概念联系上。譬如有人把《多余的话》中:"我写这些话,绝不是要脱卸什么责任——客观上我对共产党或是国民党的"党国"应当担负什么责任,我决不推托,也决不能用我主观的情绪来加以原谅或者减轻。我不过想把我的真情,在死之前,说出来罢了。"说成是他向敌人卑躬屈膝其实大错特错。瞿秋白想借此表白的,是作为曾是中国共产党主要领导人,对因自己错误思想导致革命事业蒙受损失而深感内疚。

"我根本不想做'王者之师',不想做'诸葛亮'——这些事自然有别人去干——我也就不去研究了。不过,我对于社会主义或共产主义的终极理想,却比较有兴趣。"这才是他的坚定信念!事实是在敌人各种威胁利诱失败后,面对刽子手的屠刀他从容就义。

尽管在他生前有许多人不了解他,甚至反对他,但他的革命意志与工作没有丝毫受挫:"我的思想已经在青年时期就走上了马克思主义的初步,无从改变!"他仍然祝愿同志们:"勇猛前进!"

"从我的一生,也许可以得到一个教训:要磨炼自己,要有非常巨大的毅力,去克服一切种种'异己的'意识以及最微细的'异己的'情感,然后才能从'异己的'阶级里完全跳出来,而在无产阶级的革命队伍里站稳自己的脚步。否则,不免是'捉住了老鸦在树上做窝',不免是一出滑稽剧。"多么崇高的自我剖析与巨大精神财富!"难道这就是'叛徒'的自白?"我大惑不解!

1980年10月19日,中国共产党为瞿秋白同志彻底平反,恢复名誉,瞿氏宗祠也正式命名为"瞿秋白纪念馆",这些年来规模比原先又扩大许多,所以国内外参观者络绎不绝。我也每年都要去纪念馆瞻仰几次。

每次参观后,我对这位伟人的认识都会有新的升华:瞿秋白,这位看上去文弱的书生形象在我心中更高大。他是那么渴望追求光明,自身具备极深的文化修养,却要面对各种错综复杂斗争,其胆识与勇气非凡人所持。曾在党内身居高位的他,在受到不公正对待时,仍用饱满的热情,抱病投入到轰轰烈烈的革命工作中,胸怀实在宽阔!

瞿秋白同志是常州人的骄傲,他是位从青果巷(这凝聚数百年文化底蕴,让本地人引为自豪这名巷)走出去的巨人,更是颗在中国近代史上为数不多,但能划破旧中国黑暗天空的耀眼巨星!

　　瞿秋白在世仅 36 年，但他短暂的生命给中国人民带来了巨大的贡献，他是探索中国革命走"农村包围城市"道路的开创者之一，多次对"工农武装割据"理论进行阐述，是该理论的重要奠基人。毛泽东评价他："瞿秋白同志是个肯动脑子想问题的，有思想的人。"

　　对中国现代文化史上的杰出贡献，从他的辉煌论文《＜鲁迅杂感选集＞序言》可见。周恩来在 1941 年为庆祝郭沫若五十岁而写的《我要说的话》一文中就多次引用他的论述，可以说它奠定了当代文学的发展方向。

　　"人给你杀了，但是作品是杀不掉的！"瞿秋白被敌人杀害后鲁迅先生愤慨抗议。尤其瞿秋白就义前盘腿而坐，神情自若地对执刑者说："第一我不能屈膝跪着死，第二不能打我的头！"那视死如归的气概，让鲁迅先生更加起敬，他满怀愤懑组织出版了以"诸夏怀霜——（霜即瞿秋白原名）"名义，编印装帧考究的瞿秋白遗译作品《海上述林》辉煌两大册，并亲自作"……作者系大家，译者又是名手，信而且达，举世无两！"介绍。

　　这些都是瞿秋白给后人留下的永恒精神财富，尤其他临终遗言："如果人有灵魂的话，何必要这个躯壳，但如果没有的话，这个躯壳又有什么用处？"这话的确值得让价值观已大相径庭的当代人回味！

重读《围城》

当代名家钱钟书于上世纪四十年代末写的《围城》，七十多年来多次被重印，并被译成多国文字在全世界畅销不衰！这说明钱先生写的现代中国某类人物故事，不仅代表了中国，甚至代表在全世界各社会阶层均有影响。

其人物故事犹存于今，使人读之回味无穷，证明他的文学作品价值深度，其创作思想研究含蓄莫测，所以每重读一次《围城》，我悟如脱胎近似换骨。

或许他笔下的现代中国部分社会，当年人物故事与如今社会某些人物有过犹不及之处，以至读后让人有借鉴寓意？或许是因其语言幽默含蓄，个性脸谱化与高雅隽永风格深深吸引人们等，仁者见仁智者见智，唯各自读后方有不同感悟！但有点能肯定：文学作品能将社会人物共性刻画如此深刻，且放进四海皆准之，证实钱钟书就是"钱钟书"！无人能比！

《围城》立意深刻，创作含蓄，既有深刻的现实教育意义，也有长远的文学研究价值！"在这本书里，我想写现代中国某部分社会、某类人物……我没忘记他们是人类……具有无毛两足动物基本根性……"所以社会人物方鸿渐成作品中心，故事自然从他身上展开。

原是位极普通的人,在我们周围无论过去还是现在这种人可说无数,可作者却把其写成个人特质与社会共性产生矛盾冲突的人物!我琢磨作家良苦用心:许是借此阐明旧知识分了的患得患失、虚伪与无奈,实际却是懦弱,让人在啼笑皆非入木三分的情节中感悟,许是有意识将此种人物沉淀于社会,让人们常能借鉴?可随着故事的不断深入,读者又不由自主从主人公眼里看事,与其心灵共同感受,从逐渐了解到产生同情直到视同本人。"角色是虚构的,但有考据癖的人当然不肯错过索隐机会、放弃附会权利的!"此言说明:虚构人物如与整个社会融入就能震撼人的灵魂!功底如此炉火纯青不愧为文学大师!近代唯有钱钟书能有如此精品!

"踌躇满志,总想志在必得,可志大才疏,免不了狂妄自大自吹自擂,也常会为之满腹牢骚!因一知半解卖弄常被别人哂笑!"这样的人物在我们周围处处皆有。张扬个性的多元化时代。

说方鸿渐故事是他人事,其实说是自己也不错;因为人性的多面,无论在何社会制度下都难免暴露,这点连钱钟书本人也心知肚明,所以他认为方鸿渐故事中有自己影子:因为"好作品离不开作者的个人经验和思想情感;创作的重要成分是想象,可个人生活经历如黑暗点火,想象才是这火发的光,无火便无光!"钱先生更清楚:"随你如何把作品奉献给别人,但作品总归还是自己的!"

《围城》反映的社会现象,是人类形成当代文化传统意识的共性所在,而钱先生就是在这种文化背景意识的熏陶下成长的,所以这位大师明白,只有从他熟悉的时代、熟悉的社会阶层取材,组成的故事和情节作品才有真实感,才能入木三分!

方鸿渐的确在世界任何社会都客观存在。尽管每个人经历不同,但众多男女角色行为思想,均可归类到"方鸿渐就是我!"的范围。关键是"为何当今社会还有如此多方鸿渐现象?"原因是"社会不断变革,《围城》仍是面镜子,而因变革对象就包括自己!"钱钟书生前有句名言:"本人志不大,但愿竭毕生精力做学问!"其实塑造方鸿渐就是个大学问,目的是让人们从其行为汲取教训,深刻剖析这类人给社会带来的负面影响,借鉴评估当代社会的精神需求。

在改革开放的当代,如何准确评估自身价值,作家该怎么真正承担应尽的社会责任,敢不敢披露社会阴暗现象,能不能深刻揭露违背道德的丑陋,坚持扬善惩恶,反映老百姓内心的喜怒哀乐、人情世故等。说实话,当今社会太需要有个性、有启迪、能给人带来清新健康,具有丰富欣赏性、艺术性的优秀作品了。厌恶那些功利浮躁、无病呻吟、空虚荒谬、故弄玄虚、胡编乱造,但毫无文学价值,甚至下流地为迎合某些小圈子,满足某些权势所需的沽名钓誉的劣质文字!

《围城》写在七十多年前,可历史证明其影响早超过作者初衷。作品表现中国社会传统思维方式,阐述此方式必然要与现代价值观彻底决裂,所以只有自觉从"围城"现象中蜕变才能避免步方鸿渐的后尘。

"五香干与花生米同嚼会有火腿味道!"如当代作家们都能像金圣叹样,至刑前尚是如此潇洒坦然,何虑中国无诸如《围城》优秀作品后继?

可惜至今仍如这位名谓"西江月"的博客者所云:"前有围城,暂无来者也!"

妙书《人间草木》

读了《人间草木》让我爱不释手，此书作者名谓汪曾祺，他是江苏高邮人，是位当代著名作家，过去听说熟悉此人文风的读者，恐远没巴金老舍等名家如雷贯耳，原因是他真正出名是在二十世纪九十年代以后。尽管从二十岁起就开始发表作品，直到七十多岁去世，他的写作生涯达半个世纪之多，但真正放手写小说散文较多的时代，按自己所说是在六十岁才开始的，此前他的人生为何苦涩难过？凡看过这本书的读者心里就会清楚。

汪曾祺是中国近代文学大师沈从文的弟子，可以说，汪曾祺走上写作道路与他直接有关。他在《辑五：师友相册——沈从文先生在西南联大》里，用朴实的语言，把这位大师的写作及写作方法。用较经典的"要贴着人物写"这话概括，并作为自己写小说的精髓理解："人物是主要的……作者的主观抒情、议论，都只能附着于人物，不能和人物游离……"此言让我受益匪浅，在我并不很长的写作生涯里，凡能真正贴着人物写的作品，大都能获得各类大奖，可说就是按此理念认真实践的结果。

通过其作品就能清楚作家的生活态度，1929 年鲁迅先生由上海回北京探亲，5 月 22 日他在给许广平的信中提道："云南腿已经将近吃完，是很好的,肉多油也足,可惜这里的做法千年一律,总是蒸。听说明天要吃酱腿了,但大约也还是蒸。"鲁迅先生对美食方面的研究也与其文章一样入木三分。一个对生活有情趣的人,才能真正热爱生活,才能对生活充满激情,才能对爱情、友情、亲情等有真正的理解。汪曾祺是当代最有作为的作家,同时也是位很有造诣的美食家,因他热爱生活,所以对美食颇有研究。"四方食事"十三篇文章内容都是美食方面的详细描述,关于吃的趣事范围很广,说是篇中国当代民间美食指南不为过。譬如"四方食事——昆明菜"就令人回味无穷,他说中国人很会吃鸡,广东的盐焗鸡、四川的怪味鸡、常熟的叫花鸡、山东的炸八块、湖南的安东鸡还有德州的扒鸡等,而他最欣赏的还是昆明的汽锅鸡。"进门处挂了一块匾,上书四个大字'培养正气'……'培养正气'的鸡特别鲜嫩,而且屡试不爽,没有哪一次去吃了,会说'今天的鸡差点事!',所以能永远保持质量……"文字写得如此垂涎欲滴不由得你不信!

再看《脚底风云》《联大岁月》《平淡人生》《文章杂事》等,加上以上两辑,约二十万字的每一篇文字,可以说是精炼行文,平实臻化,内涵有趣。但叙事道理深刻富有哲理,文风独具一格非常流畅,恰如苏东坡所说:"大略如行云流水""吾文如万斛泉源",不愧为大家行文之风范。

《人间草木》收集汪曾祺五十多篇精品散文,时间跨度近六十年,细读真乃炉火纯青爱不释手。特别是《辑六:平淡人生——随遇而安》这篇,写的既感慨怆而发松又让人深思。

把自己被打成右派认作"三生有幸",且此右派还是在后来被"补课"时硬增上去的!"写过无数次检查,听了无数次批判……"散文如此写道:"后来大家都搞累了,于是将我下放到农村劳动"。

身处劣境的他,却利用和农业工人干活吃住在一起的机会,将恶劣环境和艰苦生活,繁重的体力劳动条件视为"效力军台"!

心中从未忘记自己是个现代社会知识分子,是名刊物编辑作家的职责,反而促使自己更加贴近观察农民的"知道中国农村,了解中国农民究竟是怎么回事,以此对自己以后的生活态度和写作态度是有很大帮助的!"竟有如此感悟。一个身处劣境的普通人,却仍然不忘人生责任,将这种逆境看作是一种乐观的历练,看作是一种重新学习的良好机会,难怪汪曾祺能写出既平实又耐人寻味的优秀文学作品!

从 1958 年当上右派到他真正摘掉右派帽子的 1979 年止,中间隔了二十多年之久!期间无论个人、朋友和亲人,为此所承受的打击和痛苦可想而知!但他却淡淡地"随遇而安!"四个字概括。"中国的知识分子是善良的……大多数人都还在努力地工作,他们的工作动力,一是要证实自己的价值,人活着总要做点事。二是对生我养我的故国未免有情……"这正是作者与祖国与人民惺惺相惜,拳拳赤子之心的坦诚表露,代表了中国老知识分子的宽阔襟怀,对现代知识分子如何树立正确的核心价值观,的确有强劲的感染力。

《人间草木》乃散文精选,内容涉及衣食住行、家庭人物、风土人情、地方特色等,可说是五花八门,也是汪曾祺一生创作的散文精品分类集成,我认为此作品值得大家阅读的根本原因,是其精髓不仅对把握人生观价值观有平燥修性之功能,更是本让人彻悟生命真谛的经典好书!

第三辑　天人合一

西圈门逸事

作为本地人，我活到三十出头要不是因结婚，还真不知本市西部还有个叫西圈门的地方！

打小咱家就在市中心打转转，即使文革期间全家下放农村，母亲去世，父亲恢复工作，市里重新分配房子也没脱离过市中心地段。

可插队农村十年上来的我到了谈婚论嫁的年龄，虽社会还实行福利分房，可单位没房也只能望洋兴叹；70％职工是从外地调回来的，其中50％以上都是大龄待婚男女，此种情况让领导们傻了眼。"即使马上盖房也解决不了问题嘛！"于是动员大家各显神通，"自己解放自己！"

我也绞尽脑汁千方百计调动女友积极性，分析她年龄、工作、表现与单位性质，各方面都比我有潜力。"自身资源千万不能浪费！"于是对她甜言蜜语，想发挥其能动性。

功夫不负有心人，那天她终于拿到张房屋调拨单，看清地址是"西圈门八号六室"，虽不知究在何地，我却很得意。"这西圈门肯定在西门，且在像西瀛里样有门的地方，否则咋叫此名？"我自作聪明地对老婆吹嘘。

"哇，十几个学校都在争这房子呢！"听她这样说我马上警觉了。

"事不宜迟,赶紧行动!"下午就拿了这张调拨单,两人兴冲冲从西直街走到锁桥头,一路打听此门所在,可走过派出所,经过项家弄,还不见有什么门!

向一位洗衣服的老婆婆打听:"嘿,西圈门啊,还要往西去呢!"

听她用一口标准老西门话指点,我俩继续东张西望,一直走到西仓桥北堍。发现这里马路有点宽了,周围也有菜场浴室,还有药房供销社等各种商店了。"还蛮热闹嘛!"可我俩仍很纳闷,"咋还没看到这门呢?"因为南边能见大运河了。

再往西走不远是条沿河驳岸小石子路,路南是波浪滔滔、船舶穿梭不停的大运河,路北边仍是片片高低不平的民房,可还是没见到啥门,但"西圈门八号"门牌却看到了。

小心翼翼推开这扇朝南的小木门,穿过隔弄看清里面有座小院,院北与西圈门小学用墙隔开,东西走向排列间由旧教室隔成的房子,每间面积二十平方米左右,对面有间一平方米不到的小厨房,因此形成了一条小夹弄。这是为解决大龄职工无房结婚动足脑筋的结果。

我们新居是夹弄里最后那间,优势是门口有个水龙头和池子。在七间房子组成的小院子里,总共只有两只水龙头。缺点是地势最低房子最旧,门关上黑乎乎像待在山洞里,平常靠朝南一扇小窗透气照明。

但至少有了个属于自己的窝,我们决定结婚了!

之前已搞到点计划木材,请一位会干木匠活的插友帮忙打了套较流行的西洋式家具,然后请位漆匠朋友上了漆,拖进了这间小房子里。布置新房时我发现,这新大衣橱的柜门上,还应配面玻璃镜子哩!

不是我插友疏忽大意,而是因镜子要凭结婚证才能买到!此事好办,第二天我和女友便去区里办了结婚证,随之将配给的棉絮棕榈,红漆马桶木拎手,锅碗瓢盆喜糖等用品,连同一面大橱镜子通通买了回来,星期天我自己来装配。

可就在最后一根洋钉敲下去时，听见卟的一声响我傻了眼：原来刚才用螺丝刀稍用力撬下，想把镜子撬正，谁知这锃亮镜子竟当场裂成两片！此物凭结婚证才能买到，且后天就要结婚！"真乃悲剧啊！"我尴尬极了。情急中想起老姚经理！前不久他与我同车去参加大棚车下乡联销活动，并同住宿舍好几天。

听说我是为此事而来，老姚经理表情有点为难："哎呀，年底了，按计划分配的原材供应全都截止啦！"弄清年底结婚的人太集中，所以把所有东西都卖光了，可我仍充满希望地看着他。"经济实行双轨制初期，紧俏商品绝不会有剩余呢！"听完他耐心解释，"啊！真没戏了！"我准备就此偃旗息鼓，想办法另起炉灶。

"且慢，让我为你再想点办法！"回头见他正在打电话。

"为成全大龄青年美事，你这老法师再挖挖潜力吧！"我说。嬉笑完他搁下电话，然后用笔在纸上写张便条递给我："现在就去找他，放心！黄科长见我条子一定会想办法解决的！"他充满信心地对我说。

姚经理此言没错。这位城中制镜社的黄科长，还真为我设法弄到一块同样的镜子，但比原先要厚两倍——是他从一块更大的破镜子上自己小心将其划下来的，使我家大衣橱终于破镜重圆！想想还真是不容易！

婚后一年，老婆在市妇产医院生下女儿，三十三岁的我终于当爸爸啦，心里真激动啊！单位厂领导破例派车让我去妇产医院接母女俩，这是辆红彤彤的大消防车，所以车子一路招摇，旁若无人地开进医院，让我极骄傲地将母女俩接回家中。

此举使这半间破旧教室蓬荜生辉！让我家这位未来高中外语老师，一出生便显得红红火火，非同凡响！

可再粉饰也难掩原来破庙的颓废本质。除雨雪天室内外到处返潮外，老鼠还特多，一到晚上小阁楼就成了它们的乐园，吱吱地叫唤严重影响女儿睡眠。于是我设法抓回只小猫，将它请上楼，本来满心希望想发挥它镇慑天敌的本能,谁知此猫在阁楼上害怕地叫了一夜,不仅老鼠没抓到,反把女儿吵得无法安宁,我大失所望,天一亮就把它赶走了。

夏天,一场雷暴过后,已会走路的女儿穿着一双红色小高统套鞋,自己蹒跚地跑到小院里,发现哪有水坑,她就往哪踏,来去踏得很好玩。每年雨季大运河水位猛涨,这小院子里也同是水漫金山!

虽然生活条件很差,但住在此院里的新婚家庭却很和谐,"哎哟,王老师,今晚伙食真不错,还有酱牛肉的嘛!"夏天屋子里较热,大家全没电风扇,所以只要天不下雨,晚饭基本在自家门口摆个摊,于是相互打趣:"是啊,你家也不错嘛,油焖大虾,嘿嘿,吃了力道不会小呢!"张老师的含蓄调侃让男人听了全哈哈大笑,女人们先抿了嘴红着脸,实在忍不住也嘻嘻笑了起来。孩子们趁机先到这家吃一口,然后跑到到那家弄一块。

时间长了终于弄清:这西圈门原本是个地名,当然也不排除在历史上确曾有这个门。

院子左右基本都是民宅,有次我干脆沿此河岸直往西走下去,看看出去究竟是啥地方?结果此路越走越窄,最后只能一个人走过去,但左拐弯就是新市路。

离八号院隔壁不远处有座气派的木结构楼房,房主老陆与大家熟悉了以后常抱了自己孙子文文过来串门。

知道他儿子从部队转业分在市公安局工作,儿媳妇娘家也就在此附近不远。

此地民风习俗与城里有点不同,因为附近好几家居民儿女都在同条街上联姻。那天我抱了女儿坐在邻居老付家门口,边看大运河边询起此地的风土人情。

"此地离市中心实际也不很远,但民风却大不相同。譬如本地儿女就近联姻现象比较盛行,不知是何因呢!"我看着河里大溜铁驳船穿梭问。"主要是相互间有个照应,平常大家就在同条街上生活,打小彼此了解,嘿嘿,谁不知谁呢,老百姓嘛,平平安安就是福!"在大企业干电工的老付对我说。"我女婿与我大女儿从小青梅竹马,现在她婆家就在往西那条弄堂!"手指门外西北方向他对我说。

我忽然想起他女婿,就是那位黑黪黪细长汉子,才五岁儿子跟他一模一样,可老付大女儿却美若天仙。"看来,相互了解和信任才是根本原因,不过没感情基础,还是……"我想。

"我小女儿婆家也在前面不远! 小伙子目前正在部队当排长。"

指着家里那位正在镜子面前乔妆打扮的漂亮女孩,老付笑了。女孩听见了这话,立刻腼腆地跑进房间砰的一下关上房门。"还不好意思呢!"老付老婆立刻笑着对我说。

有天我抱了女儿出来溜达,看见老陆也抱了文文在此散步,趁机对他问起此地故事:"过去此地确实很热闹的,特别在西仓桥堍南北码头附近,那真是商贾如云,酒肆客栈栉连啊!"听说他家过去是开木行的,"从你家那三进结实的木结构楼房就能看出,当年木行办的相当兴旺!"我用此话证实了他这说法。

"之前本地四大支柱产业,"豆木钱典"全集中在这里一带,咱们离长江近大运河水含沙量高,俗称混水,很有利于养护木质,由此成为木材集散转口市场,各地木商就自然云集此地了,我家祖上确实开过木行,直到新中国成立后好几年!"原来如此,难怪房子那么气派。

转眼二十多年过去了,去年春天我又来此故地重游,见原先西圈门八号,连同老陆家老付家以及当年运河拓宽红线内的众多居民旧址,如今早成河心地带。

正流连忘返,发现不远处有位老汉走了过来,见他不慌不忙从防洪堤上伸出根长渔竿,在这大运河上垂钓起来,见其悠闲神态我不禁感慨:"此地民风仍如此淳朴呢!"

阿　金

有一年五一黄金周的前一天下午，我出差回程到站。我从站了近二十多小时的像沙丁鱼罐头车厢里拼了命地下了车。从站台上回蓦缓缓驶去的列车，我嘘了口气，如同再获新生！

匆匆回家，放下行李，跑到附近浴室，回想这一路风尘我心有余悸。从泡满团团蠕动的白色肉体的热气腾腾的大浴池出来，擦干身子躺到浴榻上，盖好浴巾准备休息，随意朝旁边躺着的一位老者看看顿觉脸熟。我戴上眼镜凑前才认出，他竟是几十年没见过的阿金师傅！

六十多岁的阿金虽头发大多斑白，脸上皱纹也很多了，但音容笑貌基本没变。当他睁开眼睛看到旁边的我也愣了。我摘下眼镜，他一个鲤鱼打挺坐起来掀掉浴巾，裸着身子一把拉过我的手急切地问："你是陈家小六子吧！"我连忙点点头。

听我说是的，他睁眼又将我仔细上下看了几遍，然后很认真地说："你长大了！"当我笑着说自己已有五十多岁时，他更惊讶了，看着我又愣会儿才哈哈大笑起来！

"岁月不饶人，连你也……"他感慨不已。

我俩光身坐在浴榻上，相互询问各自的经历和近况，方知他已退休多年，因原住老房子拆迁过渡，所以暂住在市区小儿子家里。

忆起往事他历历在目，特别是那年帮我们搬家的事他丝毫未忘："那时就带有卫生间阳台，还有红漆地板，这样的房子少得很呢！"他侧重强调，接着动情地忆起我父母亲给十块钱的事：

"那时的十块钱啊！嘿嘿！"转头对浴客们说。大家纷纷忆起那时十块钱的价值："几个人好几天的生活费呢！"都这样说我才知道：那时阿金家每月收入也才十几块钱。

"每天究竟要挑多少桶水？连我自已都搞不清！反正从天亮到天黑，扁担就不离肩，那活儿干得哟！"忆起那时日子他仍深有感触。

两位少儿近邻，此刻裸着身子躺在浴榻回顾往事趣事，而且越讲故事越多，越讲越兴奋连时间都觉察不到，直到服务员前来打招呼："对不起！我们要扫地关灯打烊了！"我们这才余兴未消地穿好衣服互相告别，

在回家路上，我突然想起一件事深感后悔："这位老近邻阿金师傅，他尊姓大名、究竟叫啥我至今都不知，糊涂啊！"心里一直埋怨并告诫自己："再遇到他定要问清，千万千万不能再忘了！"他的往事在我脑海里也越来越清晰……

我们搬家那天

这年夏天特别热！那天一大早阿金就拖了辆板车来到家门口，接着帮着装车拉车，前前后后忙乎了有好几趟，直到把这个大院家里的所有东西，都搬到离这儿有好几站地外的新家，此时天已近黄昏。

他舒了口气，伸手抹了抹头上的汗水，再往身上穿着的那件短小褂子下摆角上擦了擦，这短小褂子上半部早都已经湿透。

新家搬在一幢新建的公寓楼里，屋子里到处都是堆满的杂物。阿金自

已找了个小凳子坐了下来,取下了背在身上的那只水壶,打开塞子,仰头连喝几口凉开水。

放下水壶就看到正怀着我最小妹妹的母亲,腆着大肚子从里屋里出来。她费力地弯下腰从大堆杂物的中间拖出一只旧柳藤箱子,打开拿出一条新毛巾递给阿金说:"真的辛苦你了,阿金师傅!天这么热,已忙了整整一天了,连口开水都没法烧给你喝呢!快到厨房里去吧,那儿有自来水龙头,好好冲洗冲洗,凉快凉快吧!"

搬家这天我们全家都在附近一家小饭店打发,请阿金去,可他怎么都不肯,只是自带些干粮和凉开水打发。

阿金接过毛巾笑着说:"嗨!这点算什么?不是大事哟!"。

说完走出屋子,通过走道来到厨房里找到水龙头。他很快脱掉短小褂把头和身子都伸到水龙头下面,打开水便冲洗。

"啊,真痛快啊!"他洗得欣喜若狂。

快要冲洗完时我父亲在屋里大喊:"阿金,阿金,你洗好了就过来啊!"

阿金忙关好水龙头边用毛巾擦身子边回道:"噢,好了好了!就来就来!"他说完穿好短小褂子回到了屋里。

已有四十多岁的我父亲刚把屋子全部整理好,此刻手里攥了两张五块钱票子笑着对阿金说:"谢谢你啊,阿金师傅,没有你帮忙我们还真没有办法呢,天这么热这点钱你就拿着吧!"

说完将钱递给阿金,不料这阿金见了回头就想跑,嘴里还很着急地说:"我不能的!我不要钱!帮帮忙是不能要钱的!"说完想走开,但跟在后面的我母亲一把抓住他衣服,对他说"阿金师傅啊,你真的不要客气,俗话说得好'远亲不如近邻',咱们相邻了这么多年,大家相处得如同家人一般,你天天挑水送水那么辛苦,这回我们搬家,天这么热你还来帮助我们,真的非常感谢你的!这钱你可一定要收下的!"说完就从父亲的手里接过钱,塞进阿金短小褂子的口袋里。

　　我和小弟弟此时正好从外面走进屋子，看见阿金满脸通红地微驼着高大的身躯，十七八岁的小伙双手捻着小褂子下摆角，低着头，垂着两眼，头上直冒着汗，忐忑不安的模样着实感人。

　　我也很清楚地看到：阿金此时用手抹去的不仅是头上的汗水，还有从他眼里淌出的热泪！

　　阿金是我的救命恩人

　　小时每当阿金见到我，他总要把我拉到他面前，然后蹲下身子看看说："哟！又长高了嘛！你命还真大呢！"说完站起来用手摸摸我头说："去玩吧！小命还是我救的呢！"

　　这话使我好奇也很不理解，"怎么是他救的呢？"稍大后就问大人，不料他们都说："是啊，阿金师傅啊还真的是你的救命恩人呢！"接着把经过一五一十讲给我听，我才方知其中缘故。

　　原来，在家中已是排行老六的我，生下来后不久就大病了一场！表现是双目紧闭不吵不闹，不吃少喝气息微弱，几天下来一直如此。大人们见了都很着急，请过好多位名医来看过，但效果都不太理想。可外婆和保姆羊妈仍到处托人想办法，邻人们也常来关心探望指点。

　　在一个寒冷的滴水成冰的早上，羊妈出门买菜，迎面就碰到阿金他爸，见羊妈满脸忧忡，知她仍在为我担心，他就说："这事你不要太急，我在城北乡下有个堂兄是祖传儿科郎中，我叫阿金马上下乡去请他上来，或许会有点办法，救人一命，胜造七级浮屠！"说完还念念有词。

　　抽了抽通红大鼻头，拢起破棉袄袖管，他一路小跑回到家。他叫出也拢着袖管躲在灶膛间取暖的阿金。阿金妈刚去世半年，所以他在灶膛间想妈想得两眼红彤彤，模样让老爸心酸不已。抹了把眼泪对他交代此事。年仅十岁的阿金听后二话不说，用冻手揩下鼻涕脱下脚上的旧草蒲鞋，换上家中仅有的一双破胶鞋，放下破棉帽耳帘再用旧毛巾将脸捂严，披上一件他爸的破棉衣，随手拿把旧布伞就头也未回地往城北走去。

外面西北风阵阵风雪交加,阿金坚持走了十几里乡下泥泞小道,直到傍晚才满脸通红,哈着气,一脚高一脚低浑身泥浆,同了自己堂伯父来到我家。

正在客堂间拾罗杂事的羊妈,抬头见位满脸清瘦头戴黑色罗宋线帽,身穿旧棉长袍乡下人,旁若无人地走进我家庭院长廊。

顿感奇怪正想问时,见他举手拍拍身上的雪渣放下雨伞,颤巍中跨进中间屋,后面还跟着浑身是雪的阿金,羊妈明白了,"哟阿金啊,你还真……"

这话让正在厢房侍弄我的外婆听见了,轻轻放下我就出来寒暄:"啊呀,这么冷的天,还烦您老先生跑这么远的路,受累受累,太对不起您啦!"边说边倒杯滚烫热茶。老郎中不声不响,扭头看看周围就在张榉木太师椅上一屁股坐定。

喝了几口热茶,稍缓口气,他便文绉绉来了句:"佛经云,'救人一命,胜造七级浮屠矣!'况我乃专门救死扶伤的郎中呢。"

外婆和羊妈看着他清癯的瘦脸直瞪眼,样子如坠入云端,面面相觑。原来他一口北乡人土话,若不是阿金翻译谁也听不懂。

休息一会,老郎中就问:"请问居家患儿何在?"聪明的外婆明白了,连忙叫羊妈进屋将裹在棉被里的我抱了出来。老郎中戴上老花眼镜,借堂屋一盏明亮电灯光将褓褓中的我凑前细看再看,还用骨手小心伸进棉窝,按住我细嫩的手腕静静把脉,然后捋捋下巴几根山羊胡子低头沉思,好久才抑扬顿挫地说:"患儿脉息极微,但还平缓,可内中伴有丝丝反荡不太好呢,就看接下来几日趋向若何!"他说完皱皱眉头仰面长叹了声。羊妈和外婆听了面孔又愁云密布。

可他又立刻关照:"取只草焐子,里面铺点老棉絮,把这孩子裹好放在里面。设法给他喂点红糖水,弄只脚炉加点钢炭点着放在边上,火要保持旺盛,当然房门和窗户稍隙待明早再来看情况。"

家人听了虽将信将疑,但还是全照办无误,此夜大家无话。

第二天天刚亮,他就来到我家憋了声音让外婆打开房门,进屋见我竟张了两小眼正朝他瞧。家人都惊喜了，外婆立即对羊妈说："去拿来只奶瓶热点牛奶来!"羊妈很快照办来喂我。

见我吮起奶嘴就急急地吸，老郎中轻舒口气，外婆眉开眼笑。

阿金拖双旧草蒲鞋与他父亲从院子后门跑来，见我吮牛奶一副迫不及待的样子，他笑着说："呀，我的伯父！都说偏方气死名医！这次我可真领教了！伯父您真乃神医!"乡下郎中听了很得意，表现是不停将着山羊胡子眯眼直笑，大家也说："是啊是啊！阿金说的没错，先生您真乃神医呢！这孩子真遇到救命恩人啰!"全是赞叹。

"真的谢谢您啊，老先生!"外婆和羊妈情不自禁地抹起眼泪。

将着山羊胡子的老郎中，不失时机咳了几声嗽，接着又权威地说："虽这孩子命大，自己缓过来，但命脉还没真正稳定，下来须如此如此……"关照家人该如何如何。家人当然深信不疑，全照他关照不误。虽当中也有过反复，可在大家的精心照料下，来年春天我终于恢复元气。外婆很高兴，托人找了一位年轻奶妈专门照料，我的生命逐渐旺盛。

"老郎中只肯收两块钱，多余的他死活不肯收，阿金父子也是分文不取!"说完这事，外婆轻轻叹口气，"你啊，以后真要好好感谢阿金师傅呢!"还特意补充。

阿金与邻里关系很好。院中人们进出要穿过许多庭院，要知邻家今天吃啥，随意走到哪家中间屋稍伸头就一目了然。人们生活透明度如此之高，几乎没秘密而言，加之相敬如宾，友好来往，生活其乐融融。在这种氛围中我慢慢长大。

有个星期天一大早我醒了，一骨碌从床上爬起，穿上衣服跑到院子里的天井旁。一眼就见房东王先生正弯着腰，蹶着硕大的屁股费力掀开天井阴沟盖板，随后手握根长竹子很用力地哧吭哧吭捅着。模样挺俊的王师母，搂了儿子小黑站他旁边像在指挥督阵。

天气逐渐转暖，前几天，后院街道干部刘主任来串门，临走时专门招呼：

"星期天如各位休息在家,请动手打扫打扫卫生,除除四害,过几天就要查卫生了!"住在天井旁屋里的王先生,几天前突然发现天井阴沟不知怎地,流水不畅,昨终被堵。污水漫溢,搞得这几天环境总臭烘烘,气味很恶劣。所以星期天一早他才用竹竿捅起来。

但捅了半天,阴沟流水不仅未畅通,味儿却更难闻了。王师母忙捂着鼻子拉了小黑,嘟囔着跑进屋里砰的一下关上房门。这王先生虽屁股撅得朝天、累得满头大汗,但出水效果仍然不明显。

"还是叫阿金来看看吧!"羊妈早在厨房打扫卫生,出来倒垃圾时见王先生正很费力但不显效果样,便轻声对王先生说。偏巧,正挑着水担打着号子的阿金走来。听到羊妈话马上高应道:"噢!送完水我就来看看!"

不一会儿,他真来了。

阿金一来,用根长竹子像叉鱼般朝阴沟洞里三捅两捣,一番捣鼓,然后转身对王先生说:"吊点井水冲冲阴沟看看!"王先生照办。说来真神奇,王先生将桶井水冲下,不久听见"咕噜咕噜"响几声,阴沟似乎很听他话"嗝"了一下很快畅通,不一会儿淌的干干净净!围过来的邻人们见这样子,都高兴地说:"好了!好了!这阴沟总算畅通了!"

"还是阿金有办法喔!"王先生边甩着双手,边有点自嘲地笑着对大伙们讪讪地说。

"阿金啊!你真的很聪明,很能干啊!"大家纷纷夸阿金。这时俊俏的王师母拿了毛巾脸盆从屋里走出来,听大家正在赞赏阿金,便用杏眼瞪了王先生一眼,然后笑着说:"嗳!阿金你还真很有办法哩!要不你来帮助,他这笨蛋还真不知怎儿搞呢。"一头雾水的王先生用手摸摸自己的秃头,嘴里咕哝了句:"怪啊!"

这时阿金得意极了。听王师母这么说,便经验十足地对大伙解释:"这阴沟里淤泥聚集时间太长,也太多了,光直捅根本没用!要这样来回地疏通!"边说还边比划。

下来他干活更卖力了。

"以后遇到这种事,你先请教请教人家阿金后再干吧!脑子一点都不动!"王师母趁机教训王先生。

王先生红脸朝王师母翻眼,但见她一脸嗔色,便欲言又止。

院内家家日常生活,烧饭炒菜用的是大灶,烧的是柴火。每家厨房里都有座两眼火灶。

夏天晴朗,骄阳似火。这天快到中午,外婆和羊妈正在厨房里忙着烧午饭。但今天火灶灶膛却总是浓烟倒灌,怎么也烧不着火,反被烟熏呛得她们直咳不停!

"肯定是破瓦片掉进烟囱里,把烟道给堵住了!"被熏的实在不行,她俩只好熄火跑出来。羊妈边抹眼泪鼻涕,边仰头朝那屋顶上细看:"又是那只该死野猫,把烟囱扒坏,碎瓦片掉进烟囱,烟道给堵了"羊妈对正吭吭不停地咳着,用手绢不停抹眼泪的外婆说道。

"快中午了,大人孩子到时可要吃午饭呀!这可怎么办呢?"外婆心里此时确实很急,可这两个老太婆,此刻又能……也巧,阿金送水到邻家经过。羊妈连忙跑上说起了此事。听羊妈说起,阿金撂下肩上水桶,探头朝那屋顶上看了一看,但什么话也没说,放下水担便走。见状,羊妈和外婆互相瞪眼,不知他究竟是何意。

可不一会,就见他哧哧哧扛了张大竹梯子,从外面急忙走进来。

大竹梯子斜靠厨房墙面,他三步两跨像只猴子般窜上房顶。然后趴在不高的烟囱上往下细瞧。

六月中午,上面赤裸裸地被骄阳似火般暴晒,下面是刚烧过的烟气,正热浪涌涌地向上烘烤,但阿金此时却全然不顾。细看会儿后小心翼翼地下了房顶。

从房顶上下来,阿金将挑水用竹扁担取下,在头上将一只弯弯扎钩梆牢。拿了这根带钩扁担他又爬上房顶。

跪在烟囱旁,他将这带钩的一头小心慢慢伸进烟囱里,再伸下去。不一会,有块破瓦片就被他轻轻勾出来。用手拿掉瓦片后,又轻轻伸了下去再钓……这样倒腾好几下,勾出好几块大小破瓦片,直到他觉得没有事才下了房顶。

此时的阿金上下如被水浇过般浑身湿透。但他兴奋,一个劲向外婆和羊妈比划:"妈妈的!这只野猫是蛮讨厌的,不过现在我掏通了,估计问题不大了!让我先来点火试试看!"说完,转过身来到厨房里,随手抓了把柴火,划了根火柴点着火。燃着柴火伸手往灶膛里一送,只听见"蓬!"的一声响,灶膛里瞬时见一股火苗直蹿!柴火即刻大面积燃烧,说明烟囱真不堵啦!

外婆和羊妈在外面听到声音,急忙回到厨房朝灶膛里一看:"妙啊!真不堵了!好烧火了!"她们又忙碌起来。

阿金脸上汗水和满头蓬垢黑灰全混一起,朝下直淌,除两眼白和嘴里的白牙外,黑色汗渍痕混迹在他面孔上形同大花脸。样子让人看了可怕又好笑!外婆边忙碌边笑对阿金说:"真的要谢谢你哩,阿金,今天不是你来帮忙啊,中午他娘俩还真不知咋办呢!"羊妈笑着从灶膛里先塞了把柴,然后拿条旧毛巾递给阿金:"快到水井去吊点水洗洗吧!看你,都快变成乌龟卵子啦!"外婆也催他:"快好好地去洗洗吧,看这天热的,真难为你罗!"阿金却咧着大嘴巴呵呵直乐,接过毛巾来到井台边上,拿起木吊桶绳,准备吊水洗涤。

我们已放暑假,此时正集中在庭院茂盛玉兰树荫下,往鱼池里扔饼干屑及其他东西。正玩的非常开心时,有人猛抬头,巧见阿金一副怪模样,顿觉悚然,真的吓了一大跳!

随后这孩子边跑边大嚷:"啊呀!不好啦!不好啦!有鬼!有鬼来啦!"大家回头见他副骇人巴拉的样儿,被吓得"哗"一下人全跑光了……唯剩下阿金自己站在井台边,见我们丢魂失魄样就放下吊桶绳叉腰仰头大笑!

阿金很有表演天赋。

节假日阿金喜欢串串门儿,且最喜到我家里来串门。那时他正在参加街道扫盲班学习,而我父母亲都是市里分管文教干部,所以当他在学习上遇到问题时就会来求教,我父母亲总是有请必答,圆满解决,还非常关心他学习情况,主动帮他如何掌握学习的方法。也许是父母亲对他和气可亲,使他感到和我们在一起如同一家人般!

每次串门刚进时,他总是先满脸通红地微微驼着高大身躯,垂着双手低着头,尽力压低了尖细嗓子叫了声:"陈先生好! 陈师母好!"显得很懂礼貌。且他头发总是梳成三七开,身上穿的衣服虽然破旧,但是由于洗得很干净,倒也合体利索,所以人显得很有精神。而我父母亲一见到他来了也显得非常高兴,马上就说:"啊! 是阿金师傅来啦! 来来来,快坐! 快坐!"于是阿金自己就找了个凳子坐了下来。上来总先请教一些学习上的问题,待到问题都慢慢解决了,阿金也放松了下来,话题也就自然而然地就转到日常生活中的琐事上来。

此时的阿金师傅会非常开心的,也很详细地把他最近耳听目见的街头巷尾的琐事趣事,绘声绘色地进行叙说和描述,说到精彩处他忘情地瞪起双眼睛,人也站了起来进行即兴模仿。

"你们不知道吧! 昨天,咱们弄堂口的羊阿吊家,从苏北乡下来了个胖男人,那人块头大到啥样? 你们猜猜看!"我们一听全大笑。

"光他的腰身,就有那么粗!"边说边站起来用手比划,"估计不小于四尺,而且那个人讲话的腔调是这样的!"

瞪大眼他开始模仿:"那乖乖地,嗯家那嘎里……"

尖细略带有鼻音的嗓子,诙谐风趣的语言动作,加上模仿得惟妙惟肖,还有掺水的逼真夸张,谁见了都会感到乐不可支。所以我们被他逗得咯咯咯咯直笑,如发疯般喘不过气来。

但阿金一本正经半点儿不笑,继续忘情地投入到有趣的讲述当中。直到把此事丝毫不漏地描述完了,他才嘘口气哈哈大笑。

细观阿金即兴表演确实精彩! 当时谁也没想到在若干年后,有人会就将这种如阿金式的即兴诙谐幽默加以收集归类,冠以"小品艺术"的雅号搬上舞台,并借此特火起来,还就此造就了许多深受观众喜爱的小品大腕。其实这些腕儿的根基与阿金一样,基本来自社会草根!

至今我仍为他惋惜,天生有演小品天赋的阿金如迟生几十年,他肯定是位地方级原生态小品艺术腕儿。

父母亲机关里分新房子的事他也知道了,几天前就来对我父母亲说:"搬家的事有我就行了,这拉板车就是我们家专长!"大家听了都笑了起来。所以那天一大清早,他就拖来辆板车一直忙到晚上,真的非常辛苦!

看看天已不早了,他要走了,父母亲和我们都去送他,父母亲再三关照他说:"要经常来玩啊,学习上如有问题定要及时来问,不要落下"阿金师傅听了,就像个懂事的孩子一样边拖着那辆板车,边频频点头答道:"噢!我知道了,我一定会来的。"

在今后的好几年里他确常到我家来;哪怕是在三年自然灾害期间也没间断过。虽他常面带菜色且还水肿着,但在每次来前他总把自己收拾得干净整齐,尤其是会用清水先洗净自己头发,再梳成时髦的三七开样,确实给我们留下了极深印象。

阿金师傅是我周围无数个普通人中的一员,但他耐人寻味的故事却让我永远回味无穷!

八灯机

八灯机是我少年时代崇拜的偶像。

那天傍晚,我匆匆来到市文化宫露天篮球场。早就听说今晚这场企盼已久的冠亚军决赛,由大名鼎鼎的"八灯机"担任主裁判!

所以球场上早挤得水泄不通。瘦小的我,像小耗子般溜进了赛场,然后拼命硬是从人群中钻出来凑到了球场前沿,边啃着根胡萝卜睁大了双眼,边张头晃脑地观看比赛。

"呜!"随声双音哨子长鸣,众人的嘈杂喧哗戛然而止。有位上穿雪白衬衫下穿篮长裤,脚踏雪白球鞋的身材欣长的中年男子,口含系着红丝带的铜哨上了场。只见他左手捧着一只篮球矫健地走进球场中央,稍后风度十足地扬起右手,边嘟地吹响哨子,边做个请双方队员入场的招呼动作。在辉煌如白昼般的灯光的照耀下,两列身穿篮红球衣的队伍,从不同方向雄赳赳地跑步上了场,大家友好地互相握握手后进入各自的跳球圈站好位置。

又是声清脆哨响,主裁判抛球,篮球比赛正式开始!随后嘣墩嘣墩拍球声,观众嗡嗡议论声,兴奋喝彩声,惋惜叹息声此起彼伏。

但观众目光更多注意的是这位绰号叫"八灯机"的主裁判,他的每声哨子每个手势，都会给人们带来会心的笑声。

这位名气不小的篮球主裁判姓陈，生于本市中医世家，祖辈医术高明，在当地很有名望。但他从小就爱好体育运动，特别对篮球更情有独钟。在读中学时就干篮球裁判至今已有二十多年，目前是本市某中学的育老师。他的特色是哨子吹得准，判罚手势标准果断，让人感到自信有威力！

绰号"八灯机"，意思是指他吹的哨子比六个灯（电子管）收音机还要响！听老球迷们讲，本市在新中国成立前夕，驻扎本埠国民党地方部队常与汤恩伯的中央军闹摩擦，谁也不买谁的账就此扰民。

有次经人斡旋决定：双方派支球队打场篮球赛，以胜负来决定谁服谁，且必须由地方上的篮球裁判来"吹"这场球。

此乃战乱时期，谁肯惹这麻烦？这江南小城内仅有几位篮球界贤达闻之，纷纷找出各种借口溜之大吉。二十多岁的八灯机没来得及溜走，就被这帮横眉竖眼丘八寻上门，只能硬了头皮被逼去"吹"了这场球。但一场球赛"吹"下来，双方犯规次数相同，所得积分相同！且谁也找不出有任何破绽！无奈双方只好言和。从此兵痞子借机滋事扰民的事暂且平息。

作为平头百姓的八灯机，竟然能把哨子"吹"得无懈可击，让双方均悦服无言，名气因此"吹"响了。

新中国成立后，党和人民政府高度重视体育工作，篮球是带有普遍性的群众健身运动，他更是如鱼得水。从此凡遇重大篮球比赛，哪怕国家级比赛，裁判也非他莫属，因此风头出足，成为本地篮球界权威人士。

我家与灯光球场仅有一墙之隔，因此每次听说有篮球比赛，特别是听说八灯机将上场吹哨，我总要想尽方法溜进球场，眼睛眨也不眨地盯着八灯机的一举一动，直至将这场比赛看完。

那时我哪知什么奥林匹克体育运动，可对八灯机的崇拜激起我对篮球运动的热爱。无意中产生了一个愿望："将来我也当篮球裁判员！"

1968年春天，我被招进工厂工作。开始因单身宿舍未造好，几十个光棍挤住同一间大仓库。年轻光棍们住一起有些摩擦不足为奇,可有次闹的动静不小:两大龄青年因为爱上同一位女青年决斗了!

这打成头破血流的事让厂长知道了,于是开会研究决定:近期举办一次全厂职工体育运动会,尤其篮球比赛各车间都要组织青工参加,此事由厂工会具体负责。

接到厂工会通知,车间主任立即召集各班组长开会,动员组织人马参赛。很快,一支车间篮球队就组建好了。

队员人均身高一米七以上,其中有几位海拔高度甚至一米八以上。但有点可惜的是他们连篮球都不会拍。为此有人担心:"这些傻大个不会打篮球,能行吗?"主任却不以为然:"这打篮球虽是速度技巧,反应灵敏的近场地体育竞技,但身高的绝对优势很重要! 怎能不用?"

"再说,谁生下来就会打篮球的? 那位大作家巴金,难道他一生下来就会写《家》《春》《秋》了? 练练不就会了吗!"他讲得颇有道理。

与篮球队员们开会时他大肆鼓动:"咱们车间青工人数在全厂最多,所以篮球队也应该是全厂最强的!"

"我们的目标是:踏平厂内其他篮球队! 打出石化厂放眼全社会!"这帮愣小伙子们被他煽动得个个热血沸腾,跃跃欲试。

不料此言一出,有人很不服气,很快厂消防队派代表前来找主任说要进行一次热身赛! 其意彼此明白!

"形势很好,但压力不小! 特别是这消防队,是支不可小觑的劲旅!"主任心里喜忧参半,"是啊,这帮平常里外全穿了黄军服,像正规军队般的精壮家伙们,整天泡在那辆红色高大的消防车旁,训练体质很好,人的反应也快,其中几个人高马大的队员很有威胁性,但不知篮球技术如何?

主任马上同意,"明天趁午间休息时,咱们进行场封闭式篮球友谊邀请赛,地点就在车间的旧篮球场上,一律谢绝外界人员观战!"第二天午后按约双方人马来到篮球场。

上场后便开战，开始大家打得倒也还算客气，但我们车间那几位傻大高个子一点都不懂球规，也从未参加过篮球训练。

他们将篮球抢到手后便抛来丢去，没打几个回合竟依仗身大力不亏的优势，把拉、绊、抢、跑这些手段全用上了。

上来就憋住劲的消防队员终于恼羞成怒，火冒三丈下动作也不大客气了。那天我刚从电工值班室里走出来，远瞥见篮球场上有群人在打篮球哩，待走近朝篮球场朝前一瞄，心中便暗自好笑起来："嘿！这也叫打篮球哇?"看了会儿心里明白了：关键是既没教练指导也没裁判在场执法。大家一窝蜂拥在这篮球场上，全像拼命似的去抢夺那只篮球。谁把球抢到手也不管射程有多远，伸手就往那篮球筐里抛！满头大汗，东奔西跑，身体相互频频冲撞，粗鲁危险动作时有发生。秩序别说有多乱！照此下去迟早闹翻脸！

见状我心里一动便再靠近篮球场几步，对着在旁干着急的主任问道："陈主任你带哨子来没?"听我一问，他立即将只锃亮铜哨从口袋里掏出，一脸疑惑地递给了我。

拿过哨子我放进嘴里使劲一吹，随着这声响亮哨子长鸣，篮球场上每个人都停止纠缠，转身朝我方向看来，一双双惊诧眼睛的盯着我不知何意。

我抬起右手臂将他们全招到球场边，然后背着双手很有风度，也非常友好朝大伙问了句："请问诸位，刚在你们是在打篮球，还是在打群架?"这群刚如发疯般纠缠撕拉的壮小伙子们，一听我问都一愣，然后个个耸眉捎肩全嘻笑起来，有的还显得很腼腆。

"不按篮球规则打的不是篮球是群架！不知啥叫犯规动作，就全拼死，比赛也不会有啥好结果！"我对他们说。

"实际上，你们也知道，这场比赛根本无法再进行下去！"我笑着说。"是啊！都在乱打架了嘛!"有人在愤愤不平，有人苦笑。

"太乱了!"有人有同感。"是太乱了!"有人边擦汗边大声地说道。听完大伙们的议论我大笑起来。

待大伙静下心来,经我在现场具体解说,大伙对球规总算有点明白。示范完了我说:"从现在起你们听我哨声,根据我打出的判罚手势进行比赛!"大家听了全表示同意。

站在旁边发愣的主任和消防队长如梦初醒,立刻不约而同地关照各自的队员:"好!好!前面不算!下面听他哨子重新比赛!"

我用几支彩色粉笔在双方队员衣服上编成了不同号码,按我指定位置重新排好队形,站到球场中央圆圈,找出两位大高个子进行跳球,比赛重新开始。

篮球比赛毕竟是个速度快变化多,竞技异常激烈的体育运动,没有丰富的专业知识,当临场裁判真没那么容易!而我也从没认真学习过篮球规则!但我不紧张,尽量模仿八灯机的手势比划吹响了哨子。尽管动作很不标准,但临场判结果令众人信服。

因为球场比刚才确实规范多了!拉、绊、抢、跑这些犯规动作杜绝了。

一场球打了二十五分钟,双方打得挺有章程,得分也皆大欢喜:为此双方握手言和。

厂工会文体干事知道此事后很高兴!马上打电话给我们主任,意思是要将我临时抽调到厂工会去配合篮球比赛。

"你可要全力支持啊!"文体干事对主任再三请求。为此主任感到很荣耀,立即安排人去替代我的班。所以,我参在厂篮球比赛裁判上好好露了几下,虽小失误不少,但明显吃大菜的情况没出现过。

取得了厂篮球冠军的本车间篮球队骨干,很快成为厂篮球队员,真打到社会上去了!

这支无人敢小觑的篮球劲旅,在全市职工篮球联赛上取得了第三名的好成绩。主任目标实现了!全市职工篮球联赛结束后,我被市体委聘为本市职工篮球比赛,裁判组成员。每逢节假日晚上,我总会准时来到本市唯一的灯光球场。

除遇雨雪天外,此地必有几场篮球比赛且场场爆满一票难求! 在交通尚很闭塞的苏北这城市,人们对观看篮球比赛表现得异常热情,场面夸张得不亚于美国的"NBA"季后赛! 让人看了感到极其鼓舞!

而我此刻正正襟危坐在球场主席台上,在那张高高的,极具权威性的赛事裁判席上做些记录呀、计时呀、举牌呀等场下裁判工作。

而观众们却用极羡慕敬佩的眼光看着我,并用很神秘口吻尊称我为:"总才波(总裁判)!"

裁判组集中本市各业爱好篮球运动骨干,他们像我的启蒙者八灯机一样,都是具有国家级篮球裁判资格大师! 在篮球界如雷贯耳! 特点都是反应快,判的准,与时俱进。作为新秀的我能清楚看到这些大师临场发挥,如此高超水平让我受益匪浅,"毕竟是大师确实是与众不同!"

多年里我参加过许多场篮球比赛。每到重要赛前,市体委总会请名篮球界竞赛专家给我们讲解新的国际篮球裁判法,案例都是美国 NBA 篮球比赛!

从此,约翰逊、乔丹等 NBA 篮球巨星的名字常在我脑海里出现,许多新朋友也由此结识。有空我便主动向他们求教切磋。其中有位姓赵的先生给我留下了极深的印象。

赵先生中等身材,白净方正的国字脸上有双睿智明亮的大眼睛,说话温文尔雅,谈吐风趣幽默,充满理性,具有诗人的儒雅气质。

听说他在本市文联工作,尤其使我难以忘怀的是当每次篮球比赛全部结束时,天很晚了,他骑自行车回家便会主动顺带我一程。

那时公交车本就少,有时比赛结束就没公交车了,我只能步行五六华里回厂。夜深人静的时刻他带着我,在这条灯光昏暗的小马路上慢慢的骑着。在迎面微风的吹拂下,我们毫无顾忌地坦诚各自胸怀。

知道他是位专职文化干部,因此攀谈话题总离不开文学,我们谈着海涅、泰戈尔、李白、徐志摩、萧红,还有郭小川、汪国真等大家。

这位赵先生非常谦虚，他总是边笑着边真诚地对我说："看来你读的书不少，说得也很好！再努力点，争取往文学方面发展发展！"

但在后来的相当长时间里，我发现赵先生不来参加篮球比赛了！细打听方知这位衣着朴素，为人谦和的赵先生，还真是位蜚声中国近代诗坛的大诗人！前不久他被借调到《诗刊》杂志社去工作。从此我便特别关注起《诗刊》等这些高水平文学刊物，常能拜读到他与许多著名当代作家们的文学作品。

我渐渐发觉自己除对篮球运动有极大兴趣外，从此又多了文学范畴爱好的追求内容！前年，已调回本市多年的我，因想请教些问题，与远在苏北淮安的赵恺先生又取得了联系。

作为多届中国"鲁迅文学奖"诗歌奖评委之一，省作协资深领导的老朋友，他特地来信，真诚地对我的写作方法提出了许多宝贵意见，要求我"从经典文学作品，到经典历史哲学，强化阅读！"并对"文学，就是形象哲学！"观念阐明自己的见解，让我深有感触。

像我尚在少年时，因对八灯机的崇拜而加入篮球裁判队伍一样，如今因崇拜像赵恺等众多文学大师的才华，从而激活了我对文学天生具有的潜质，怀着对文学创作的极大兴趣与激情，充满信心地走进了这神秘浩瀚、变化莫测的文字语言殿堂！

吴之焕

　　上午从超市里出来，觉得背后有人轻轻拍我的肩膀，回头一看，原来是老友吴之焕。一晃数十年没见，竟然不期相遇，我俩都显得格外欣喜。

　　我们边说边笑，顺便找张露天椅子坐下，天南海北、人情世故、旧友老事，聊得兴致很高。不觉已是午饭时间，我邀他去附近饭店"弄几杯"，他却笑道："一起吃吃饭可以，但不饮酒，因我已滴酒不沾！"并掏出张名片递给我。但我清楚记得，眼前的这位老吴可是咱老酒厂唯一持有证书的评酒师，平常喜饮酒且量很大，因为厂长滴酒不尝，有时为了应酬就会带他上场去应付对手，酒厂嘛！久之，外人都称他"吴厂长"，实际他是咱能源科抄抄水电表的，隶归我管。

　　但他有时确实雷人。记得有次他以吹洋号姿势站那儿仅分把钟，便将一瓶白酒咕嘟咕嘟灌进肚，且"枪不走火"，谈笑自如地上班去抄电表，全厂共几十个电表他抄下数字，第二天与供电局对，居然毫不出错……那酒量大得把原本想扳倒他的那几位老酒鬼镇得面面相觑，连称"甘拜下风"！

　　现见我有点不信，便对我讲起他的故事：老酒厂破产，他买断工龄后不久就被一家民营公司聘用，主要工作就是陪老板出去喝酒。如今，凡开厂办店的老板们心中,多少有点难言之隐:市场竞争与无处不在的酒文化息息相融,酒量的大小与某宗买卖的成败大有内在联系,发掘应酬善饮专才便成为老板们的用人重点。所以,曾有评酒师资质的吴之焕,再就业的机会比别人多:他的酒量有时确能把对手唬得惊讶收敛。生意上省去众多周折不说,自己的肝脏也受到了明显保护,这种常人不具备的特长,起到的作用使老板很满意,但老吴的工作仅是饮酒应酬,如今年逾五十的他,久之,身体大不如前……为此他很苦恼,但一时也很无奈。有一天,公司里来了位大客户,生意已做到世界各地。老板设宴款待,老吴理当做陪。席间,这位睿智的年轻人能言善辩,酒未少喝,但公司产品价格却被他忽悠得直降,老板渐渐感到招架不住,便递眼色给老吴:"快使杀手锏!"

老吴心领神会,立马叫女服务员上了两瓶65度的二锅头,对客人笑言:"你提的条件咱确有难处,为此,我想以喝酒为定:若我能将此瓶二锅头在几分钟内站着喝掉,并还能继续喝酒,这价格由我,反之,则由你,若何?"说完两眼紧盯客人,本想对方能就此打住。谁知这位北方老弟更爽快,也笑道:"俺吧虽不能反客为主,但知喝酒者先敬为上,这样吧,再上两瓶二锅头全打开,用十一只碗倒满,若俺喝两碗,你喝一碗至完,这价格由俺,反之,随你,若何?"说罢,挥手叫女服务员过来,对她耳语一番后,那位年轻女服务员立马笑着应承,很快拿来,摆好,倒满。见这阵势老吴心里不禁咯噔:"哇!我恐怕真遇到高手了!"用余光暗窥自己老板,见他此时却埋头打手机佯装不知。但从未输过酒的老吴,为争口气抢先出手,举起碗酒仰头灌下,随后又去拿……但当他刚喝完第四碗酒时,突感眼前一发黑,终把持不住,头一歪,"咕咚"一声趴倒在桌上……

而那位打小在高寒地域长大的壮小伙呢,不仅将余下的酒全喝光,且头不昏、行不乱、"枪不走火"地用一只手臂轻轻一挟,便把老吴连拉带拖,走出酒店门。司机将轿车开来停稳,大伙将他扶上车时,眩晕中老吴踉跄一下,来个正宗酒后撞车——将自己脑袋重磕在轿车钢框上!

　　然此事却激活了老吴的灵感。酒醒后他躺在床上细忖良久：如今大家拼命挣钱，不就是为了身体健康，生活幸福？"应酬饮酒里的技巧学问很多，这方面咱有丰富经验，所以我决定马上辞职自己办个'应酬保健咨询公司'。嘿！没想到，也跟酒后代驾一样，咱业务啊还真有人来理会，看前景这生意渐渐也很不错哩！"听老吴兴致勃勃地说，我方认真细看其名片，觉得立意确很新颖："Iinternationals，酒量控制教练，应酬保健顾问——吴之焕！"

　　"著名品酒师劝君：不良饮酒有五大危害……第五：酒后驾车，危害……""最佳速成控酒：办法问我！"特别是那译作"国际"的英文单词使我感慨："新形势下总会衍生新兴行业，这聪明的老吴对形势吃得真透，会抓住机遇找到自己新的立足点，就这事可看出：他的立意目光还真够远够高哩！"

魏 兄

说一个人，十年，几十年后的变化肯定了得！但也得看其变化的实质是什么。譬如那位外号叫"铁卵"的挚友，咱的老同学魏兄，与我同年下乡插队十年后，调上来时有啥变化？

又瘦又黑，年龄二十七八，敞胸露怀、说话粗鲁、随地吐痰、乱扔烟蒂，形象比真正农民还邋遢！进厂后虽收入不高，但结了婚，生活有老婆料理管束，行为举止大有长进。开头几年当翻沙工，每月另有几块钱营养费，刚好每晚酌点酒，心里也很满足。后来他调到护厂队干厂警，收入虽略有增长但物价同在上涨，然每晚小酒丝毫未受影响……

夏天某日上午，他身着制服，挺胸凸肚站在厂门口值勤，有个人，骑辆不多见的"幸福牌"摩托车旋风般啪、啪、啪从厂门口急驰而过，又掉头"呼"地开到魏兄身旁，突然"嘎"地急刹车，顿时脏水全溅到魏兄身上，惹得行人大笑。这小子嘴里还奚落："喂！看门狗魏平民，这辈子你只配当只落水狗！"说完，"呼"地一溜烟开跑！留下句"抱一抱啊，抱一抱，抱着我的妹妹上花轿！"魏兄方知这刺儿头是谁！此人曾是本厂职工，因在厂内偷东西时被他当场逮到，除名后现干个体户，听说已"发大财了！"

此事对他刺激很大！我知道，他如认起真情况将会比较严重！上学时，有次为替我打抱不平，他一拳将班里高他半个头的陶胖子打得满脸开红花，弄得这家伙如今都很少和他来往。

不顾厂领导"马上提副队长"的承诺，老婆眼泪汪汪相劝："只要你不辞职，家里啥事也不用你干，每天可喝两顿酒！"但马上补充："但肯定不是名酒噢！"也失去往日诱惑。"我知道大国企待遇目前还行，换了别人指不定会这样干，但我要争口气！"他对我说，"不干出点名堂，今生老子誓不为人！"

改变他人生轨迹的，就凭这句话！凑了点钱，他当下辞职租个店面开了个小门市部，开始做零售生意。但市场经济不靠赌气成功，譬如好卖的材料却总批不到，发展比想象艰难得多。最难的，是年三十晚上兜里只有十块钱！把他老婆气得，仅买瓶便宜瓜干酒，烧碗大白菜，气鼓鼓端上桌，板了脸大屁股一撅，拉着儿子回了娘家！但他并未气馁，就着大白菜自酌，陷入沉思。一番深思熟虑，他扔下酒瓶，一溜小跑到门外小店打电话给我，说"提前拜年！"并请我帮忙找家银行贷些款，"我决定办个装饰材料加工厂！"

加工厂开张不久，机会果然来了！

房地产业像打激素般突然飙升，装饰业也水涨船高。颇有远见的魏兄，从老家得到低价优质原材料，廉价劳力支持，优势凸显很快摆脱窘状。但市场大了问题复杂，矛盾更突出。那天他叫我去加工厂看看，见他处理一件事我看出了端倪。

三轮摩托车风驰电掣，开出市区来到郊外，在一片堆满木类装饰材料的场地停下。魏兄说这里原是附近生产队废弃的养猪场，现租给他办加工厂。走进车间里，木工车床正隆隆响着，地上到处是木屑皮和半成品。工人们都戴了防护帽在机床上操作，看到老板来了就关机站在原地不动。这里的负责人是他内侄，闻讯赶来，并搬张旧竹椅。魏兄板着脸没看他一眼，随着那张旧竹椅"吱呀"一声呻吟，他一屁股坐下，伸手从口袋里摸出香烟打火机正准备点火，抬头见一块"严禁烟火"的牌子正冲着他，只好忍住。

转过脸他两眼直勾勾地盯着内侄的脸，看了好一会儿，忽然大声问："打架？是为什么？"内侄支支吾吾向他汇报，刚讲到一小半他就恼了："老子整天忙得头啃着卵，叫你来帮忙负责，你却遇事不动脑子想办法，就知道和人去拼刺刀？"说着他忽地站起来，闪电般扬起戴满金戒指的右手朝内侄脸上猛掴！"叫你也尝尝！"话音未落"啪"的一声脆响，内侄的瘦脸上暴出粗大的手指印，人被打得晃晃悠悠，我上前一把将他扶住，总算未跌倒。"把那滋事的找来！"魏兄命令。不一会儿，那人跑来，一见魏兄脸面煞白，两眼骨碌碌直盯地面。魏兄故意憋住气不出声，虎着脸两眼直勾勾瞪着他足有五分钟，直到把那人盯得浑身不自在，左右摇晃，心里恨不得找个地洞马上钻进去！

"喂！收拾行李你立即滚吧！"突然魏兄声大如雷的怒吼把墙面震得嗡嗡作响，在场的人冷不防也吓了一大跳！由于心虚的缘故，那人咚地屁股跌地瘫倒。惊魂未定。"不走！马上把你捆了送公安局！你呀！去坐大牢吧！！"魏兄又一声怒吼！那人顿觉六神无主，连滚带爬地站起来一溜烟跑回宿舍，魂不守舍地将行李横七竖八地斜背在身上，很快没了踪影！

魏兄心火算是平息点，又命内侄："召集所有工人来开会！"

没多久，工人们到齐。只见他脚踏旧竹椅，左手叉腰昂头挥动右手臂，张大嘴巴，用家乡土话满脸通红高声训斥。我听清了大概意思：我办的是工厂，不是斗狗场！给了你们挣钱机会不珍惜，反而净给我找麻烦，但倒霉的还是你们！从现在起，不管是哪个人，只要不服从管理偷懒打架，立即开除滚回老家仍去种田！那班乡亲听了无人敢吱声。他撤掉内侄职务，换上位老工人"全面负责"，加工厂马上开工生产。

我回程路上一想"你呀，就坐大牢去吧！"这句话，便忍俊不禁，感到他真绝。他却苦笑说："我办厂，是想要创事业赚大钱的，像这样，真要弄出人命或伤手断脚的，我忙个球啊！这帮东西，给了他们机会不珍惜，除了浑身流氓恶习外，啥也不懂，真是便宜无好货！素质太低，真伤脑筋！"

我大笑后对他说："目前小打小闹这办法还能管用，但工厂上了规模就够呛,可要潜心研究点科学管理方法,从长远、长期发展考虑,我建议你快去人才市场,找些专门人才来参与生产技术和安全管理,否则出了问题那可真的很麻烦!"魏兄频频点头。

听了我的主意他高薪挖来好几位管理高手和技术骨干。一番整顿,生产技术企业管理慢慢走上正轨。加上市场太好啦,连扩大生产规模还来不及供应,那些批发商们开着货车,怀揣银子在厂门口排队等提货!但此时魏兄却居安思危,"门外狼来了!"搞市场经济是有钱大家挣,决不能让你独家垄断!所以同类加工厂如雨后春笋,面对竞争蜂拥而出。

我又给他出主意,"趁别人立足未稳时,赶紧出国考察,亲自摸清国际行情,尽快找几个颇有实力的大代理商合作,走国际化、品牌化道路,使自己的品牌在国际市场上站住脚!"他一听连拍脑袋,竖起大拇指对我说:"高!高!实在是高!"对此马上付诸行动。

他暗中使劲,几年下来,终将国内外市场搞大搞响。魏兄有实力了!随之投巨资在开发区买地造厂房,光占地就好几百亩,职工大部分是原几家国营木器厂的下岗工人,上下班有厂车接送。每年要留几次洋的魏兄,不仅视野开阔,形象也大变:一年四季西装革履,举止高雅,谈吐谦虚很有品位。难怪他老婆有天讪笑着对我说:"德行!像换了个人似的,原来回来,总别了脖子斜了眼,对我扯大嗓子喊'喂!老子今晚吃什么?'现在,一进门,眯眼低声下气对我'太太你好!我回来啦!'说的哪门子外语,我咋回答哟!"

当年溅他浑身脏水的那家伙,后来混得别说幸福牌摩托车啦,裤子不当掉就算不错了。魏兄知道后专门派人把他找来,好酒好烟好饭招待他,并说:"其实,我很感谢你当年上的那堂课,如果不是那样,恐怕我不会有今天,如不嫌弃可到我这里工作,任务就是专门帮我养好那条看大门的大狼狗!"一席话把这小子说得顿时泪流满面,羞愧难当,差点跪下叫魏兄"亲爹"!

前年春节前,魏兄亲驾奥迪 Q7,同我到他刚装修不久的那座别墅里去参观。看了这幢带大花园、大游泳池,装潢极豪华且依山傍水的高大别墅,我对他说："啊哟，你家伙，住凡尔赛宫里哪！"

"差远啦！差远啦！'革命尚未成功，同志尚需努力'！……"他老婆悄悄对我说：光在别墅装饰上花掉的钱，两个七位数！我笑着对这浑身珠光宝气的女人说："看现在，坐奥迪 Q7、住大别墅、喝茅台、满世界飞来飞去！不当大老板能行？"

这女人听了立刻笑着说："归根结底，一是改革开放政策好，二是交的朋友好啊！"我听了心里很平衡，可再一想，明白了："嘿！瞧这女人噢，她挺明智也蛮会说话的嘛！"

玛 丽

　　"每周上 24 节课!"德国妇女玛丽边用竹筷小心夹起盘中的一只溜圆草菇,边用流畅的英语与我女儿交流。根据中德两国文化教育交流协议,作为代表团成员之一的她,这几天由我女儿所在学校负责接待,但吃住安排在我家。

　　"我认为全世界教育……"柔和灯光下的玛丽侃侃而谈,内容与德国目前的教育制度有关。我发现她那双犀利的眼睛是湛蓝色的,脸庞被高鼻梁衬托着更显睿智,谈话姿势也很优雅。女儿将她的意思及时翻译给我老婆,从老婆振奋的神情可以看出语言不通没阻碍她们之间的职业共鸣且聊得很投机。虽然我啥也没听懂,见她们叽里呱啦很热烈,本担心会冷场的尴尬不复存在,于是很安逸地边呷着啤酒边装模作样地频频点头。

　　此前知道玛丽是位素食爱好者,所以晚餐桌上除了热气腾腾的大米饭,其他都是新鲜蔬菜。"您吃得惯吗?"因为她将在我家住到下周二,这几天的生活安排成为我们的重点——既要让她体验到当今中国人丰富多彩的生活,又须充分尊重她的习惯嗜好,但对这位首次来中国的女人有何具体要求,譬如口味如何等一无所知,于是通过女儿向她询问。

　　"Very good! Very good!"不料玛丽竖起大拇指，用勺子从瓶里舀出红剁椒和在饭里吃得津津有味，从其真诚的眼光判断此言发自内心！

　　她的家在德国法兰克福附近的小镇上："德国人多喜清静生活，除特殊场合外不大喜欢喧闹。比方说，许多人虽在城里上班，但把家安在乡村或者城市附近的小镇，这样安排图的是清静！就是那些住在城里的人，也十分注意住宅周围的无噪音，我们属此类家庭。"玛丽手指我家窗外认真比画。

　　她说她在法兰克福重点中学任英语老师，另外还教形态艺术及体育，"在德国，无论男女都要满 65 岁才能退休！"听她解释我们明白了。"我很热爱这份工作！"她接着强调，"我丈夫是位机械博士，作为公司 CEO 常来中国出差，他很忙也很帅！"这位长着标准日尔曼脸型的美女说到这里，嘴巴停止咀嚼，湛蓝色的眼睛久久凝视手中的啤酒杯，毫不掩饰对丈夫的眷恋。"半个月，只要半个月就能⋯⋯"聪明的女儿马上笑着说。

　　"Yes!"玛丽听后缓过神也忍不住笑起来，"Imsor!"还有点不好意思地打个招呼，她放下竹筷拿起玻璃杯喝口茶水，接着摸摸自己的肚子用句生硬的中国话说："我饱了，饱了！"夸张滑稽的样子让我们看了全哈哈大笑。

　　或许精诚所至，或许饭菜很合口味，饭后的玛丽一直很兴奋，她大大咧咧地坐在沙发上，边喝绿茶边话语不断，女儿将其意思及时传递，交流极其融洽。听着女儿娴熟的翻译我非常欣慰，先前真不知她英文口语竟如此流畅！

　　听玛丽不无感慨地说："在我头脑中的中国，基本还停留在男人戴瓜皮帽，女人裹小足，街道破破烂烂，经济十分落后的时代！可一踏上贵国国土发现情况完全不同，尤其到你家一看我更惊讶了！"说完手指身后洁白的墙面。

　　此举让我莫名其妙，可听她细说马上恍然大悟。

　　原来，细心的她一踏进我家客厅就发现墙上挂着幅书法作品，又见占房间小半面积的书橱里的书籍中，竟有许多外文版世界名著。"你们很有文化,家庭生活条件也不错!"环顾地面锃亮的实木地板,柜前的飞利浦彩电,还有二十层高豪华公寓大飘窗外的辉煌美景她说。得知此书法是我的拙作时她惊讶了,抬头瞪眼对我重新上下打量,完了用不无崇敬的口气对我说:"啊,您是位艺术家啊!"我解释说这是业余爱好,她笑着翻开我那本新作竖起拇指连说:"歌德歌德。"见她一副日耳曼人特有的认真神情我真有点忍俊不禁。

法兰克福位于莱茵河中部支流美因河下游,是德国重要工商业、金融业和交通中心,也是德国最大的航空站和铁路枢纽。德国联邦银行总部就坐落在法兰克福位于莱茵河中部支流美因河下游,是德国重要工商业、金融业和交通中心,也是德国最大的航空站和铁路枢纽。德国联邦银行总部就坐落在法兰克福。

这里的证券交易所经营德国85%的股票交易,更令人肃然起敬的是法兰克福诞生了世界伟大的诗人歌德和《安妮日记》的作者安妮·法兰克!所以玛丽知道我也喜欢写作时,自然联想起这些伟大的德国人。

听女儿解释:"现在中国市民家庭基本能具备此生活条件!"玛丽感慨地说:"没想到中国已如此现代化!"她说其实德国人住房理念跟中国人近似,也是采取按揭购房方式:"年轻人要干到退休房款才能全部还清,法兰克福市中心五十平方米左右的公寓房,价格八十万人民币左右!"我心算下来,房价与中国中小城市竟差不多。

交谈融洽,所以时间过得很快,不觉已晚上9点半了,玛丽看看手表后认真和我们道声晚安便一头钻进她的卧室。因为明天是周六所以我们对她说:"明天你可以睡个懒觉,上午九点起床!"她听后用手指做了个大大的"V"字。

由于她的到来,早餐安排肯定丰富许多,所以第二天上午8点不到我们就起来忙碌了。计划今天上午陪她到西太湖游览,然后在附近花鸟园午餐,金秋十月是年轻人喜结良缘的美好时节,那里肯定会有盛大婚宴举行,今天是中国传统的好日子,所以绝不会令人失望,正好让玛丽领略中国丰富多彩的婚姻文化。

9点整,玛丽穿着睡衣打开房门,可一见我们已在忙碌,她就手舞足蹈哇啦哇啦大嚷起来,弄得我们面面相觑不知所措。幸亏睡眼惺忪的女儿起来了,两人一通叽里呱啦后,玛丽才走进洗手间——德国人习惯早上洗澡。

我赶紧问女儿:"刚才她干吗?"女儿笑笑说:"不是说好九点起床嘛,你们怎么全……"我们这才真正领略日耳曼民族的严谨认真。

从她手中的数码相机忙个不停看出,西太湖的美景让玛丽心旷神怡,尤其坐落于湖畔的花鸟园今天格外清新美丽,奇珍异卉争芳斗艳,进去就如置身世外桃源。真要感谢经营者,今天中午这里竟有百多桌豪华婚宴,奇缘如同专为我们安排一样。

据透明包厢那位漂亮女服务员的介绍,平常这里婚宴不超过十桌,今天竟有一百二十桌!我将这情况讲给玛丽听,她听了双手合十接着朝上一举,两只俊美湛蓝的大眼朝上翻了几下,然后再手捂胸口说了句:"上帝啊,我真的是太幸运了!"

我知道,在欧洲,年轻人的婚礼是在教堂里举行的,顶多有百多位亲友参加,婚礼结束回到自己家里举办宴会。"现在竟有这么大场面,哇! 简直太壮观了! 我要好好开开眼界!"说完这话,玛丽拿起相机一阵风跑了出去。

庄严的音乐骤响,司仪幽默诙谐侃侃而谈,婚礼在既定程序下有条不紊地进行,隆重繁缛的中西合并璧婚礼让人耳目一新,玛丽看得更是目瞪口呆。

上千人的筵席同时开桌,穿梭上菜的情景令人晕头转向。见玛丽在筵席间东窜西奔到处抢镜。"把这情景全塞进小小的数码相机里,确是件技术与体力并举的重活!"我深有体会地想。果然,待她气喘吁吁回到包厢满头大汗坐定不久,嘴里"Good,Good!"同时便迫不及待地对着一桌子美味佳肴大快朵颐。"看来她胃口不错!"大家见了面面相觑可想法雷同。看她兴致极高,我们决定午餐后再带她去红梅公园游览。

从花鸟园出来已是下午 3 点多,宝马、皇冠、奥迪 Q7 三车将我等直接送到红梅公园。

"让她体会中国人的休闲生活,看看咱这座城市的开放程度!"如此安排不乏含蓄,"展示普通人生活,最能体现国家的繁荣富强!"趁玛丽目不暇接看着车窗外,女儿回头对我说。

周末下午,红梅公园里游客摩肩接踵。平坦的大草坪,幽静的林荫小道,曲径通幽的湖边石阶,还有玫瑰园里的争芳斗艳,红梅阁苍劲华表、错落有致的木栏步行桥上的男女游客,尤其互相谋面时,人们脸上友好的笑容让玛丽没感觉置身异邦,手中的相机自然也没了空闲。

走着看着,刚走到游艇如织的湖畔玛丽突然止步,见她欣喜回头用手指按住嘴唇示意,我们莫名其妙,可细听耳畔悠扬的萨克斯奏曲终于明白,原来湖畔石级上站了两位乐器爱好者,他俩正默契地吹奏一首古老的外国歌曲,周围众人都沉浸于如醉的享受。"这是门德尔松的《仲夏夜之梦序曲》。"玛丽不无崇敬但语调低沉地介绍。

看到玛丽神态激动,我顿时理解她在异国闻乡音的心情,特别在先前曾听说她大儿子也是位音乐家,收养的另一位拉美小伙虽性格有点孤僻,但也有音乐天赋,尤其吉他弹得很棒。"兄弟俩常在法兰克福举办演奏巴赫、贝多芬、理查·施特劳斯,还有门德尔松的名曲音乐会!"说到此玛丽毫不掩饰内心的骄傲,更不难理解她的过人音乐感知。

门德尔松·巴托尔迪(1809～1847 年),德国作曲家,生于汉堡,12 岁开始创作,17 岁即完成《仲夏夜之梦序曲》,21 岁起研究和整理巴赫的作品,为这位音乐之父的作品得以复生作出了最重要贡献。27 岁在莱比锡任指挥,1843 年创办德国第一所音乐学院,38 岁时即病故……德国人喜喝咖啡如同中国人喜喝茶,尤其钟情星巴克咖啡,为满足她的愿望,晚饭后,我们来到南大街泰富楼上的星巴克专卖店。

果真,玛丽端起这小小的杯子,便迫不及待地凑近鼻子反复嗅闻,模样像是遇到久违的朋友,从其兴奋的眼神看出她早已按捺不住内心的激动!

品尝着香气扑鼻的咖啡,玛丽打开话匣子,她满腔热忱地讲起巴赫、贝多芬、勃拉姆斯、韦伯、门德尔松还有查·施特劳斯等德国著名音乐家的生平与不朽作品。

我对她介绍了中国的琴棋书画,介绍在音乐创作上影响世界乐坛的几位中国大家:小提琴协奏曲《梁祝》作者陈钢,二胡独奏曲《病中吟》作者刘天华,《二泉映月》作者阿炳(华彦钧)等,玛丽全神贯注倾听着,嘴巴不时发出啧啧赞叹!

见她杯子空了,我请服务员再来一杯,她接过咖啡就用手夸张地比画说:"今夜我恐怕要竖在床上了!"女儿听了哈哈大笑:"她说今晚要失眠了——因多喝了一杯美妙的星巴克!"

通过交流各自灿烂的文化,我们对玛丽丰富的历史知识刮目相看。这才明白,她到星巴克想体验的,不仅是浓馨的咖啡,更是想享受这里特有的文化氛围,事实上通过近距离交流,我们更了解了德国这古老国家的历史文化。

在她的交流工作即将结束前,我抽空专门挥毫,一气呵成两幅书法作品。"这是中国古代著名诗人曹植与苏东坡的《洛神赋》和《水调歌头》!"当我大概解释这两首诗的诗意时,玛丽瞪大眼睛兴致盎然,特别是弄清"但愿人长久,千里共婵娟"这句诗的寓意后,她郑重接过作品,我发现她眼眶里又溢满热泪。

问及她此次来中国的感受,"除了绿灯时间太短有时来不及过马路,还有中国的学生都很不容易外,其他都是 very good,very good!"她很真诚地对我们说。

几天后玛丽回到德国。半个月后女儿收到她的来信:"我很喜欢你与你的家人,也很希望你们能来德国法兰克福我家做客……我一定要争取再去中国你家,那里真的很美!"这才弄清她原来是法兰克福一所著名中学的校长。

小姑父

崇启大桥正式通车,江苏启东全面融入上海一小时都市圈,这消息让我们崇明启东的所有亲戚,尤其是小姑父欣喜若狂,一时电话被打爆:"今年过年回来啊,花生黄豆,还有⋯⋯你们一定回来啊!"这不由让我想起前年回去探亲的情况。

大年三十清晨,寒流忽至,气温零下五度,冷兮兮的我们,从崇明的港沿镇包了辆面包车,来到去启东的渡轮码头,此刻渡轮还没来,可码头上人山人海。听说这崇明人的根啊,大都来自于江苏启东海门一带⋯⋯

隔夜小姑父就念叨"明早咱们争取赶早班渡轮渡江"。之前我们在他家已待了两天。昨天中午喝了满脸通红,他手舞足蹈时突然宣布:"为我做完寿,咱们全去启东老家过年!"他老人家的生日是腊月二十九,今年刚好七十大寿。

从崇明他家到启东实际不远,仅仅一江之隔。所以我们提着几个大塑料袋子(里面是小姑父准备给我们带回去的花生、黄豆、芝麻、香芋、咸鹅蛋、咸鸭蛋,还有赤豆等)在拥挤中沉甸甸蹒蹒跚跚登上渡轮。可此刻也只好站在船甲板上了,因那间狭小船舱早挤得水泄不通了。凛冽的西北风毫无遮掩地刮在身上，大家感到快要冻僵了，有人躲在渡轮上的一排大卡车后面避风。"崇明到启东的大桥正在建造中，最迟后年年底通车。到时汽车几分钟就可过去，那真太方便了!"小姑父哈口气笑着说，大家听了顿时活跃起来，想到祖辈的企盼即将实现，笼罩在节日氛围中的人们，心里有股暖流自然贯穿，这情绪感染了我们，远眺对岸模糊的轮廓，周围滔滔江水，心情也起伏不定。

自实施绩效工资补发到一笔钞票后，妻子就念叨："春节定要到崇明、启东去探望探望咱老家亲人。"先前我知道，幼年她曾在启东乡下的两个叔叔及嫁到崇明乡下的小姑妈、大姑妈家里待过多年。这人啊，回想起童年旧事，有次饿了曾在谁家喝了碗好爽的大麦粥；渴了，谁又曾在半夜摸黑，去地里摘来只水菜瓜给自己吃，现想起倍感思念，且屈指一算，她已40多年未与这些亲人们见面了，可谓情感真切。于是我去预定了火车票，那日清晨，连同当高中教师放寒假的女儿一起，我们出发了。

一路上妻子回忆说，小时候从这里去崇明、启东，须天不亮乘早班火车赶到上海，下来坐公交车中转几次到江边，再乘轮船到崇明。到了崇明轮船码头转乘长途汽车两次，然后步行好几里乡下小路方到小姑父家，这时天就很黑了。若遇天气不好，当天还到不了崇明——因轮船不开。即使她参加工作有次暑假去也是如此。所以我们事先早作好充分思想准备，且今早还是小雨加雾。从家中出发乘动车到上海，随后坐地铁到中山北路换乘公交车——申崇大桥早已通车。这辆坐满旅客的公交车在沥沥小雨中驶向浦东，很快上了江边引桥。

初窥长兴岛隧道，灯光明亮信号闪烁，道路宽阔笔直。各司其职的现代化管理，各处均显井井有条——虽春节来临，隧道内车辆穿梭如织，但秩序有条不紊。

驶出隧道不远便驶上恢宏的长江大桥——雾蒙蒙的江面与桥面几近一体，锃新的公交车行驶在平坦宽阔的桥面上，如同腾云驾雾天马行空，仙境般感觉真难表达。车子驶出引桥驶上神秘的崇明岛，见车窗外宽敞道路旁的田野绿油油的，别墅群星罗棋布，妻子感慨万分："变啦，真大变啦！"车里旅客大多是崇明人："哎呀，不说这么多年了，就是半年不回来，你也认不出！"看上去是位生意人的中年汉子，操着标准的崇明话对我们说。"是格呐，到上海困女家住了一年，结果好了，马路拓宽阿拉回去不认识路哉！喏，只叫女婿陪了！"坐在后面的一位老婆婆指着边上的中年男子笑着说。听大家议论纷纷，从话中听出，都是在说自己身边的变化如何如何。

车子直达陈家镇时才上午九点多。

下了公交车打的直奔港沿镇。七拐八弯来到小姑父家门口时，抬腕看表是上午十一点多，"未想到雨天里竟也如此顺利！"妻子又是感慨不已。"是啊！岛上村村间都通水泥路了嘛！"出租车司机笑着对我们说。车子刚在路口停稳，就见不远处那幢小楼里跑出一高一矮两位老人。他俩边挥手边大喊，跌跌撞撞往此奔来，看见后面还跟着一大帮子人，妻子定睛立马激动，立刻迫不及待大喊："小姑父小姑妈！小姑父小姑妈！我是……"立刻打开车门如箭般射出，外面霏雨阵阵，但她全然不顾，如鸟般张开双臂朝前猛扑而去！"乖侄女啊，你真的来看望我们啦！"一群人顿时抱成一团……

呜咽中夹着男人们爽朗的大笑声，大伙拥进小楼。寒暄坐定哈着冷气喝着热茶，我举杯抬眼细瞧这位没谋过面的小姑父。此人板刷头、刀条脸、细眯眼，四肢颀长估计一米八左右，挺鼻梁、大嘴巴、遮风耳，虽满脸清瘦年已七旬，但大冷天衣着利索手脚灵便，精神抖擞的硬朗样，想象他年轻时那帅劲……此刻大光脑袋下轮廓分明，脸上五官笑成一窝，"早知你们要来，所以未卖的粮食、花生、大豆、赤豆全集中堆在这里，还有自腌的鸭鹅蛋、鸡鸭鱼肉！"稍定，他便迫不及待拉我们楼上楼下看个不停，指着屋内小山般鼓鼓的口袋和大小瓶罐，他用崇明方言很得意地对我们显摆。"估计这些东西不止万斤哟，小姑父啊小姑父，你也够搞笑呢。"我笑了说。"农村人就是真诚，一点不夸张！"女儿笑着对我妻子说。"啊，你们在说啥？"小姑父用手遮着耳朵问我。我连忙打岔说："问你现在在家平常干啥?"小姑父明白了:"哎呀,我们全家人一年忙到头!"开始如数家珍。

家有十一亩地,除种粮食外还种各种蔬菜,夏天种西瓜运到上海市区去卖,崇明自产的瓜果蔬菜香芋,鸡鸭羊鱼蟹等,均属无公害绿色食品,绝对环保,很受市区居民欢迎。接着小姑父不无感慨地说:"申崇大桥没通车前,每年夏天租车去市里卖西瓜,下半夜起身算迟了——要去赶早班渡轮,否则……现在大桥也通啦,运输简直太方便啦!"他自己说得欣喜若狂。

女儿初涉农村,对乡土风情很感新鲜,稍微喝点热茶便坐不住了,自己溜到小楼内外东看西转,对后院羊圈内咩咩直叫的山羊,很快产生兴趣,进屋拖我出去还不停追问:"山羊平日里除吃青草外,还吃苹果和牛奶吗?"此言一出众人大笑不止。"城市的年轻人,到农村问的问题真幼稚天真令人发噱!"她表哥边忙进忙出张罗着,边笑着对我们说。

看见厨房间吊了两大爿鲜肉,女儿连连追问:"这是啥肉?"此刻小姑妈正在大灶头上噼里啪啦忙碌着,听见立刻笑着对她说:"这是我们自家养的羊宰的肉——过去我们就住在羊圈旁的那两间小屋里。"妻子朝窗外看看,连说:"是的是的,原来就住那两间简陋低矮的小屋,现在可大变样啰。"小姑父立刻说:"咱们这幢小楼造了也没有几年,村里家家都是别墅了,我能不造吗?"他说得伸颈昂头青筋直暴。

"知道你们要来,你小姑父昨天杀了只肥羊,羊腿肉马上就烹好!"小姑妈笑吟吟对妻子说。我肚子还真感到饿了,算算时间,从早上到现在六七个小时过去了!老早就听妻子说过,崇明羊肉不仅鲜嫩,还无膻味,我尝尝确实如此,连从未吃过羊肉的女儿尝了几块也不禁连称:"好香,从未吃过如此鲜嫩美味的羊肉。"

桌上摆满鸡鸭鱼肉螃蟹,鹅鸭蛋蔬菜香芋等。在小姑妈力荐下,我品尝了崇明特有的红烧小香芋,这浑圆如珠的香芋又香又面,非常爽口。别看这螃蟹个头都不大,但剥开只只都是膏腴饱满,鲜美可口! 小姑父说:"闻名天下的阳澄湖大闸蟹苗，就是在崇明河塘里孕育的！"为此我疑惑：为何在崇明河塘这蟹苗就长不大，弄到阳澄湖，它们就个个体大肉肥，身价大不相同呢？后来我听一位这方面的专家朋友解释，原因是崇明水质碱性重。

几杯上海老酒把小姑父喝得满脸绯红情绪高涨："你们能来看我们，我心里真的很开心呀，很开心！"边说，边用黑黢黢的大手把自己的胸脯拍得嘣嘣响——大他 2 岁，个头却矮他半截的小姑妈笑了，她对我们解释说："这是他最最高兴时的表现。"小姑父听了，居然独自手舞足蹈，仰头大笑不止，哈哈哈呵呵呵震天响。

这时，外面仍下着淅沥小雨。但紧闭的小楼大门却突然哗啦哗啦大响一阵，接着门洞大开，同时闯进三位戴了头盔，身穿防雨衣裤筒靴的汉子，让大家面面相觑。

可小姑父见了，笑着摇摇晃晃站起对他们大大咧咧说："啊，你们全到啦！来来来，都坐下一起喝酒！喝酒！"听罢此言，汉子们也笑着脱掉衣帽露出各自尊容，我妻子一见恍然大悟，接着也捂嘴笑了起来。

原来这些不速之客，是从启东老家冒雨骑摩托车赶到崇明，准备明天为小姑父做生日的三位堂兄弟！

饭后散步，见楼前小路对面有条不宽的沟壑。周围零散的座座小楼前都有条这样的沟壑。众多麻花鸭在水中悠闲游弋，嘎嘎叫唤。远处畦畦菜田静谧安逸，不过西北风凛冽，吹在脸上像小刀在割。

看到数百米外有个气派的庄园，走近发现居然是座度假村。出于好奇我进去四下环顾，哇，三幢现代的五层大楼面积有数千平方米，里面全是三星级宾馆设施，且餐饮娱乐样样俱全。

看到从里进出的小车不乏名牌我不禁深思："在如此偏僻的农村投资此项目，这老板非同凡响气魄不小！"

绿色环保、原生态体现了人们追求现代文明，但如仍停留在落后状态将很难发展。对其魄力我赞叹不已。

劲草丛语：□□□散文选

这几位不速之客改变了我们的计划：原想在崇明过了春节再去启东，随后回家。可醉醺醺的小姑父忽然宣布："明天下午你们就回去，我们要回启东去过大年！"听罢此言三个汉子全乐了，纷纷掏出手机向家人报信……

农村人做寿，是用从早起就摆起酒席，请大帮亲朋好友来大吃大喝，直至半夜方休这种形式进行的。我发现：从今早起，小姑父就像个孩子般处于兴奋状态。浑身穿成角角响的他，往往正喝着酒，忽然人不见了，过了会儿，不知他从哪儿弄来许多烘烤过的地瓜干、花生、瓜子等散给大家，或端出几大碗堆得尖尖的滚烫的糯米寿桃团子，逼着大伙马上吃下去……晚上大伙兴高采烈大放鞭炮，满天价震天响，庆祝小姑父七十寿辰的活动达到高潮。

此时他激动得难以自制，边喝着酒边淌着泪，不时伸出长臂，用黑黢黢的大巴掌在小姑妈头上、脸上不停抚摸，嘴巴漏风地支吾唠叨："当年娶你时，我家那穷的啊，现在日子好啦，全靠你啊老太婆，我太……"表示对其相濡以沫的情感。这小姑妈边笑言回应他"你也不容易，你是个好人，你……"边不失时机地伸手将大家刚送的红包从他兜里收归己有。这晚上大家全喝得醉醺醺、乐呵呵……

幸亏此段江面不很宽，轮渡航行约半小时便来到江岸对面。

咱老岳父在家乡的名气真谓响当当，连来码头接我们的这位年轻小车司机，一听到我岳父的大名硬要将车费少收一半。"咱家乡出了这位老英雄，我感到很骄傲，为此略表点心意而已！"他笑吟吟对我们说。

抗战初期，我岳父先在老家参加共产党的游击队，后来干脆参加了新四军主力，从此南征北战上阵杀敌很少回来过。现虽早已离休，但终因年近九旬未能同行，然行前，他郑重委托我等："代我衣锦还乡，问候各位乡亲父老！"在三个兄弟中他排行老大，所以老家亲友对我们更显隆重——得知我们要去，村里团团四周加上外村许多亲友，均争着要接待我们，大家早腾出各自最好的房间，其中甚至有为儿子成亲的新房。十几床厚棉被也早洗净晒了又晒，专等我们去享用。为此，小姑父又作出"去每家吃顿饭，但人住在小叔家"的英明决定,并按乡俗下午全体家庭成员均陪我等同去拜祖。小姑父说话有绝对权威,所以对此"最高指示"众亲友照办。在乐融融的亲情中我们度过这年春节:甜黍与柑橘,花生与大豆,鱼肉海鲜与蔬菜,还有亲情与美酒。

启东农村过年的特色,便是家家小楼都挂两盏大红灯笼,所以到了晚上若朝窗外放眼,见茫茫田野到处红光闪烁,加上鞭炮声阵阵,焰火串串,"好祯祥和温馨难忘的农家新年夜景啊!"我不禁感慨。

不觉已到离别时,小姑父、小姑母明早也要回崇明了。我想:"数码相机应派关键作用了!"在小姑父前后奔走招呼下,亲友们都聚拢到送我们的小车旁。随着女儿不停按键咔嚓闪光,大伙溢笑的脸庞和年逾八旬的叔叔、崇明小姑父高挑的"倩影"等,瞬间都聚集到这只小小的金属盒子里,让回老家过年的情景就此永驻!

山芋与爱情

从 1968 年仲秋开始,我与同学梁兄在胥家塘村插队并同住在一间破旧的阁楼上两年。

记得那天下午,队里派人来镇上接我们。走在田埂上见大田里黄澄澄的稻子被放倒,牛犁过的田畦上冒出绿茸茸的麦苗,农村秋忙正紧。梁兄却把割稻说成刈麦,麦苗说成韭菜,牛耕田说成田拉牛,全乱套的滑稽语言使姑娘阿凤听了直笑,后知她是咱们队里的记工员。

一行人正走着,梁兄却突然两掌拢到嘴旁,仰头伸脖对着河对岸大嚷起来:"铁卵铁卵!"双臂还越过头顶大幅度挥舞!驴嘶般嚷叫逗得大家全哈哈大笑!顺他脸发现对岸田埂上也走着一行人。原来是几位背着行李的同班男生,那位绰号叫铁卵的也在其中,所以梁兄异常兴奋。走着走着,想起塑料语录包里有冷熟山芋的阿凤便掏出问:"要吃吗?"我刚反应,老梁却一把夺过去塞进嘴里狼吞虎咽,样子逗得阿凤直笑。

第二天早上阿凤跑来看看,见灶冷锅空便拉我俩去她家喝了好几碗热腾腾的米粥。这大火灶煮的新米粥与城里煤球炉烧的就是不同,真的是又香又黏,所以梁兄直嚷"枪没柄"!

上工时,身材高大的梁兄撸撸衣袖,怪声怪气对阿凤姑娘说:"你装的河泥太少!再多加点,我力道大着呢!"然后自己用钉耙将河泥堆得老高老高,挑起几倍重的泥担,弓腰"嗨"一声上了肩,很快迈步跑到女人们前面。这雄壮年轻、虎虎生风的男人英姿,把女人们一下征服,漂亮姑娘阿凤用手按住嘴惊讶地哦了声。

工间休息,梁兄躺倒在田埂上,阿凤又掏出几块熟山芋,他接过来没两口就全吞下肚还连说:"好吃,真好吃!"上工肯出力的梁兄肚子确实饿了!

与梁兄年龄相仿的阿凤笑着说:"真好吃?想吃你就到我家来拿!"柔声细语让梁兄听了很舒服。

柴草有了,两眼火灶砌了,还置了灶头和水缸,但稻子须轧成米才能烧饭吃。现在大忙时期队里无法安排此事。加工厂在哪儿?刚下乡的知青人生地不熟,对如何将稻子弄去加工我们毫无概念。

这几天向社员家先借了些米,烧得半生不熟,吃个半饱便下地去干活。

马马虎虎过了几天,这天中午又没米了。梁兄想起阿凤的话正准备到她家去借,不料刚出门就见她端两碗山芋粥来了。

见我俩狼吞虎咽,她笑眯眯地说:"我爸今晚帮你们将稻子去轧成米。"

梁兄一听就说:"谢谢你啊阿凤,你家山芋粥太好吃了!"阿凤又说了句"想吃你就到我家来"便转身离去。看着她苗条的背影梁兄若有所思。

下工时天色已暗,小木船屯好稻子我们上船,阿凤她爸摇橹驶进宽阔的运河。站在船头的梁兄见河面潋滟皎白,突然扯起嗓子来了句:"想当初,老子的队伍才开张……"公鸭般的吼叫在静谧的河面显得格外夸张,大伙忍俊不禁,阿凤捂着嘴呵呵直笑。

稻子全轧成米,砻糠和青糠放进船舱里,筐筐白花花的大米倒在船上芦苇圈里摆布停当,大家上船撑船准备离开码头,此刻迎头摇来只大水泥船。

为了避让木船掉转船身,没想到稍有晃动芦苇圈重心一偏,高高的芦匦突然倾侧,小山般的大米"哗哗哗"突破芦匦,瞬刻泻入河里!

人们惊呼小船晃动更厉害！梁兄和我见状立刻跳进水里拼命顶住船帮,感到河水不深但脚下吱吱有声:因为至少有六分之五的大米掉进了河底！

大队干部听了极其惊讶:"竟有此事?"但马上决定把捞上来的脏米统计数量,然后摊派到下面生产队与养猪饲料米调换。

从插队起上面就要求知青扎根农村。啥叫扎根农村,姑娘却有另一番理解。

俗话道嫁鸡随鸡,嫁狗随狗,嫁个城里人必然也是城里人。譬如阿凤大姐前几年嫁了个城里人,虽是郊区,但回娘家时的行头活脱城里人打扮,女人们当然羡慕。所以颇有心计的年轻姑娘将目标锁定这位高大威猛、说话挺逗的梁兄。挑河泥虽挣的工分与女人们一样,但威猛阳刚样让她们暗忖:"此壮汉能挣大工分,前景宽广！况且还是城里人！"

其实外形像头种牛般的梁兄,智商对付她们形同小酌。譬如与她绰号"细矮鸡"极符的胖姑娘,除会嘻嘻傻笑外啥也不懂,无聊时可叫她打打牌斗斗乐。那位叫小撅的姑娘家里实在太穷,连她爸抽的烟也是靠捡来烟屁股拆开再卷,所以洗洗衣服啥的她也很乐意。

梁兄清楚她俩没大米粥熟山芋,还有阿凤的俏脸有魅力！对阿凤他不仅情有独钟也更讲实际,譬如晚上再阴冷,他也常不见踪影。

一天半夜,我偎在灯下,头顶了破棉絮正在看《复活》,他哼着小调回来了。

我笑了:"哟！渥伦斯基回来了！"他听了一愣,撸下鼻涕忙问:"什么,死鸡?"大笑后我对他说:"渥伦斯基是位生活浪荡的俄罗斯贵族,他勾引了美貌的农村少女后又将她抛弃,逼她走投无路堕落成妓女。"

他听后直笑,然后支吾地说:"阿凤约我到猪舍去看刚养下的猪仔!"我顿时大笑:"骗鬼！黑黢黢的阴冷天半夜,还要经过乱坟岗才到猪舍,两人真是去见鬼了吧！"一听这话他瞪眼看我半响,然后抽出支大铁桥香烟扔给我,供销社小店里只有这种一毛四分一包的烟卖。

我知道他是想封住我的嘴，毕竟在农村，这种事传出去说不定会惹大麻烦。其实他俩常趁我不在时来这小屋卿卿我我，我也睁只眼闭只眼，而他却把我当成木乃伊，真是好笑。可同在生活条件劳动环境极其艰苦的农村插队，他为何还如此快乐？在个人前途渺茫的特定时期，男女同学间连交往的心思都没了，而他却与几个农村姑娘同时搅得挺热乎，"脑子进了水不成？究竟是真是假？"我确实大惑不解。

潇洒终究代替不了艰苦。插队大半年来，我们每天都在半饥不饱中度过，若遇大雨雪天不上工时，除煮稀饭喝喝外啥也没有，毫无油水的我俩早瘦成根筋，所以常喜与姑娘纠缠的他渐渐也显得力不从心。

有个大雪纷飞的半夜我俩全被冻醒了。起来点灯一看，见各自被窝头上白茫茫一片！细查发现，几扇木格窗户上的旧报纸全被狂风刮破，雪花儿随风飘到床头上，累如死猪般的我俩竟没发觉！

无法再入睡了，梁兄披上棉衣，趿鞋出门小便，但不一会儿便蹿脚折回。"哎！想不想吃肉？"他放低嗓门问我，拥着被子的我坐起急问："咋回事？"凑近身他对我一番细说我立刻点头："好好！"

穿好棉衣裤戴上帽子，暗自各拿把带长木柄的铁锹，熄灯蹑手蹑脚下楼。悄无声息地躲到两扇小半虚开的门后面。江南农家两扇对开白刀门夜里被大风吹开，所以房门虚掩。先前梁兄见门外白雪皑皑正欲出门小便时，忽见一只灰色狗头探进门来，他立刻躲在门后仔细观察：见狗朝屋里东闻闻西嗅嗅许久不肯离去，他断定是条外村窜来想狎妞的公狗。"嘿嘿！有肉吃了！"便悄悄回屋对我说。久违的肉香就在眼前，机会岂能轻易放过。我俩憋住气耐心等待，不一会儿那灰狗脑袋果然又伸进房门探头探脑。

说时迟那时快！就在狗头再往前伸进的一刹那，我俩同时将房门往前奋力一挤，两扇门便将狗脖子牢牢夹住，我俩举起铁锹同时向那狗头猛砸下去。随着几声闷叫此狗四肢乱蹬，不一会儿七窍流血。

狗叫声惊动了房主人，披衣出来借亮一看，他明白了也笑了，于是轻手轻脚跑出去，不一会儿叫来村里会杀猪宰羊的兴大，同时还带来套杀猪行头。

兴大将铁钩伸进血淋淋的狗嘴朝上扣牢，取三根长扁担用根麻绳一头绕住，然后全竖起往地面交叉支开，一使劲，不轻的死狗便被吊了起来，铁钩另一头往扁担绳中间扎好，这狗便两耳耷拉，四肢笔直悬在半空，任人宰割。

尖刀从狗嘴开始往下慢慢脱皮，像脱衣服般三剥二扒，整张狗皮全给扒下。然后开肠破肚三弄二弄把一副血淋淋的内脏取出，割下狗头把光溜溜的狗身大卸几块，一切都在悄然中一气呵成！

随后将狗肉放进大竹筐里。门外雪停了，但风很大也很冷，梁兄和我像对幽灵般来到村边河码头，借着雪光将狗肉洗得干干净净。

手指冻得通红，冷兮兮将狗肉抬回，兴大已将大半锅水烧开。

狗肉倒进锅中猛火煮沸，然后取出狗肉斩成小块换水再煮，兴大嫌稻草烧得太慢，干脆弄来一桶机油浇在树枝上塞进灶膛猛烧！

个把时辰，屋里溢满狗肉香。邻人取点姜盐和酱油，将自酿米酒加入锅中，那香味更诱人！已饿透的我俩闻到这久违的肉香顿时垂涎欲滴！

梁兄一个劲催兴大将狗肉盛出，抓了块迫不及待往嘴里直塞，可火候没到狗肉嚼也嚼不烂，后来干脆撕开咬几下便吞下肚去！见梁兄竟然吃得满头大汗，大伙掩嘴直笑！

完了分些狗肉给他们，余下的藏好以后再享用！狗皮让兴大带回去，内脏等都扔到大茅坑里，天亮前这些事全收拾干净，好在雪天啥也发现不了！

第二天一早还真有人来找我们队长当面质问："我家灰狗昨夜突然不见了，有人发现半夜里你村上有根烟囱管在冒烟，究竟烧啥哩！"

"半夜里我口渴，叫老婆出来烧开水关你屁事呀！"可我们队长态度比那人更嚣张。虽满腹狐疑，但见大家全不认账又无任何证据，那邻村人咕噜句"狗皮也可买好包香烟呢！"悻悻离去。

插队生涯遥遥无期,第二年春我到邻县农村继续插队,有关老梁与阿凤的故事,虽有道听途说,但证实下来确实无误。

一年夏天有个阳光灿烂的下午,梁兄摇了小船去罱河泥。这桩技术活在队里工分最高。与阿凤情感发展到仅差办酒环节的他,明白总和妇女们搅在一起,挣不到大工分,必须掌握像犁田、做秧田、罱河泥、挖草塘等壮男劳力技术活,否则难撑门户。

兴致正高的他没注意小船正悠悠漂入运河,更没注意这老天竟突然变了脸!

在阵阵狂风驱动下,泼墨般的乌云黑压压卷来,河水混浊狰狞翻腾,小船如一片失控的树叶被巨浪掀得向下游漂去。旱鸭子的梁兄立刻收罱抓橹顶浪拼命往回摇,但风愈刮愈猛浪头愈掀愈高!

俗话说乌头风白头雨,白雾中霹雳炸雷电闪,铜钱般的雨点哗啦啦随即猛砸!瞬时暴雨如注河面四周雾蒙蒙啥也不见!

早已浑身湿透的梁兄,在这少见的唬人狂风大雨中拼命搏击!

人们闻讯穿了雨衣,提着桅灯沿堤岸芦苇丛纤道搜寻:"老梁!梁玉明!你在哪儿……"大家拼命大喊可不见人影。运河边上长大的阿凤,隐见河面有熟悉的红背心,又知他不会游泳心里急得怦怦狂跳!干脆伸臂和衣纵身跳进运河迎浪向红背心方向奋力游去,会水的见了也纷纷跳进河里。

雷电频闪雨猛浪凶,阿凤也愈游愈近!见有人朝他游来,梁兄跳到船前在狂风中奋力站立,突然一个巨浪迎面打来,船头上下猛翘猛沉,梁兄双脚未稳连人带橹一头栽进汹涌的运河里。已游得精疲力竭的阿凤抬头见状,立刻侧身张嘴深吸一口气埋头潜循而下,在浊水中仔细搜寻下沉的梁兄……醒来见阿凤坐在床头一口口喂着甜甜的山芋薄粥,梁兄热泪盈眶。

后来老同学聚会,我见到分配在国药店工作的梁兄,二十九岁的他已有两个儿子,可我还未结婚。问到阿凤的情况,略显憔悴的他满脸温馨。

阿凤带着孩子随他到了城里,因是没城市户口的知青家属,为了生活他俩设法在自家门口开了个日杂小店。有人说他是自讨苦吃，在咱班男生中他情况确属唯一。

"我是男人岂做那等歪事！"不料梁兄态度坚定，让我惊愕。原来对阿凤他真情相爱。"你这貌似大咧的梁兄啊，当初我以为你……哎！好男人是个好男人！"缘此感叹：别说那《小芳》歌词写得好，若论人品这小子与咱梁兄差几辈子！

这些年夫妻俩含辛茹苦，终将孩子培养成人。但刚喘口气，这位常主动为插队兄弟配药泡酒、甘当义劳保健员、尚未退休的中药药剂师梁兄，一天突然不响地离去了，这让阿凤悲痛欲绝，老同学们惆怅不已！后来得知他生前单位已帮遗孀阿凤解决了户口低保、拆迁安置补贴等问题，我们总算舒了口气。

锦 旗

听说本地河南商会成立了,首任会长还是我的熟人,由此想起件与河南人交往的逸事。

那年在农村创办社队企业,可资金不足也没原材料供应,唯靠一张嘴巴走南闯北忽悠。此刻国家物资匮乏,哪怕屙泡臭狗屎,也会有人立刻买去当肥料的。

但工厂产品是防腐(是防金属腐蚀,不是防干部的腐化堕落,特注!)新兴材料,所以工厂创办不久就有了订单且不欠钱,只要办张农村信用社信用证,对方资金就会主动划到你账上,不像现在有些人以死皮赖脸欠人家资金谓"光辉业绩"。

因材料属军工产品原材,所以国家控制得更加严格,可活人能被尿憋死吗?答曰:"大不了拉下裤头稀里哗啦撒个痛快呗!"所以每次拿到订单,我们就马不停蹄地投入搞原料的行动。

我此行目的地是苏北某市,这里有家国企生产的半成品让我蓄觎已久。那天下午在地区招待所刚住下,发现房间里已经有三位穿黑色中装大棉袄大棉裤、头上扎块白头巾、开口就是俺们俺们、身上有股大葱味的北方汉子了,凭多年跑码头的经验,我判断他们全是河南人!

两位四十多岁,另一位五十出头,老汉天庭饱满,地角方圆,慈眉善目。"不错不错,俺们都是河南人,他是俺们领导!"两个中年人边咬大葱啃着馍头边对我肯定,胖乎乎的老头也笑呵呵对我点头表示默认。

这些日子他们早出晚归很忙碌,我的事有眉目了。信用证一到就能提货,为此踌躇满志,到处闲逛。有天晚上回到招待所,发现三个河南人不吃不喝,全坐在床上闷了头抽用报纸卷的"大炮烟",弄得房间里烟雾缭绕,辛辣呛人。"哎呀,这么多天过去了,事情还是毫无进展,俺们下面该咋办呢?"瘦瘦的中年汉子看着老头,两道浓眉拧得像个倒八字,看老头表情也是茫然无措。出于好奇我问他们:"请问你们来此办啥事啊?"老头听了仰头叹口气:"俺们那儿遭大灾了,这不,全分头出来求助呢!"说完抽口烟。"求助,怎个求法?"我清楚此地是本省最穷地区,"到此地求助,那不是半斤对八两同样嘛!"我不屑一顾。

"唉,为摆脱灾害影响,俺们想大力发展蚕桑业,可没那么多桑树苗,摸清此地到处都有,所以就来此求助了!"原来如此! 既然到处都有,为何……我还没弄明白:"又不是白送,事情还不好办嘛!"听这话老头表情忧郁:"哪有那么多钱哟,不就是想'一地受灾,八方支援'嘛!"我明白了,这年头穷归穷,有些事情确实讲无私支援。

可说到此他眼睛忽然一亮,然后连拍自己脑袋:"有了有了!"忽然变化的神情,弄得我丈二和尚摸不着头脑,接着听他们叽叽咕咕商量到半夜……

第二天上午,我蒙了被子还在床上睡懒觉。"同志同志,请醒醒快醒醒!"睡眼惺忪中忽听有人叫唤,"发生啥事?"我惊慌失措蓦然睁眼,见他们三个人齐喇喇站在我床头,我目瞪口呆加莫名其妙。

"不好意思啊同志,俺想请你写几个字呢!"见我醒了,老头拿出面空白红锦旗对我说,另外两位手里分别拿瓶黄色颜料和广告排笔,"你们怎知我会……"我纳闷了,"嘿嘿,看模样俺就知道你有两把刷子的!"听浓眉汉子如此说我来了精神："想写何内容，用啥字体写？"立刻用内行口吻问。"哎呀，啥体都行，内容嘛……哎，就请你给俺们参谋参谋吧，说老实话，俺们都是农民，文化不高，请旗帜店写吧恐怕时间来不及！"老头笑盈盈地说。

其实我清楚旗帜店价钱不低，"对写美术字我是很感兴趣的，且还算有点功底，见他们态度如此诚恳，"好吧，等我……"我边说边穿好衣服下了床。"俺中午请你吃饭！"老头立刻对我说。"你们受灾了，不容易，吃饭就免了吧！"我立刻婉谢。

下午不到，这面长1.5米，宽0.8米，上款："衷心感谢中共某某地委真诚支援"，中间十六个中碗大小的魏碑体大字："一方有难八方支援，灾区人民感谢您们！"，下款："河南全体灾民敬献"的红底黄字大锦旗就写好了！"啊，多气派！俺如果是地委书记，也非要支援你们不可！"老头笑容满面地对另两人调侃。"哈哈哈，哈哈哈！"三人顿时笑逐颜开。

可我却很不明白："事情并无进展就送锦旗，这……"老头似乎看透我的心思："同志啊不要担心，下面就看俺们的吧！"我仍然将信将疑！不料两天后他们还真满载而归，我惊呆了。

"哎哟真神啊！和他们比我乃小巫见大巫啦！"仅两天工夫，不仅分文不付弄到二十卡车桑树苗，且还由地方派车直接送到目的地！

我确被Hold住了，内心相当震撼："瞧瞧这些文化不高的农民啊，其实都聪明得很哟！"

临别前的那天中午，老头非要拉我去吃顿饭，我竭力推辞，可看上去弱不禁风的那两位中年人，此刻却力大无穷，他俩硬生生将我架到招待所食堂。

"此次如不是你鼎力相助，俺们还不知等到何时才能办成呢，且效果如此出乎意外！"三位河南人不无崇敬地恭维我，同时还频频敬上六毛钱一斤的瓜干酒。酒过三巡，老头将此事经过原本告诉我："那天上午出了招待所，俺就把这面锦旗展开往地委方向走去。路上有人问时，俺们就非常激动地说:'江苏人民好啊,此地地委更好,你们是俺灾区人民的大救星呢! 俺们代表灾区人民感谢你们! 向江苏人民学习,向地委致敬!'接着高呼口号,新奇的举动产生意外效果,不一会儿后面就跟了不少人,还没走到地委大院,周围就有数千人不止,还有人跟俺们同呼口号,街上连交通也堵塞了!"呷口瓜干酒,老头红光满面。

"好不容易走到地委大院门口,围观者已水泄不通,门卫立刻报告地委保卫科,科长出来了解情况,俺对他说:'江苏对俺们的支持太大了,此次定要向地委书记当面交这锦旗,否则难以表达俺灾区人民的感激之情!'科长听了也很感动,立刻打电话向地委秘书科作了汇报。秘书科长听到事,马上向地委书记汇报说:'不知是咱哪个部门做了好事,他们非要当面感谢地委领导呢!'书记一听心里也很高兴:'好好,很好,那我就去接见他们一下,毕竟是兄弟省份嘛!'这位老干部就亲自接见了俺们。"看老头说得声情并茂,我也听得入了神,"'还有啥困难要我帮助,你们现在尽管说!'一见面,这位老干部叫秘书接下锦旗时就这么说,俺趁机将此事经过原原本本向他作了汇报,'实际情况如何如何,最好请……如何如何!'可嘴上这么说,心里可直打鼓呢:'俺仁把动静弄得这么大,这位大领导该不会生气吧,没料到,细听完俺将情况汇报完,这位听说刚恢复工作不久的老干部当场指示:'姜秘书,你现在就去打电话给各县,要求接到这通知后,各县主要领导督促有关部门,立刻备好两卡车桑树苗按他们所供地址,五天内无偿送到灾区人民手中!'

听他如此安排俺深感意外,心里顿时有点不安,于是对他连连摆手说:'首长,不行,首长,不行,再说俺们也……'可还没待俺把话说出来,这位老干部就用深情语气对俺们说:'当年我当八路军团长时,曾在你们那地方打过日本鬼子和反动派,此地老百姓好啊,冒着枪林弹雨给咱部队送粮送水,抬担架,救治伤员,还送重要情报……为革命你们作出这么大贡献,现在遇灾了有难了,我们不就是支援点桑树苗嘛,这算个啥事嘛! 再说这些困难也都是暂时的,大家一起想办法战胜,齐心协力坚持下去,不很快就能改变嘛……'这些话把俺们感动得,真的也不知该说啥好了!秘书听了指示立刻转身去办了!"

老头说得热泪盈眶,我听了也心潮澎湃。"该地区下辖有十个县,所以有二十卡车桑树苗!这不,全是各县有关部门打来的询问电报……"老头从包里掏出大叠电报纸激动地对我说:"嘿,二十卡车桑树苗!不仅俺们足够了,还能支援受灾邻县很多乡呢!"说完这话,他头一仰脖子一伸,"呼"地一下,就将大半杯瓜干酒全都倒下了肚,"到家俺就把跑在外面的人全叫回来,立刻组织生产自救!"多年后我听说,他们那里已成国内有名的蚕桑养殖基地。

邂逅清华园

走进清华校园,迎面就能感受精英气息,必然追忆伟人业绩,百年名校的优良传统也薪火相传。譬如行色匆匆的学子们与我摩肩相遇,都会很礼貌地打招呼:"老师您好!"

恢复高考不久我曾来清华园联系工作。见校园里多了不少知青面孔很感慨:"要不是十年动乱,这些年轻人早是国家栋梁,仅说咱们的航天水平吧,早该是神二十八九啰!"

仲夏一天清晨,我又来清华园联系工作,见园内恬静整洁郁郁葱葱。"几年没来,清华的楼更多路更宽树更密,连草坪也是全新的,变化可真大!"不由感慨,"名校又要大发展啰!"但也犯难,"本来就很大的清华园,如今扩建成新格局,我要去的部门在哪儿?"

正独自琢磨,忽然一阵疾风刮过,乌云席卷蓝天,像有雷雨欲来之势,我未带雨具,于是躲进路边一棵高大雪松下东张西望,想寻人询问。可因太早的缘故,遥看清华园内,除一片静谧外路上少见人影……

正此时,有位面容瘦削的老人弓腰曲背,脚蹬一辆自行车从远处骑来。在我前面颤颤巍巍下车后,他支好车子开始顾盼若倪,样子也像等人。细观老人,年逾七十,身材中等,体型虽瘦但童颜皓首气色沛然,裸脚穿双旧黑牛皮鞋,而且未系鞋带,洗成麻灰色的长裤虽旧但令人熟悉,那是不知哪年产的尼龙布,上身穿的长袖衬衫,也是年代久远的的确良,衣领虽洗得很干净但围沿早已发毛。

我主动与他搭讪打听紫荆苑方向。"哦!紫荆苑啊,好像路很远呢!那该是在研究生公寓附近吧!"抬头凝视远处那条新路,他像对我说又如在问自己。说完从裤袋里掏出块手绢擦拭起摘下的眼镜。我注意那俩镜片,圈圈厚如啤酒瓶底。"是学生家长吧!你来得可真早啊,校园公交车还未到点哩!"指着旁边竖着的小站牌,他眯眼笑着对我说。"哇!校内早上有公交车,此事我还真不知道哩!"

正说着话,见一辆中巴车从校园内驶出,七拐八弯开到我们身旁戛然停住,随后开门多位老人鱼贯而下。

"哇!是张教授您啊,好久不见,您可好啊?"

"去旅游吗,张教授?"见到这位老人大家相互寒暄。"我事太忙,今天有我老伴去就行了!"老人连忙笑着解释。

有人看看天空不无担忧:"看样子要遇雨呢!"有人附和说:"唉,难得一次旅游,偏偏碰上这种天气!"还有人叹息:"就是嘛,偏偏……唉,真让人扫兴!"看来全是共识。

"放心,天气根本没问题!"老人却充满自信对大家说,"清早起来,我专门查了云图分析,判断无后续气流天很快要放晴的!"众人听了顿时轻松起来。有人笑着说:"嗨!有咱国际一流的环境专家判断,不会错的,放心放心!"接着是一阵欢笑。

这才弄清眼前这位老人是该校环境工程系老教授,我国著名环境保护专家,因老伴参加校工会组织的十三陵水库旅游,须到校门口换乘旅游车,所以他从校园北部荷清苑教授公寓来此送她。我抬头看看天空仍是黑云压顶:"这黑黢黢架势会没雨?"心中仍存疑惑。

劲草丛语:陈平散文选

"我老伴腿脚有点不便,请各位多多照应!"老教授手指一位笑容可掬的老妇人,老两口惺惺相惜的模样让大家议论:"你俩真乃模范夫妻,嘿嘿嘿,呵呵呵!"那位老妇人也笑着对老人说:"今天我不在家,中午你就将就点,晚上我回来……"话没说完,老教授连连摆手:"我无所谓,你自己要注意!"有人立刻笑着对他说:"放心吧张教授,我们定将她完璧归赵!"此时有辆豪华旅游客车开过来将他们全部接走……

送走老伴,老人仍弓腰蹬了那辆破自行车朝校园内骑去。我也上了辆中巴车朝紫荆苑方向驶去,车上多了位从江西井冈山赶来的母亲,她是专来看望自己的研究生儿子的。

透过车窗,遥见路上有了三两人影,而且乌云真的散去,天空慢慢转晴!我不由佩服起那位老教授:"真乃料事如神也!"

蓦回首又见到老教授!此刻他像位年轻人一样,正沿着林荫大道奋力骑着,瘦削的身影在隙阳烘托下显得格外高大……思绪万千下我盯紧他的身影,直至他拐进另一片盎然翠绿里!

老冯师傅

如今我最感享受的，不过就是每天到博客上浏览文人骚客、业余辩家，还有才女们的精湛文章，还有在周六下午去附近一家浴室脱垢更新——在滚热的浴池浸泡过，然后请老冯师傅马上搓擦按摩，这种惬意真乃有口难喻。

几年下来与老冯师傅成了混堂挚友，原因是这位短小精悍的擦背师傅不仅搓擦技术精湛，口才也是一流。说他上知天文下知地理并不夸张，且对人情世故时弊得失也总能说得头头是道，令人信服。尤其关键时刻他会加点个人诙谐评说，顺附许多卓别林式滑稽动作，譬如为模仿刘翔摔倒的样子，他一丝不挂，出其不意地突然朝浴池逼真一跳，那惟妙惟肖，把浸泡在热水中的所有裸客逗得前仰后合……

对年老体弱的浴客，老冯师傅照顾得极其周到："老伯伯，你慢点……""不要客气老先生，这是我该做的嘛，每个人都要老的……"这些言行让浴客看在眼里的结果是，请他搓擦者愈来愈多，节假日居然还要预约。可我除外，尤其在晚报上见到一篇我专门赞赏他的文章以后……

有次听他说了一件事情，让我感慨，对他人品的认识又提高一大步。

　　那是在另一家沐浴中心工作时,有一次他看到一位老年浴客扶着楼梯把手一步一喘往上走,于是急忙下来搀扶。从此每见他就主动帮助,多年来从没间断过,所以这位老人成了他的重要主顾。老冯师傅出口就很诙谐的语言,把老人逗得常开怀大笑,所以每次都带了极愉快的心情离去。

　　得知老冯换了地方后,老人特意绕道来此沐浴,让老冯内心感动,所以对他的照顾更是无微不至⋯⋯有天浴后,老冯帮老人梳头,发现他头发大把脱落便不无歉意地说:"真对不起啊,看来是我手重了点!"但老人却笑着说:"不怪你哟,我正在化疗呢。"弄清他是位癌症患者,老冯目瞪口呆,从此对他的照顾愈发细心⋯⋯

　　"你人好,我决定交你这个朋友!"有天临走时老人很认真地说。老冯听了嘻嘻一笑,对他很谦逊地说:"老先生,没有关系,这是我应该做的!"说完搀扶他慢慢出门⋯⋯

　　第二天上午上班还没换衣,经理老辛就带位中年人进来说:"专找你的!"此言让老冯莫名其妙:"何事会找我这擦背的哟!"可还没来得及开口,那人就很恭敬地对他说:"是我们董事长派我来接你的。"老冯一听又呆了:"董事长,是哪位董事长?"事实上他每天接触客人很多,身份也是五花八门啥都会有,现在突然冒出个⋯⋯一时还真搞不清是谁。正想细问,老辛却笑着说:"既然点名要找你嘛,那你就去一趟吧!"所以老冯懵懵懂懂坐进那辆宝马 750。

　　半小时后,车子开到一座气派的公司门口,护厂队员看到车牌马上挺胸敬礼,自动门打开车子开到一幢大楼前。

　　有位学者派头的中年人跑来边开车门边对老冯说:"冯先生您请,我们董事长正在办公室等您!"司机立刻介绍:"他是我们总经理。"老冯听了立刻对他点头哈腰,总经理却笑着说:"您是贵客,请随意!"下了车两人同时走进大厅。环顾高大气派的厅堂,看见里面站了两排器宇轩昂的男女,"欢迎您冯先生!"此时个个笑容可掬,躬身伺候。

"我们公司全体中层干部!"总经理马上对他介绍。通过长廊,两人来到董事长室门口,总经理轻轻敲门,"请进!"有个苍劲的声音马上回应,"真诚欢迎您啊,我的好朋友!"一见老冯进来,他就从真皮沙发前颤巍巍站起来抓住他的双手,老冯这才弄清他就是常来沐浴的那位老人……

中午宴请老冯,老人与儿子,还有公司全体中层干部作陪。酒过三巡,老人将认识老冯的经过说了一遍后意味深长地说:"改革开放没几年我从部队转业,当时没接受国家安排就自己创办了这个公司,后来事业能发展到今天的规模,我认为最关键的还是讲诚信,老冯这人热情诚信,所以我愿意交他这朋友,对此我心里感到很有幸福感!"

大家听了,马上用热烈的掌声表示赞同。下午参观企业,看着规模不小的厂房设备,老冯这才弄清老人年轻时就办厂,因产品属于高科技,所以打拼至今资产早逾十亿!

参观结束后,总经理亲自开车送老冯回来,在递给他名片时特意说:"以后你如有难事可直接来找我!"那年年底老人不幸去世……

老冯唯一的儿子生在农村老家,高考落榜后很难找到工作,想想自己是个普通的浴室搓背工,标准的弱势群体。"命啊!"老冯抱头唉声叹气。

"我没上学是因为那时家里实在太穷,如今只好出来干这种下等活,本指望你能出人头地,可……"正抱怨时,忽想起这件事就翻箱倒柜,半天从一堆什物中找到那张老名片,但心里却犯难:"老人已去世多年,他儿子是否……"抱着试试看的心态,那天上午老冯骑车按名片地址找到这公司,从门口发现里面规模又扩大了许多……

护厂队员问他找谁,老冯立刻说是谁谁,不料这位年轻门卫听了,马上板脸斥责:"我们董事长的名字是你随便叫的吗?"老冯听了面红耳赤,抓头挠耳连打招呼。

电话打进去,对方一听是他来了就说:"哎哟快请快请!"并关照门卫:"以后看到这位冯师傅,你们就让他直接进来好了!"这位年轻人听了这话,边惊讶地看着老冯边连称是！

"如今儿子在此公司工作七年了,去年还当上了车间小头头。这些年在城里买房结婚,他还为我生了个大胖孙子,日子过得蛮滋润。"

他边在我背上搓揉边很满足地对我说:"去年年底公司年终发红包,儿子回来打开一看,啊哟! 居然有这么大叠呢!"说起还用手比画,看其细眉挑挑八字胡翘翘,我感慨不已,"为何他的幸福指数总是这么高呢?"

第四辑　朝花夕拾

聊斋新叙

因投亲靠友,那年我转到苏北农村继续插队,这地方名叫周湾大队,离淮安县城二十公里。

干部们很热情,中午设宴为我接风。我喝了碗嫩玉米麻糊粥便入席,但举起小酒杯闻到一股冲人酒味便不敢喝了,这种酒若喝醉人比死掉还难受。我有过沉痛教训:首次喝醉,呕得七佛升天,昏睡三天三夜。

"是六毛钱一斤的瓜干酒!"大队会计老任笑眯眯地对我说。"吭吭!我们这块儿全喝这种酒,吭!吭!"老党员周鹤,这位患有老慢支、人称鹤三爷的老汉满脸悦色对我解释。

"这种酒你恐怕喝不惯,能喝多少就喝多少!"队长老潘关切地对我说。见大家并无强求我的意思,毫无酒量的我总算放心。于是看这帮队干部们围张旧桌就几样蔬菜——最多是上一大盘炒鸡蛋,就你敬我三杯我还你六盏开怀豪饮起来,不一会儿,一塑料桶白酒便浅下大截。

出来时,四处都是黑乎乎的,伸手不见五指。

在众人护送下,我回到生产队仓库旁的小草屋。此处离本队居民集居点少说有半里地。这间草屋有八九平方米,屋里砌个单眼小火灶,放一张竹床,一条长板凳和一张小桌子。进屋关门我便脱衣熄灯,一头躺倒在竹床上。整整奔波一天人真太累,不一会儿我就进入梦乡。

下半夜,正在似睡非睡,似醒非醒,迷迷糊糊,忽感小草屋慢慢晃动且越晃越快,最后竟阵阵颤抖!"地震?"我顿时反应但细想似乎不像。

我曾有过地震经验,其现象应是左右上下颤动而不是局部颤抖!但我被此突如其来的情况惊得头脑清醒,一个鲤鱼打挺从床上马上跃起,便在黑暗中摸索,终于从小桌上摸到了那盒火柴。

打开火柴盒抽出一支开始用力划,但划了半天终因手不停颤抖划不着。

此时的我身处千里之外的异乡,又在这远离人烟的打谷场上,半夜里,除我外别无他人!这草屋门外周围四面是一片黑乎乎,伸手不见五指。

尚有个悚怵人的情况是:白天我在视察寒舍内外环境时发现,打谷场东边约百米处还有乱坟岗!

想到此我的心突然一阵紧缩颤抖,额头冒出阵阵虚汗,浑身起鸡皮疙瘩并且毛骨悚然!脑子如闪电般联想起《聊斋志异》——婴宁、柳秀才、画皮、席方平、小翠、陆判官等,像放电影般一幕幕鲜蹦活跳地涌进!那些外貌淑秀、风情万种、端庄漂亮、肉眼难识的女鬼、冤魂、妖精,常在这种茫茫黑夜出来游弋滋事。

还有前世为徇情而亡的年轻女鬼,此刻也溜到清静旷古的宅院,偏房书屋,诱惑勾引欲考取功名的白面俊生,肆意煽情作祟,撩骚生事。

或红袖添香,或研墨伺读,或婉吟娇唤,或歌舞酒色,终将书生的七情六欲动曳,情窦渐开,硬生生闹出众多人鬼间离奇的情节全涌现在我脑海!

"啊呀,见今情景,莫非我这当代知青,在这个异乡荒野满目黑漆之夜,也演场千古绝唱之人鬼不了情?"胡乱猜想但心中感到新奇,再转念:"此事绝对不行!我孤身来到此地继续插队,绝不是为与孤魂冤鬼们幽会,必须剔除干扰,以时间换取空间投入战斗!"想此我大咳几声,并深呼口气壮壮胆,作好厮杀前的心理准备……

穿衣再次下床，沉住气尽量镇静，拿那火柴盒连抽几支，并急急划着，终于火柴被我划出火！小心翼翼将那盏油灯玻璃罩子拧起，点着灯芯。"让光明先照亮小草屋再说！这样可驱散鬼气！"我在心中告诫自己。我知再凶恶的鬼怪怕的就是光明！随后从灶上拿起件最新武器——那把明晃晃的菜刀紧握手中，站在这盏油灯前我斗志昂扬，严阵以待。

后来我知，草屋里仅有几件家具，都是队里刚用棺材板制成。憋气静待事态发展，并作好充分思想准备，不管女鬼如何绰约多姿楚楚动人，我都要豁出去与之殊死搏斗！我才二十五岁，浑身充满阳刚的正宗童身，捍卫男子汉尊严抵制邪恶乃我本性！

实际我太看重自己，如按《聊斋志异》的故事情节，此时真来个青面獠牙的厉鬼，无论何性别，只要它伸出利爪朝我脖子轻轻一拍，我立马成为它们同类！因此时的我实在太单薄！

但物极必反，被吓破胆者反而没胆或胆子更大！总说绝处逢生是指人遇绝境，大脑思维自我调整，创新突破迅速激活置换，人会变得异常机警、大胆、聪明，且不管遇到任何困难甚至绝望，只要保持乐观态度，不畏强敌敢于斗争、静思，总有战胜的方法，这就是我的特质。

但此时小草房子仍非常确切地继续颤抖！我憋着气张大两只眼紧盯那小门，灯光下手持利刃剑拔弩张严阵以待。僵持有个把时辰自感情况发生变化，因听到草屋子外面有人咳嗽且愈来愈近！这吭哧吭哧的咳嗽声让我欣慰，让我充满希望！

随着地面几下沉重的笃笃踏步声，又听见噢噢吆喝声，小草屋的颤抖戛然而止！稍停会儿，我小心地打开房门壮胆，满腹狐疑伸头往外一看，见天空虽未大亮但东方正泛出丝丝晨曦。

胆战心惊步出小屋门，转身往四处观望又清楚地见到，在小草屋后面，那位生产队耕牛饲养员牵了两头黑水牛，正一步一顿地往那飘着淡淡晨雾、泛着粼粼清波的水塘慢慢走去。原来这里农村养牛的习惯，除了冬季或雨雪天外,大都是将耕牛放养在屋前舍后。这两头黑水牛,饲养员昨夜把它们牵来,拴放在草屋背面那棵老槐树上便回家了。开始,两头黑水牛是站着反刍隔夜食。后来恐怕站累了干脆躺下,并就势倒在小草屋墙边,边反刍,边用它们庞大的身躯,在这糙糙泥墙上闲逸地蹭起痒!所以把草屋墙面蹭得颤抖不已,让我受场不小的惊吓!

队长老潘和鹤三爷听说此事,他俩先笑得前仰后合,随后立刻叫来饲养员连连关照:"晚上将牛牵到仓库东头屋后以免再生异端!"类似的事我又遇过一次但可不是水牛蹭痒而是真发生一次地震!当时小草屋上下晃动得厉害,我却睡得毫无察觉!还是这位鹤三爷感到情况不妙,立即叫醒与他同床睡的大孙子。九岁男孩大冷天光了屁股,从灌渠埂上跑来连呼终于叫醒我!大惊失色中我拿起衣物匆忙跑出小屋,此时天刚亮,方见草屋受强震损坏,屋墙严重倾斜。

我很感激这位周鹤老人,尽管为他我也曾千方百计寻医找药,可他还是去世至今整整四十年。

软卧风波

1993 年底我们在京开完会准备回程。此时北京天气风雪交加，火车票极难买。总算托人搞到三张软卧车票进了站。但在软卧车厢门口却被位男列车员用手挡住，说："按照规定要审查证件。"年底，一张硬卧车票，票贩子们炒到票价的好几倍，而因铁道部有必须持政府机关处级以上干部及相关证件方能乘软席的规定，所以软卧车票相对宽松。

工作证，不行！名片，更不行！找列车长商量，没用。这时火车快启动了，旅客、列车员、列车长们纷纷上车关门。列车徐徐启动，加速，很快隆隆开走。在急骤的风雪中我们只好出站，打面的回到原处。老总火了，气冲冲地写了份人民来信，将情况及身份署上，从电话号码簿中找到铁道部部长办公室的传真号。也不知新任部长的大名，信首只含糊地写了"请部长同志亲阅！"便传了出去。回程时，已是小年夜。

年初五的下午，公司老总往我家打电话，说："北京铁路局派人来了，说要了解情况。"但他又说：改革开放都这么多年了，企业人员出差还要带上政府的证明？铁路还这么难行，经济咋能搞得更活呢，真荒谬！"我不睬他！明天你去应付应付吧！"尚在愤懑中的老总对我说。稍想后我劝老总道："尚在节假日内就上门,很有诚意,说明此事已引起铁道部门的高度重视,是件好事!再说平时客人来了,你也得接待呀。"老总听后不作声。

来客是位女同志。她首先很诚恳地为这事作了检讨,同时展示了那份铁道部办公厅的传真件,上有部长的亲笔批示:"责成北京铁路局即派人了解核实,并将处理情况周内上报部办公厅。"

另附那封人民来信内容。原来部长见到此信后认为问题很严重,改革开放后经济发展的速度很快,但铁路系统暴露出与经济快速增长极不协调的问题,且越来越多。当然,除历史原因一时难以扭转外,铁路系统路风不正的情况日趋突出,群众反响强烈。因此国家一面加大加快铁路基础建设的投入,一面以此典型为例,彻底改革铁路系统那些不合时宜的规章制度,狠抓铁路员工的路风整顿。此事成为新部长上任后改革的第一把火!如反映的情况属实,有关人员将受到严厉的处分,他们撞到整顿铁路路风的风口浪尖上了。

看了这份部长批示件,又听了她的情况介绍后,我们反而感到有些不安:不管怎么说,他们执行规章未错,关键是这些规章是否还适时合理。但她说:"自改革开放以来铁路运输变得异常繁忙,乘客有时真的是一票难求,而由此产生的不正之风也蔓延了,滋长得令人担忧!"例如:有的列车员为控制卧铺票做私下交易,常故意用明知不合时宜的规章来压制乘客,以达到个人牟利的目的。我们恍然大悟,便实事求是地写了份详情,在感谢声中她取了材料当天回了北京。正月十五,这位女同志又来了。她带来份北京铁路局对此事的处理意见:那位列车员被开除了路籍,列车长受到降职处分。还带来本烫金字红皮证书,聘请本公司为该局"铁路路风整改监督员"!事隔不久,铁道部就下了个红头文件,正式废除了软卧按行政级别乘车的规定!自此只要出示身份证,任何人均可乘坐软卧。

手 表

每逛商场超市,见到表柜里那琳琅满目的新款式手表,我就会想起那件事:那年所在公社成立个皮鞋厂,我被招进该厂当学徒。手工生产劳保皮鞋,钉鞋掌要用圆钉。但你可别小觑此物,在物资匮乏时代它们属战略物资! 国企也要凭计划本去批,况且咱公社企业,因那位专职采购员在圆钉的道行上底气实在不足,厂里因此常停工待料,然实行计件取酬,这圆钉问题影响皮匠师傅们的收入,大伙心里窝火。此事使厂长很伤脑筋,有天特来找我。

"小陈啊,如今圆钉奇缺,我想尽办法,但无……我寻思,你人很活络又是知青,多少会有点办法,能否帮帮忙呢,这几天我可愁死啰!"他满脸愁容,眼企盼地对我说。

见厂长那副老实巴交的憨厚样,我没作太多考虑,马上血气方刚地对他说:"厂长啊你放心! 厂里有困难我理应出力! 明天我就启程去我老家想想办法! 我有个叔叔在老家当国营机修厂书记,那是马钢公司所在地,圆钉也是钢铁制品,兴许会有些契机。"

厂长一听两眼圆睁,立刻笑道:"太好啦! 太好啦! 小陈啊你放心,不管此行成功与否,差旅费实报,另加每天二两粮票、两毛钱补贴!"我知道这是此时出差的最高待遇了。

消息不胫而走,师傅们纷纷前来询问,对此表示极大关注。正在办出差手续时,那位老谢师傅也来找我了。知道他是从城里某国营皮鞋厂退休的老师傅,因技术好刚被厂里请来压阵。

见我后他掏出个手帕包打开,大伙细瞧:"哦!原来是块手表!"我喜出望外:"手表可真是个稀罕之物啊!"老谢师傅笑着对我说:"这是我洋师傅当年送我的结婚礼物,很久不用现拿来借你路上方便方便!"边说边给表上足发条并帮我戴上,大伙纷纷说:"嗯,确实很有派头了!"我也顿觉神气不少,于是戴了它在院子里转了几圈,然后细端详该表,发现确实有点与众不同:看上去虽显陈旧,可表链上却有行气派的外文字母,中间还有个醒目的大 Ω 字母!

听老谢师傅说:"这表还带夜光,半夜三更不开灯也能看得清清楚楚!"真奇了!抬手见表已下午5点,急忙告别后我回到住地。

上床时心想:这表虽旧但很贵重若弄丢可不好交代,小心取下用块手帕包好,放进贴身的衬衣口袋。睡前特意看看:"嗯!6点多了嘛!"此行须明早赶集镇挤汽车到城里转乘火车,于是上床关灯倒下便睡。蒙眬眯醒后感到窗外像发白,心中不禁一惊,开灯掏表一看:"呀!6点55分了!"细测算:上午8点30分的班车,走十几里路仅剩个把小时了,可不能耽误!起床匆忙洗漱,未吃早饭便出门,顺灌渠朝着集镇方向直奔而去。乡村夜路扑朔迷离,犬吠起伏,我却全然不顾,回头看看身后,渐远的村庄在一片黑黢黢的夜空中朦胧突兀。

气喘吁吁约走了个把时辰,我终赶到集镇汽车站。此时天上星光闪烁,我回头朝大街看去,见除树荫下路灯光忽闪外空无一人,心中感到无限欣慰:进县城班车少乘客多,若迟了挤不上可麻烦了,现在我第一个到了,这上车肯定没问题!在感觉良好中转悠半天可仍然不见汽车踪影,但感到这天却黑了许多。"啥辰光了?"忽想起手表,我小心掏出对着路灯光一看,见夜光针仍指 6 点 55。我疑惑了,搔头细想:前面赶了这么多路,难道这地球停转了不成?

愈想愈觉蹊跷,揣好手表拿着行装,沿道寻到挂块"旅客之家"牌子的店面,对着紧闭的大门便大擂起来!半晌灯亮门开,探出位蓬头的中年妇女很不厌烦地问:"什么事这么吵?"

再三抱歉后我向她打听时间,看看柜台上那只闹钟她哈欠连天,然后没好气道:"1 点 20 分!"一听我呆若木鸡半晌未出声。那女人见状头脑也清醒了,一脸不解地问:"发生啥事?"我便如实告诉她:原来这块老表从昨晚 6 点 55 分起就下班早已停止工作,现弄得我哭笑不得不知如何是好!蓬头妇女听我说完忍不住哈哈大笑起来,半晌抹着泪对我说:"天还早着呢,你就先住下吧!"随后帮我好办好住宿手续。"睡吧,到时我会叫醒你!"领我去房间时她说。

第二天清晨,这位好心大嫂及时叫醒我,使我准时赶上早班车……此行结果是我为厂里弄回可用三年的 100 公斤圆钉,就此我也踏上"飞马"牌专职采购员之路,且在第二年年底我咬牙托人买了块"上海"牌手表,至今它还走得较准!

捉鳖记

我有位农民朋友叫老潘,此人不仅有编竹篮子的手艺还是位捕鱼能手,尤其逮老鳖的手段令人叫绝。

一只大木腰盆,一根竹竿,还有一只背篓和一把长柄铁铲,这就是他的全部工具。在一个夏季阴天的早上,我俩来到即将枯竭的水塘边,这是他隔夜就看好的地方。"下面肯定大有名堂!"他轻轻对我说。我看了目瞪口呆:"这小枯水塘里会有……"

对我的将信将疑他不屑一顾:"你完全是外行,看我的……"边说边放下那些劳什子,并赤脚背手头捣蒜般绕水塘转悠起来,不仅如此,嘴巴里还嗫咕嗫咕不停哼唧,不知他究竟在嘀咕点啥。转了半天,他忽然用手掌啪啪连拍几下,眼睛却盯着水塘一眨不眨。十几分钟后他将木腰盆拖进水塘,人站在里面用竹竿撑到塘中,边撑边用竹竿敲木盆边,"咚咚!咚咚!"声音一阵紧一阵。

看准有冒水泡的地方,他用竹竿迅速伸下去猛戳不动,人立刻下塘用铁铲在此处狠挖,不一会儿,一只斤把重的老鳖被他逮上来了……不到半天,背篓兜了几只黑亮亮脊壳伸爪缩脑的老鳖。"哇,今天我真开眼了!"我欣喜万分,不由竖起大拇指对他连连赞叹:"你真神哎!"他听了满面得意,边收工具边对我讲起老鳖的传说:"据说老鳖是不知哪朝土地公公变的,由于这家伙平常太贪,办点小事都要向别人索贿,有天终于东窗事发,玉帝下旨派员要将他擒拿归案……"听此我立刻联想起如今的一些贪官们:"原来他们和老鳖……"

"为避天谴他到处躲藏,一天钻到表面看似风平浪静的水塘里,暂时逃脱追究。"我拎背篓他肩掮木盆继续往下说,"但这家伙贪财本性难改,藏在泥里并不安稳,只要听到水面上有咚咚声响,就以为又有人给他送银子来了,所以就想伸出头来看个究竟,看着看着,被我竹竿猛戳到泥里动弹不得,下去一逮就准!"老潘笑呵呵地对我说。"你嘴巴里嗞咕嗞咕不停哼唧,原来是跟它预先联络啊!"我这才有点明白过来地说。

"是的是的,给它报告点新情况,让它先高兴高兴,麻痹麻痹嘛!"听我自作聪明地解释,老潘哈哈大笑。"但是它还是没逃过我的法眼!"他得意洋洋地说。

钓老鳖也是他的绝技,用一根绣花针,一根细长麻线,麻线一头扎牢绣花针,上面穿块小猪肝什么的。

麻线另一头牢捆在一根竹筷中间。晚上把它悄悄插到没人知道的田埂上,但竹筷一定要挺插深插牢。第二天清晨来收,十有八九能钓只老鳖。我对此费解:"如此精细的绣花针能钓到老鳖?"听他细细解说我恍然大悟。

"老远闻到喜欢的腥味,老鳖立刻兴奋,马上从躲藏的泥里爬出来顺味找到此处。"老潘笑着对我说。

"开始它很谨慎,东嗅嗅西闻闻仔细琢磨许久,直到认为没有任何危险便伸出脑袋,张开大嘴凶狠狠一口就将此佳肴全部吞了下去!"他边说边张开自己的大嘴示意,让我看了大笑不止。"这根绣花针当然也进了它的胃里!"说完还摸摸自己的肚子,好像自己就是那只贪吃的老鳖。"绣花针一旦脱落不就前功尽弃了?"听到此我不解地问。他立刻笑着解释:"所以里面就有很多技巧问题,譬如取的猪肝大小,绣花针扎诱饵的位置,麻线放的长短等,反正这老鳖吃掉美味就想离去,掌握它贪婪的本性它就再也跑不了!"鲜为人知的环节我听了瞠目结舌:"还有这么多讲究!真是不易呢!"

绣花针上扎根细麻线,细麻线牢牢连着插在田埂里的竹筷上,"老鳖转身想离开,可胃里这根针也被搞横了过来,感到疼痛的老鳖就用力挣扎,结果绣花针愈扎愈深,卡在食管里出不来了!"边说他还边做出极其痛苦的神态,让我捧腹大笑。

"老潘啊老潘,你真是赵本山第二呢!"他听了也大笑起来:"想想老鳖此刻气急败坏又无可奈何的样子,嘿嘿,简直是自投罗网……要怪就怪自己太贪了,结果肯定被擒!"

他气喘吁吁地补充:"太贪了肯定被擒!"过后细品老潘这话我觉得有很深哲理。

主 角

　　我不是演员，但演过戏且还当过主角！情况发生在插队时的一年夏天，当时上面要求大唱革命样板戏，所以我与大我三岁的女知青小蒋一起，同时被选入大队宣传队。

　　宣传队里除了我俩是下放知青外，其他十几位男女队员都是本地"业余文艺工作者"。冲着大队可记工分，暂时不用到火辣辣的田里劳动的分上，我每天上午都准时到大队部参加排练。

　　一把旧二胡，一只镗锣，加上砸板小鼓各一副，这是宣传队的全部家当。这里有位专职导演老钱，他是市锡剧团下放干部，所以兼演李玉和。小蒋模样俊俏，李铁梅非她莫属，我的职位很高，因为被安排去演鬼子宪兵"鸠山队长"。

　　第一天排演，"李玉和"老钱颇有气派地走上前开口唱句："提篮小卖……嗳……嗳嗳……嗳！"专业人士的功架确很养眼，但细听那味儿有点不对劲！一问才知他唱的是锡剧，而那位拉二胡的年轻农民呢，摇头晃脑拉的却是滩簧！

　　滩簧是地方戏，是江南一带老百姓喜闻乐见的剧种，同时也被称为不登大雅之剧,但有普遍群众性,尤其在农村。咱队长就喜听滩簧,平常也会偷偷哼"黄昏交过……",这是《双推磨》选段。

所以他蛮想把这唱腔移植到样板戏。但小蒋和我只会来点京剧选段,对啥滩簧地簧根本一窍不通。"正宗革命样板戏《红灯记》要唱京剧的!"听小蒋振振有词,"这可是政治问题不能儿戏呢!"队长当然不敢马虎,当场表态:"今后咱们宣传队一律唱京剧!"

营养不良的我,个子不高但面孔虚胖,特别是腮帮多了两块疙瘩肉,化了妆也能与钱浩亮以假乱真山寨一下,于是被撤去"宪兵队长"职务安排去演李玉和。老钱兼演王连举,因为这角色没句唱词。

但我们往台上一站,新的问题又出现了,李铁梅个子比李玉和要高出小半个头,而李奶奶比李铁梅高不少,老钱摸摸脑袋傻了眼,幽默地用当地话来了句:"息刹,这可咋办呢?"

其实李奶奶有句唱词早说明白,她对李铁梅说:"孩子啊,这爹不是你的亲爹,这奶奶也不是你的亲奶奶,咱本不是一家人啊!"既然三代人毫无血缘关系,所以人长得高矮各有差异,从遗传基因学分析也属正常,但此时演"革命样板戏",英雄人物须"高大全"!所以我又官复原职去当鸠山,"李玉和"从男队员们中重新物色。但宣传队就这几个男人,挑来选去,不是他脸太瘦,就是你把京剧唱得如鬼哭狼嚎,或把普通话讲得叽里呱啦谁也听不懂。折腾半天,大家仍感觉我演李玉和适合。

众领导冷静下来分析:这李奶奶人长高点问题不大,老年人可以人为哈腰驼背没人注意,但这李玉和和李铁梅咋办?还是老钱点子多,他回去翻箱倒柜找来双旧翻毛皮鞋,然后叫村里木匠用两块厚木块钉垫鞋底,叫我穿了上场和小蒋比,我的形象顿时高大不少,气昂昂走到小蒋面前比画发现竟差不多高!

老钱特别关照小蒋:"你上台,特别与李玉和对戏时人稍微哈点腰。当然李奶奶更要……"又关照我:"上台后你尽量昂首挺胸!"如此反复排练几次，大家总算配合默契。难题逐一摆平，又紧锣密鼓、认认真真排练好几天，除乐队在配合上仍会出现小纰漏外，大致准备得差不多，可以对付演出了。

多日后队长宣布："今晚在公社大礼堂做汇报演出。"消息传出，附近村上的社员吃了晚饭便大呼小叫，争先恐后拥进大礼堂，舞台下面顿时黑压压一片人头，到处叽叽喳喳喧闹异常。

今晚我们演重头戏"赴宴斗鸠山"！待公社大小领导都就座后，礼堂安静下来。作为公社所在地的大队，我们宣传队被安排演首场，一阵鼓点锣响，大幕徐徐拉开。

灯光下涂了黑墨连腮胡的我，山寨"李玉和"头戴大盖帽，大热天捂件制服棉袄，绑腿、棉裤角裹紧，脚穿带厚木块的翻毛皮鞋，手提盏矿灯，抬首挺胸器宇轩昂上了场。随着鼓点嗒嗒嗒，我转台半圈走到中央，接着举手握拳来个潇洒亮相，然后开腔唱起来："……时间约好7点半，等车就在……这一班！"一段唱完，又嗒嗒嗒转回到台中间再亮个相。

听到台下有人大喝："好！""好啊！"我蛮得意。紧接着李奶奶、李铁梅分别上台亮相，念几段唱词和对白。此刻有个日本兵手拿一张请柬上台，瞪着双死鱼眼对我说："鸠山队长请你去赴宴呢！"说完转身离台，接着我又是一段唱。唱完最后那句："……要与奶奶，分忧愁，哦，哦哦……哦！"末了，李铁梅有个扑到李玉和怀里的情节。演李铁梅的小蒋，上台与我对戏始终哈着腰，那李奶奶更不用说，人哈得像只大虾……但就在李铁梅唱完最后一段，嘴里边呼"爹！……"边扑过来，我也张开双臂身子朝她迎过去时，不料脚上有只翻毛皮鞋，不知何因木块突然掉了，感到脚底一低我情绪尚未调整好，这小蒋已扑过来，惯性使我站立不稳当场仰面跌倒在舞台上！这小蒋也根本收不住脚了，所以整个人重重压到我身上……

台上台下顿时笑得乱成一锅粥，唯导演老钱在后台又蹦又跳："拉幕拉幕！快点拉幕呀！！"他迫不及待伸出脑袋冲着那拉幕老头声嘶力竭地吼叫！

买　伞

北京前门大栅栏的老商业街热闹非凡。全聚德烤鸭店、同仁堂大药房、北京丝绸商店、瑞蚨祥绸布店、内联升鞋店、六必居酱菜店，还有荣宝斋等，除这些装帧考究、堂皇不凡的名店，周边众多弯曲小胡同内，大小商店、饭店毗邻栉联，但更多的，还是随眼可见的各种地摊。据说来自全国的各类商品在此有上万种不止，凡来过北京的外地人多少会有点体会。

这年头心有多大，这天地就会多高多宽，跑市场这么多年我感受最深的，还是北京朋友办事特别认真，业务素质确实不同，如此理念符合我的个性。因我的人生哲学是奉行低调做人高调做事，即无论从事什么职业，干啥工作都应有与众不同的追求，哪怕是卖个螺丝钉也须具备高端敬业精神。你若有机会在华灯初上的夜晚，站在北京天安门广场上往四周一看：知道幢幢高大宏伟庄严的建筑物上，条条错落有致晶莹闪亮的轮廓装饰灯有 60% 是我的业绩，人民大会堂里接待政要大厅那辉煌灯光也有我付出的艰辛，你会有何感想？

多年来，我与天安门广场周围几家单位关系挺铁，有时去北京洽谈业务，他们会安排我住人民大会堂宾馆或中国国家博物馆宾馆，当然是为了办事方便。但在多数情况下，我住大栅栏附近那几家旅馆，这里价廉物美，地方更方便。

初夏有一天，我又到北京出差，住大栅栏后面那家旅馆。

谁知第二天清晨，京城突然下起罕见的瓢泼雷雨。近几年北京一直在闹旱情，此次又持续了大半年之久，据《北京晚报》说：十三陵水库也快不到总贮量十分之一了！现见这般急雨真谓久旱遇甘霖，至少十三陵水库浅情可大大缓解。可大雨将我的计划打乱，因为今天上午我要去清华洽谈事宜。之前电话预约半月之久，学校有位主要领导今天上午在办公室等我。如今大家工作太多，像清华大学这种单位决不能轻易违约。

但走出旅馆门口就被眼前势态挡住，雨下得如相声里所说的"倾缸大雨"真不为过！作为南方人，夏天我也很难见此猛烈雨势，四周雨水如洪流般哗啦啦直淌；天空隆隆雷鸣，暴雨阵阵像倒下般往下倾注；霹雳正频，雷声陪伴狂风呼啸，乌墨霾云翻翻翻滚。

展望大小胡同在斜雨激泻中空荡荡无人影，路面全淹成汪洋一片。去乘公交车还须穿过好几条胡同方能到达前门大街上的公交站台，事先未曾料到今天会下雨且是这么大的雨。现代人出差，一般不会像先人远行那样，斜背着行李夹把大雨伞另加顶大蓑帽。

所以我只能站在门头屋檐下东张西望，忽见前面胡同口不远处，有家商店屋檐下高悬把大雨伞。我想可能是专卖各种雨具的标志，北京许多商店传统色彩很浓，譬如著名的荣宝斋，还有……想到此我立刻提起裤脚，蹚着浸没鞋帮的雨水，满怀希望地沿着墙壁角三步并作两步一路跳跃，急促地跨进店堂。喘着气粗略打量店内四周，见柜台后货架上堆满各种颜色、造型各异、釉色苍劲的瓷器瓶罐，几只高大瓶口里插着几筒发黄的轴卷，墙面上到处挂满泛黄的字画。

平常对书法有点爱好的我开始随意览阅，发现其中几幅落款居然是唐寅、文征明，还有祝枝山等名家印章。转眼再看几列宽大玻璃柜台内，除摆满了大小砚台、玉石印章、笔架、墨盒等文房四宝外，显眼处还另摆半卷掀开且纸质黑灰发黄，如同被烧焦般的画册。

随意看看旁边标签，上面却注着"清明上河图""北宋张择端"等字样。

"哟，噱头不小嘛！"我再看卷画周围，零散摆着众多锈迹斑斑的铜兽、发黄玉器及各类古铜钿，唯不见我急需的雨具。外面的雨水从屋檐倾泻，店门外石阶面也被溅得直冒水泡。

"您想买点啥？这位先生。"疑窦丛生中忽听有女声发问，口音中南方味浓重。蓦回头，见一位年轻女子从里屋款款而出，后面跟了位中年男子。把原想跨出该店门但因暴雨未止又将腿缩进的我支吾起来。

"先生是想买把雨伞吧？"中年男子却眯眼笑吟吟地问。"哟，问得倒蛮准，可……"

见这陈设我有点疑惑，但还是不置可否地嗯了声。年轻女子听了转身回屋拿出一捆用油纸包着的东西置于柜台，中年男子打开一看，果是几把颜色各异的纸伞。取把黄的打开，见这种纸伞在市面已很少见，仿佛在我少年时见过。

边回忆边将伞面支开，那伞骨上下滑动也轻松自如，若撑足罩住两人绰绰有余。

伞面支撑全靠里面根根细竹条活络，在灯光照耀下绰约能视对面人影。"摸摸这伞纸，全是用上好的竹棉纸与上等桐油浸透晾干后特制，质地可牢哩！"年轻女子用带着浓浓湘味的普通话对我说。这才发现她容貌清秀，乌黑长发披在两肩，双目透股清新灵气，身材颀长举止端庄，与那位人称从湘西山里飞出的女歌星十分相像。

"这是咱湘西山里人用传统工艺制作的纸伞，已有好几百年历史。"她的话让我想起那幅毛泽东手执纸雨伞，踏着氤氲山路走向安源的著名油画。

该画 1968 年 7 月 1 日随"两报一刊"发往全国，并印成彩色单张和搬上邮票，当初市面随处可见，非常轰动，成为世界美术史上印数最多（累计 9 亿多张)、流传最广的美术作品。1995年10月,中国嘉德拍卖公司以605万元人民币高价拍出该画原作,由此又引起国内外轰动。"当年毛泽东臂挟的雨伞,该不会就是这种……"想到这里我心中骤动。"这伞多少钱一把?"马上问她……

付完钱拿起纸伞准备离去,但还是忍不住又回头看看那卷"清明上河图":这等珍贵文物,咋会在这不显眼的小店里现身? 我清楚北宋张择端的作品乃稀珍国宝啊!

"传统手工工艺制品生意很难做,房钱又贵,没办法,和几位朋友合作捣鼓点古董——自电视'鉴宝'节目播出后,来京淘宝者骤增,每天上潘家园淘宝的人挤得都快爆啦,的确是有人捡漏发了大财!"中年男子说得眉飞色舞。可我也听说,上那儿受骗的人也不少,花几十万,甚至几百万买个赝品回去的也大有人在。

"生意人嘛,咋来钱咱就咋干!"中年男子像看透我的心思,他用湘式北京话笑吟吟地对我说,"先生若看上这些名画古董,价格便宜点怎样?"接着用双生意人的犀利眼光看看我。

但我一声不响打开黄纸伞便跨出该店。外面的雨还在轰轰烈烈下个不停,听着水在伞面上的噗噗声往大街走去:"'价格再便宜点怎样?'谁不知这是故宫博物院的稀世文物,明显是赝品嘛,还想忽悠我,嘿,还真把我当傻瓜哪!"心里好笑又好气,但细揣那对父女店主的眼神,心里有点同情:"生存确实不易,尤其在这商贾如云、高手如云的京城大栅栏商业街!"

无意瞥见手中紧握的这把伞柄,觉得手感与众不同,凑眼细看,发现伞柄居然是用湖南九嶷山中特有的珍稀湘妃竹制成。古铜的斑竹身上还刻了几行潇洒自如、憷苍遒劲的书法,一看便知出自擅长者之手。细觑原是毛泽东的《七律·答友人》诗:"……斑竹一枝千滴泪,红霞万朵百重衣……我欲因之梦寥廓,芙蓉国里尽朝晖。"顿时认为该伞定有收藏价值!

情　结

那年春天我代表本省去京参展,期间不少参观者问我:"为何国产节能灯节电不节钱!"由此《中国经济时报》两位记者专访我。很快,有篇《节能灯何时能照亮中国大地?》的文章发表,结尾是:"正如该公司经理陈平先生所说:'只要坚持用户第一的原则,用高度的社会责任感练好企业管理的硬功、内功,按国际标准把好产品质量关,我坚信节能灯不久就会照亮咱们中国大地!'"后来该报记者对我说:"就冲你这强烈的社会责任感,我们才把此话作为文章结束语!"我想,此话正是用户内心企盼的。

白炽灯耗电多,光效低,寿命短,不利于环保节能。所以从 1996 年起,一场声势浩大的绿色照明革命席卷中国! 因有政府造势大力宣传,各地瞬时冒出众多节能灯厂。

但人们满怀信心买回使用没多久,亮灿灿的灯光突然咻咻熄火,有时还带动大片瞎黑;宾馆大厅有只节能灯"砰"一声爆碎,巨响将外宾吓得面面相觑;在某个重要场所,灯光突然莫名其妙熄灭,不用说,肯定又是哪个节能灯出了问题。由此人们对电子节能灯的信任大打折扣。

据展览会组委会要求,参展企业要送节能灯样品给中央机关使用。据我所知,除几家国际知名品牌外,好多国内企业没敢送。在这原材技术管理普遍不成熟的时期,谁敢送到如此重要的场所使用?可我除了常用规格外另送大功率节能灯,这新颖产品连国外此时也尚属凤毛麟角。

此举妄为乎?非也!搞市场经营多年,我深知高屋建瓴、先入为主的营销技巧,并有成功事例,但没高度责任心常人运作不了。真正底气还在于我公司拥有多位高水平的工程师,几十年的电光源技术实践经验,严谨、认真、负责的工作作风,早在国有企业时我就相当了解他们。

"让我们的中央机关去用外国灯?那还要咱中国企业啥用?"对此我尤为不爽必须参与竞争:"知己知彼方百战不殆,名不见经传的地方民营企业无特色产品,起不到四两拨千斤的效应!"缘此也要挑战自己!果不其然,新颖样品引起人民大会堂邵副处长关注,实事求是的介绍也给他留下深刻印象,当然关键还看产品质量过硬不过硬!

当时国家对节能灯使用寿命要求须达一年以上。满打满算下来快一年半了,那天我打电话去询问使用情况,对质量究竟如何说实话根本没底,但听老邵在电话里说:"样品还亮着,是送样厂家中质量最好的!"我有数了,立刻把这好消息告知总工老陈。

见这位老专家脸上露出难得的笑容,我更放心了。随后选些新品,附带权威部门各类检测证书打包寄去。又过年把的一天上午,老邵主动打来电话对我说:"新款节能灯使用情况很好,经研究决定,下面几个厅的灯光改造全用你们的!"我一听很高兴,但看着手中这份刚传来的订单犯了难。数量不大但要求很高:灯管长度因受灯具限制,灯功率和色温等方面要求也非常特殊。记得老邵曾说过:"大家都知道这里的重要性,影响大,所以想进来的国际知名品牌很多,如果质量没把握,请勿勉强,我们的选择性很多。"

专做外贸的合伙人也忧心忡忡地说:"万一搞砸了咋办?"

"不经风雨怎能见彩虹,想在国内市场占一席之地,风险肯定是的——这可是最过硬的品质检验,产品如人品!"我说。"虽然技术性难度很大,压力不小,但相信我们一定会想办法搞定,你们尽管放心!"见陈工的坚定态度我俩都放了心。所以从技术开发,原材料筛选到成品生产,几十道工序都一丝不苟,经反复检测确保无误后马上发往北京人民大会堂。

不久全国"两会"在此如期召开!

会议结束不久我应邀到京回访用户,邵处长热情地接待了我。他说:"这届'两会'期间,因环境使人舒适,中央主要领导对某厅灯光大加赞赏!"原先人民大会堂各厅里面的几百只光源,全用 100 瓦或更大的白炽灯泡,所以每当灯光全部打开后,坐在灯下的人们总觉头部热烘烘,时间一长会感到很不舒服。现在换了 18 瓦色温 4000K 节能灯后,光线清晰柔和且无任何感觉。当领导们知道这是咱国产节能灯后全赞不绝口。

所以刚被提正处的老邵特邀我回访,商讨进一步合作——几十个大小厅馆如全换节能灯,数量不少,要求也各有不同!

经管理局领导破格批准,老邵与局办主任全程陪同我参观。各厅,包括主会场主席台,著名大宴会厅,灯光全部打开让我仔细观察了解。站在恢宏的主会场主席台中央,环顾灯光灿烂的庄严会场我思绪联翩,这里可是咱国家历代领袖讲话的地方,耳边似乎响起伟人的声音。自豪感激励我:"从此将致力做好这项工作!"有人按下快门留下我的身影。

也有人不理解:"凭你的能力完全可以去赚大钞票,何必煞费苦心干这对自己又无大收益的事?"燕雀安知鸿鹄之志?别看这小小的节能灯,里面却有大文章,关键能证明咱们的产品不比外国名牌差。社会开放赚钱机会确实很多,发大财的人也不少,但能为人民大会堂服务的机会不多,在此体现的是份庄严与神圣,钱赚得再多也难体会!

这里确实不能有丝毫闪失,有次我与邵处长正在大会堂贵宾厅研究事宜——此处灯具全是名贵的水晶玻璃,但配套光源不够明亮,老邵想在不变灯具的情况下,设法提高光源功率从而增大亮度,这确是个难题:这里灯的数量不多,定做开发需投入大成本,且技术上有些数值无先例,难度很大。

但我想：这里代表咱中国的光辉形象，回去请陈工他们攻关解决。

拿定主意与老邵探讨细节，这时他手机铃声骤响，但话音未落他脸色变得煞白，匆忙说声"去去就来！"转身疾步离去……回来他对我说，沪上有只合资企业的灯突然爆炸——两个小时后，国家最高领导人要在那儿与某位外国元首会谈。"从此他们进不来了！"这敲山震虎的表态对我无疑也是个警示："没有金刚钻，不揽瓷器活！无论是何品牌，如果质量没保证，此处没你第二回！"

有年初冬，某天下午，老邵打电话对我说："北京冬天最冷室外温度为－18℃，据悉，电子节能灯在－10℃以下就无法正常使用，所有国际品牌均如此！"这些我都知道，但也不是没法解决，美国、加拿大等国家，都属高寒地域，可……

"不少厂商的样品在寒流刚至时便全部瞎火！"为此他很担忧。"咱这里影响大，所以既要考虑节电，又须绝对可靠，不知你们能否解决？"听他如此急切，我细问原委，原来在大会堂外高耸的轮廓上有大量的 60 瓦白炽灯，现在想换用节能灯，但他有顾虑：高温高寒是节能灯的克星！万一出了纰漏，后果不堪设想。

我对他表态："你放心，我们一定设法将其搞定！"听我如此斩钉截铁，他未吱声，同时有份质量要求很高、数量很大的节能灯订单也很快传来。一场高新技术攻坚战又打响，20 天后，这批有特殊要求的订单就如期交了货。很快他便有了回应："祝贺你们攻关成功！"在电话里他高兴地对我说。可我却很纳闷："北京严寒未至且数量不少，他们何以可验？"我反问他："何以见得？"心里有点忐忑。

"抽样几批，放进宴会厅大冰箱直冻到－20℃，然后通电，灯全亮了！"他兴奋地对我说。我也忍不住哈哈大笑："我们早如此试验过，不过是在－22℃后通电，灯全亮了！"笑声把桌上的电话机震得嗡嗡直响！不久，北京天安门地区管委会要求所属单位必须用节能灯，经邵处介绍，中国国家博物馆的唐国强处长亲自打电话与我联系。没几天,数千只同样款式的节能灯又发往北京,从此国博唯认我所供节能灯,其他包括进口产品一概不用。为此,《扬子晚报》记者用《节能灯何以亮红京城》的文章跟踪报道了这些事。

不知不觉十个年头过去了,"时光过得真快!"我感慨。每当晚上打开电视,看到央视新闻联播报道国家重要活动,尤其看到国家领导人在大会堂东大厅与国外政要会谈时,那灯火辉煌的场面让我非常自豪,"嘿,看那些灯光多亮!"

期间也发生过不少趣事,有一次人大常委会会场刚换上我们的 85 瓦节能灯,马上就有工作人员来找邵处:"我们那儿何时也能换上这种光源?"老邵大笑着对他解释:"你们那儿不能用 85 瓦,顶多 20 瓦!"并立刻打电话和我联系。

有一年离春节还有几天了,因为要接待一位秘密访华的某国元首,举行检阅仪式的人民大会堂南大厅照明必须全部更换,时间只有两天。得此信息是在半夜三更,我立刻想办法联系航空快捷托运事宜,天亮冒寒赶到公司验货装箱,然后亲自送到几十公里外的机场空运至首都机场……此时邵处已退休,接替他的老王事后对我说:"其实北京市场上已经有卖,但我不放心啊,宁可空运!"这话让我激动啊:"哎!能在此处体现人生价值,足矣!"

绝技·聘

绝技

当今社会，事无巨细，均会有身怀绝技者营生，倘未遇可能不知，唯亲眼观之方惊叹不已！……有天傍晚，新大楼内的那台电梯，正载满乘客自下而上悄停八层。但当电梯门刚开未及下上人时，突然，两条高大健壮、耸耳长尾、白皮黑点的斑点狗如闪电般蹿了进来，使大家措手不及大吃一惊！进了电梯的狗儿们耷拉耳朵伸着脖子，龇着利牙拱着湿红的嘴巴，猩红的舌头拖得老长老长，还"哈哈哈"地喘着气往人堆里直钻。电梯继续上升，而电梯里的空气，一时紧张得如被凝固般，刚才还在互相说笑的乘客们，此时全被悚得面面相觑不敢乱动。狗儿们却瞪着眼，东瞧瞧，西望望，四肢不停蹭移，鼻嘴还肆无忌惮地在这人脚下嗅嗅那人身上舔舔，一派大大咧咧模样。若不在电梯里，这亲昵的举动或许有几分可爱，但在这如此狭小的空间里，与如此健壮高大的狗儿们摩肩接踵零距离接触，任何人的心里此刻都会有一丝害怕。

"花巨款买市中心的豪华公寓楼,而电梯里却常弄得人狗混载,吓人巴拉,究竟算个什么事嘛!"大家既害怕又恼火,心里都这样想但也很无奈。在不伤害别人的前提下,无法律规定公寓楼里的居民们不许养狗,更无规定不许这些狗们随着主人乘电梯上下进出!所以只好斜着眼瞪着那牵绳的狗主人母女俩。众目睽睽下这母女俩神情也显尴尬,涨红着脸连连解释:"咱狗不咬人!从不咬人!"

电梯升到 20 层楼面停靠,一开门母女俩拖着那斑点狗如逃窜般从众人眼前消失,人们才像获释般舒了口气,但想想此事仍有余悸!从此,凡经历过这难堪场面的人们,在乘电梯时心中就默叨:"但愿不要再遇……"直到那天老张也遇到此事。个子高高的老张待人和气,但走路左腿有点瘸——当兵时他在救灾行动中受过伤。因同乡小张在此任物业经理,便带妻子从苏北老家赶来投靠。同样当过兵的小张蛮讲义气,设法将他俩安置在大楼的地下室里。周围大片新楼内居民们都在搞装修,废旧物资每天堆积如山,见有剩余价值他就干起回收废品的行当,一来二往,很快与周围居民们混熟,谁家有了废品就马上叫他,收掉废品环境也被收拾干净。那天老张从 28 层收旧报纸下来,电梯降到 20 层时门开了,那两条斑点狗故伎重演地蹿进来,他见了,右手用一个手指紧忙按电梯内那个暂停按钮,使电梯门一时关不上,左手用两个手指按住嘴唇并发出一种怪声,未料那两条"哈哈哈"正伸舌喘气的高大斑点狗,一听此声,刹那间像遇到了天煞星般,猛然挣脱主人牵牢的缰绳,撒开狗腿便往电梯门外狂奔!……

后听大楼保安老袁挠头搔耳地说:"想想这事也真有点怪啊!自从那次后,这两条狗再也不肯进电梯一步,弄得主人无奈只好将它们送回乡下!怪!"……这老张嘴里发的声音,为何能使斑点狗听了如失魂般立马逃掉,至今大家总觉是个谜!碰见老张都想刨根追底问个明白,而这老张却总眯眼龇牙,笑而不答且瘸着左腿立马离去。后来从老袁嘴里得知:这老张曾在武警部队当过六年兵,期间专门训练各类警犬整整五年!

聘

工作难寻,报上说连殡仪馆招人也是百人争一。年初邻人老马在电梯里看见我说:儿子冬宝接到某民营制造公司打来的电话,约他明天去面试。"这样的电话今年各类招聘会后很多,但均无下文!"老马蹙眉叹气地说。"越是这样,越要珍惜机会哟!"我劝他。果然本科毕业两年的冬宝这次被该公司录用,待试用期满考核后,方有可能被正式聘用。

前天晚上老马来我家,高兴地说:"我家冬宝被正式聘用了!"并将离奇的聘用考核过程全告诉我:昨早刚上班,外号叫瘦猴的车间主任拿来张图纸交给冬宝说:"上午按此图配料,下午送总装,明早发货。"接过图纸冬宝一口应承。配料进行得很顺利,不到十点钟大半已好。

"看来明早发货无误!"心里较乐观。但就在配到后面几块时发现,配料不是太粗就是太厚,很郁闷:"图纸上长宽厚标注得很清楚,但实际一拼,咋就?"为此他反复比较,但仍……

此时瘦猴主任急匆匆走来:"刚才公司老板亲自打电话说,这是件外贸样品,今天无论如何都要总装好,明天一早要出货!"说完拍拍他肩膀:"有无问题? 大学生!"冬宝心里一震:"大概,大概没什么问题吧!"话语有点支吾。"十二点半前一定要配好!"瘦猴主任生硬地扔下句话转身匆匆离去。这时冬宝心里开始发毛,大冷天额头竟直冒热汗! 冬宝满腹狐疑往洗手间边走边回转此事,出门被冷风一吹,头脑顿觉清醒。猛想:"该不是这图纸本身有误?"想到此他转身拔脚往车间内跑去。学过建筑装潢设计专业的冬宝,对这张微黄的图纸再细细对照,很快找到破绽:不仅所有尺寸混淆,大谬误是一件仿欧壁橱却被画成中式碗柜! 恍然大悟但他不露声色,找张白纸重新企划,不一会儿,一张三维草图便完成了! 有创意的是,在壁橱上设计了一个放液晶彩电屏幕的平台。画完他飞似地往外猛跑——一泡尿憋了整个上午。

不到十二点半,瘦猴主任进车间,见冬宝手里拿了两张图纸觉得很奇怪,刚想开口冬宝抢先将那张旧图纸递给他说:"经我反复核查,若按此图所配肯定是件废品!"瘦猴听了满脸愕然,他满头雾水直瞪眼。"图纸有根本错误!"冬宝边补充边递过自己刚画的草图:"若按此图配料或许有用!"接过这两张图纸瘦猴主任转身跑出车间,一气跑到正在办公室等候的公司老板、总设计师面前。总设计师抖开冬宝刚画的草图细看好几遍后,摘下眼镜笑着对老板说:"画得虽显粗略,但总体思路对头,看来,这小伙子对欧派家具颇了解,特别是这座平台很有创新,具有古典风格与现代欣赏完美结合的特征,主体再加以完善、精练,定是件大有出口前景的精品!"眯眼细听的老板不停颔首微笑。这场精心安排的聘用家具设计人员的素质考核,便告结束。

"要知道,除咱冬宝外,在这张旧图纸面前栽倒的大学生已不下十位,有的还是研究生哩!"老马既激动又有点幸灾乐祸地对我说。"全球在闹金融危机,老板们也不愿玩倒闭嘛,所以要靠实用型人才!此招虽陈旧点但仍管用呢!"我立刻笑着对他说。

劲草丛语:陈亚散文选

减肥记

如今圈内流行个时髦说法，说"请人吃饭不如请人出汗"！我觉得蛮有道理。

保健专家常撰文告诫人们："三高正在向社会低龄阶层蔓延！"几天前我看到报道说："患心肌梗死去医院抢救的，目前 30 岁左右的男女不少！"还举出好多病例。虽大部分人因抢救及时已无性命之虑，但还是有几位年轻人就此命赴黄泉令人痛惜。

惊讶之下我反复思考，最后得出结论：环境问题，过多食用洋快餐，偏食、酗酒、抽烟等不良生活习惯，工作压力太大等是重要因素，可缺乏锻炼也很关键，其中包括我自己。

我家楼下有家药店，为方便客户也为招揽用户，药店厅前摆了台体重秤。从此每天晚饭后我就进去测重。

不测不知道，一测吓一跳，身高 1.68 的我，体重竟然 90 公斤！对照世界通用健康标准体重超标 30％，属肥胖上限。

去医院体检各种数据也表明：按我这年龄已入"三高"行列。著名心血管疾病专家的我哥闻之，屡来电告诫："须马上减肥，否则会有麻烦！"但我心里却很纳闷:"平常在家仅粗茶淡饭咋总长肉哩!"

细想后大悟:"社会安定烦恼少,生活质量高必然心宽体胖,这也是新时期里出现的新情况。"为此我决心从现在起管住嘴甩开腿,力争三个月体重下降十公斤,并用实际行动实施。

管住嘴:每日三顿早上喝稀饭,中午喝稀饭,晚上同样喝稀饭,外加几根萝卜干,平常大荤不吃。"长期坚持下来不瘦才怪呢!"对此我信心百倍。

但很快出现新烦恼:实施三稀制好多天后,有一次我又去测重发现秤针直逼 92 公斤! 体重未降反升!

更让人耐人寻味的情况是,紧靠药店隔壁的三鲜熟食店里,顾客整天摩肩接踵,橱内摆满的喷香鸡鸭鱼肉、各式荤素熟菜实在诱人!

幸亏本人意志坚强,譬如抽了 28 年香烟,有天说戒就戒,至今快 20 年不反弹,为此大家对我佩服至极! 为了减肥必须对一切诱惑嗤之以鼻,可这反升的体重确实是块心病,苦寻原因有点茅塞顿开:"不还应有甩开腿的关键措施嘛!"为此决定:为增加消耗每天去近郊跋涉,一直坚持到减肥目标实现。第二天上午,我乘 BRT 到南郊某镇先去探路。

快速公交就是快! 公交车在专用车道唰唰地跑靠几十个站台,数十里路程跑完才半个多小时且刷卡六毛钱;若在过去起码个把小时,没一块钱不让你过门。没料到到站下车转眼就见我的好友小韩!

为协助建设,他来此挂职协理该镇商业网点建设,此时正在街上搞调研。突然见到我他也很意外,笑谈间不觉已是午饭时刻,他硬拉我到街上一家饭店:"我请你!"同时拿起手机……盛情无法推却,可面对满桌美味佳肴以及热情朋友我内心充满矛盾。

尽管饥肠辘辘垂涎欲滴,但我清楚:"此行目的是为了减肥! 若管不住嘴就要失节,何能对得住已坚持多日的'三稀制'及众人企盼?"而且我早就听说:"减肥最忌反弹,后果不堪设想!"正在胡思乱想,众人觥筹交错,我尽量克制少吃少喝,坚持到饭后小韩开车送我回来。

庆幸此次除吃点饭菜外我滴酒未尝，只是想起那盆草鸡汤还念念不忘，"那味道，嘿，确实鲜美无穷！"

这是小韩挂职的成就：到此不久他发现周围有丘陵还有大片竹林，便动员农家饲养了这种竹园草鸡！晚上我踱进药店往台秤上一站，奇迹瞬时发生：指针竟定牢 85 公斤丝毫不动，反复测量仍然如此！正在疑惑，那位已很熟悉的漂亮女营业员笑了起来，然后对我说："奇怪了吧，告诉你吧，这秤今天上午刚校正过，以前根本不准——起码超六七公斤！"

哇，真够雷人的啊！我听了好气好笑加无奈！

不过从店堂出来我心情蛮轻松——虽然减肥目标还没实现，但竟一下子突然"瘦掉"几公斤！意外收获让我必然产生阿 Q 式的满足！

初 恋

哲人说爱情是生命永恒的话题,认为人的最美好记忆唯初恋感觉!

但男女间发生的友情故事,虽与爱情是两码事可也有令人怦然的感受。追溯到上幼儿园大班时,尚不能算是真正男人的我曾有过这段经历,如今拿出来晒晒还是回味无穷。事主名叫小慧,是和我同班的女孩——说实话,这事能否属于我的"初恋",还请资深情感专家探讨:那时我们年龄虽然才6岁,但许多故事已很感人。

春天里的小慧姑娘,眉目清纯、面容端庄、衣着整洁、生性活泼,整天快乐得像只候鸟在飞。最重要的情节,是她每天早上总舍近取远来到我家,边送我朵粉红色玫瑰花,边揽着我黑黢黢的手一同去上学。后来才得知她家有个不小的花园,这样的玫瑰花似乎采不尽。

这事让邻人见了觉得很有趣,家人也有同样感受——这时的我干巴矮瘦且鼻涕拉呼。因穿大我三岁的哥哥不能将就的旧衣,所以显得邋里邋遢,让人见了不讨厌就阿弥陀佛,根本没吸引人的地方,但品貌出众的小慧姑娘却天天来找我。

这位姑娘是咱幼儿园的首席美眉,每当这所至今仍属本市最好最大的幼儿园有重大活动,如六一、国庆、元旦,各班都要出节目参加汇演时,我俩是对绝配搭档。因化了妆的我很有台型并极具表演天赋,起码演啥像啥还会即兴发挥,画龙点睛也总是恰到好处。

所以班主任洪老师就让同样多才多艺的小慧与我配合演出。时间一长心有灵犀、配合默契、如鱼得水,若偶尔换别人对演,我俩谁都不愿意。这情景如果坚持到底,此后的几十年内,中国文艺舞台上可能就没有王洁实与谢丽斯或者挤掉于文华与尹相杰……

每逢表演,事先我俩脸上总被那些年轻女老师们随意涂抹,然后花里胡哨被轰上了台。我俩的拿手节目,就是那台叫"拔萝卜"的儿童剧!我演老头她演老太,一前一后一拉一唱使剧情高潮迭起。

最具轰动效应的是在这棵大萝卜终被拔起那一刹那,因本人用力太大,总会一下子跌到排在后面的她身上,此时效果极佳,必定全场大笑,掌声如雷……全园小朋友都是我俩的铁杆粉丝!

平时我俩在班里几乎形影不离,特别是她总会用娇滴滴的声音高喊:"陈平,陈平!你快来看呵!""陈平,陈平,快帮我来拿拿嘛!"那唤声,让男生们听了,不仅妒忌也很纳闷。

"为何长相个头都不如我们的他,却受到如此漂亮的女孩的青睐?"所以心理上有了障碍,可见我俩的友情有增无减,并向坚不可摧发展,他们深感沮丧可又相当无奈……

春天幼儿园组织我们去公园里游玩。那天一早,我们每人手拿小板凳,排好队从园内走到不远的大马路上。大家步履蹒跚先后跨上一辆前面像大鼻子的客车。小慧与我坐的位置常被安排在驾驶员旁边,而且上了车她总塞点面包给我,她带的面包松软香甜,特别爽口。

直玩到被老师们像撵鸭子般从公园出来,淌着汗的我气喘吁吁,此时她抖出干净粉红的小手绢,像个小大人一样帮我擦汗揩鼻涕……

有天早上,我俩正手拉手走出弄堂上学,不料被正挑水路过的阿金迎面碰到（那年代自来水还没普及，我家全靠他天天送水）。

大老远他就嬉笑着放下水担，双手张开像老鹰捉小鸡般将我俩迎面拦住，边诙谐调侃："啊哟！蛮热络的嘛你们两位！"边咋咋呼呼大惊小怪："啊呀！你这小家伙蛮稀流啊！看你人长得像根萝卜干还整天鼻涕拉呼，倒蛮有艳福呢，比我强多啰！"此时邻人赵先生刚好走过来，阿金师傅又说："赵先生呀，可千万别小看他这瘦巴拉唧的小鬼头啊！闷闷骚不露声色骗女孩子，还是个绝顶漂亮的姑娘呢！"

年过半百，专事书画创作的赵先生，听阿金这般说也想存心凑趣："嗯！看不出，真看不出，手段是可以哦！"接着瞪双高度近视眼，慢条斯理朝我俩踱近，然后低下瘦脸，手捋下巴颏上几根稀拉胡须，和着阿金师傅调门打诨："嘿嘿！你这小小的陈小六子啊，艳福真不浅呢！虽属自由恋爱，但也须当了大家面谈谈两人相爱经过！"可我俩仍一脸纯真地东张西望。

常见小慧既送花又与我同行的邻人们，早觉好奇有趣，这时也纷纷围过来嘻嘻哈哈附和："哎！讲讲恋爱经过！""是要讲讲经过的！"接着阵阵哄笑……咋呼声让准备上班的人们听到，也起哄过来围住我们，把双眼木呆呆的我俩弄得面红紫涨不知所措……

现在回想当时的窘态，情景定然狼狈又可笑，尤其是我挠头弄耳不停揩鼻涕的样子，憨态更为幽默，模样不乏搞笑……

情急中我掰开小慧紧握的小手，拼了命从人缝中挤出，然后拔腿像兔子一样一溜烟跑掉……但可爱的小慧姑娘跟在我身后，一时又弄不清我是何意，急得又喊又追，失魂落魄的样让人见了更加大笑！

但第二天一早她又来了！照样送枝鲜艳红玫瑰给我，我俩照样手拉手地去上学，只是远远见到阿金师傅的身影，我俩不约而同撒腿就跑！阿金师傅在后面大笑且大喊："不要跑哇！小心摔倒啊！"可我俩比真兔子跑得还快……

转眼，幼儿园生涯结束，我们全上了小学。因不在同校读书，所以我再未见到过小慧。童年这段懵懵懂懂的罗曼蒂克也很快烟消云散……

小学下半年，全市突然流行脑膜炎，且传染情况严重，所以母亲带我去医院打防疫针。我来到一间酒精味很浓，满眼洁白的医院注射室，见一位戴着口罩露出两眼，眼神温柔、眼睫漂亮的中年女护士，边准备帮我打针边和母亲讲着话。

听她俩话题中心似乎与我有关。果真，当她从母亲嘴里得知我是谁时，立刻惊讶地用手轻轻把我的脸扳过上下细看了几遍，然后笑对母亲说："啊呀这日子过得可真快啊，看看他都长这么大了！"母亲转脸笑着对我说："知道吗？她就是当年替你接生的胡阿姨呢！要不是她抢救得快，你可早就没命了！"又对我说："她就是小慧的妈妈呀！"一听我全弄明白了，于是涨红脸抬起头怯生生地叫了声："胡、胡阿姨您好！"她也很高兴地应了声"嗳"。母亲急切问起她女儿的情况，谁知这位温柔漂亮的胡阿姨一听，脸上笑容顿时凝固，沉默好会儿她黯然低声："小慧在去年春天上学的路上遇到车祸，大腿以下被刹不住的卡车轮当场辗过，两腿被齐唰唰轧断……"话未说完她便呜咽起来，热泪如断了线的珍珠般从眼里哗哗流下。说着说着，她咬牙抿嘴转身伏在那张手术床上大恸不止……

看她那柔美的身影趴在床上悲恸抽搐，母亲和几位护士全细声软语安慰，周围众多家长听到这令人心酸的故事，弄清小慧才是八岁女孩后，也全都黯然惋惜叹息不已！……

我呆若木鸡，根本不相信自己耳朵："这是真的吗？活泼可爱聪明漂亮的小慧，幼儿园最要好的女友，她的双腿竟被汽车轧断！？不可能，绝对不可能的呀！"我心里竭力否认，但这事是她母亲亲自叙说的，怎能……

她现在确确实实是个双腿全无的瘸子！"美丽人生才将开始的小慧啊，从此你失去常人……"我在心中疾呼，一点儿也不敢再往下想……那个头扎两个红蝴蝶结，身穿一件红绒衣，每天早上欢蹦乱跳地从我家门外走进来，边微笑着送我朵红玫瑰，边与我亲密携手去上学的小慧，她的烂漫笑容、美丽的身影及与我同台表演时那副天真快乐对词模样,还有她常娇声细气"陈平,陈平,你快来看呵""陈平,陈平,请你快来帮我拿拿吧"的叫唤不停地在我脑际蓦然泛现,形象栩栩愈显鲜明!

有个念头在我脑海萦绕:"如她上小学仍与我同校同班,我俩仍常携手去上学,那双腿被轧断的肯定只会是我,绝对不会是她,因真遇此事我肯定会挡在她的身前!"可现实恰恰相反!

之前我知道小慧与她爸妈原先在姑苏生活,但当医生的爸爸在她很小时便患病去世,为避开伤心地,母亲带她回到外婆家相依为命至今,现竟然发生了这样的事……

惊悚良久的我,心里不能平静,初谙世事,首尝痛苦滋味,理解了残酷的真正含意,一段时期总幻想她会神奇地站起来……但这臆想不能改变她双腿被轧致残的现实……

回来,母亲将此事告诉了外婆。善良的外婆听了边抹眼泪,"哎!可怜的孩子可怜的她妈,哎哟!"边看着我对母亲嘀嘀:"唉!我总认为陈平这孩子长得虽怪,倒真有点女人缘,艳福确实不浅,你想想,天天有个漂亮姑娘来送花给他,还天天手拉手一同去上学,姑娘长得又是那么讨人喜欢,真应了句老话'臭猪头总会有瓮鼻子来闻的哟!'"

站在旁边的我听了此言,感觉如堕入云端,木嗾嗾对其全然不懂……直到许多年后,我结了婚女儿上了小学,有天晚上电视台转播在本省某地举办的某届残疾人运动会实况,发现有位轮椅射击项目金牌女得主模样眼熟,形态极像幼时的女友小慧,我这才对当年外婆讲的那番话恍然大悟!

城里种山芋

1961 年是自然灾害较严重的时期,因经费短缺,居民公共食堂由此关闭! 从居民物资供应情况越来越差判断,灾害蔓延将愈演愈烈,此时又听到老大哥彻底翻了脸,且像个无赖样乘人之危向我们逼债,借机想搞垮我们。所以中央号召全国人民:"紧紧地团结起来,不畏艰难自力更生,勒紧裤腰带共渡难关!"并允许大家:"粮食不够瓜菜代! 城市居民可利用自家屋前房后的空地,种些蔬菜瓜豆果之类。"

我们所住新村周围全是大片的空地,根据上级精神,居民小组长陈师母在居委会的协调下,将院内所有空地划分成了条块分给每户居民。从此院里的居民不管职位高低,全都放下干部架子星期天就在各自领地开始挥汗耕作。种菜点豆,搭棚栽瓜,人们施展各自才能。一到节假日居民基本全家出动,来到自家土地耕作、浇水、上肥什么的,大家干得还都很认真,到处都是热爱劳动的景象。

"哟,老丁啊你真是种瓜能手,看你家丝瓜又长又粗,乖乖,这样吃的了啊!"隔壁的杨局长趁隙对正在搭丝瓜架的这位女干部说。"啧啧老杨啊,你这人真谦虚啊,我看你家的扁豆还有辣椒也长得不错嘛,到时咱们串换串换,互相分享点劳动成果如何?"丁局长嘴巴子也蛮厉害。"好噢,只要你不怕吃亏,我还巴结不上呢!"杨局长立刻调侃打趣。

"哈哈哈呵呵!"在其他地里干活的人们,听见他俩的对话全都大笑起来。

人们常在劳动中鼓励打趣。哪家要用点葱,只需对前面一幢东楼下的丁老师母亲说声:"丁师母,我到你家田里掐点葱噢!"这位老太太就会笑着说:"不关事不关事,你去掐好咧!"

在这种乐观情绪下大家互相帮助,困难和疲惫也就不算什么了。但院子里环境常会被弄得气味糟透:因为地里要上肥啊!可此时又有谁会去顾及这些呢?

我家分到的那块土地在院子最前面。可此时家里上班的上班,读书的读书,平常很少能花大工夫去认真料理。

为了使这块又长又窄的土地不荒废掉,来年春天,母亲托人买回一扎山芋苗,并请教了人,初步掌握了栽种方法。有个星期天,我和小哥向隔壁老杨家借了把锄头,两人轮流,把地翻成两长条形如小山包模样的地垄,把山芋苗分段棵棵栽下然后浇足水。

几场春雨过后,这山芋苗噌噌直蹿长得很欢,大片绿油油的叶子惹人眼球。刚入夏不久,这山芋藤就如发疯似的噌噌旺长,很快就相当放肆地蔓延。叶子又肥又大,藤蔓粗壮扩张显得极其醒目,这副旺势让所有人见了都说:"啊哟!瞧这山芋长得多好啊!你家秋后肯定是好收成!"

满怀希望熬到秋后,有个星期天我们全家出动,兴冲冲割掉满地枯黄的山芋藤,又向邻居吴局长家借了把锄头,大家轮流挥汗刨了半天,直把那块土地翻个底朝天又刨个天倒地,连砖头瓦片都挖出来了,可就是不见山芋的踪影!最后只找到二三个比拳头还小的僵山芋,我们看了面面相觑、目瞪口呆。

后来才弄清,这块地下埋的全是建筑垃圾,所以只适合长叶子和山芋藤,根本不结山芋!累了半天却是如此结果,大家真是又失望、又好气、也好笑。结果小哥弄来点大麦粒子撒到这地里。"就让它自生自灭去吧!"他哂笑地自我安慰。

麻糕逸事

麻糕是种传统面食,北方叫烧饼或者叫炊饼,其做法基本都是由发酵团饼烘烤而成。

听说本地大麻糕制作历史悠久,有人考证下来说还是一位在清朝光绪年间做长乐茶社糕饼师傅的王长生创制的,距今有 130 余年历史。当时他是长乐茶社糕饼师傅,大麻糕皮薄酥重,制作考究,注重火候,为一般麻糕所不及。此糕点在省名点小吃展销获得好评。

去年听说有人提议创建个麻糕博物馆,设想把这地方的传统食品打造成又一文化亮点,一开始我莫名其妙,可细琢磨后思绪万千:无论创建能否成功,起码这创意值得人们赞赏,其实不仅是这麻糕,在咱这有数千年历史的城市里,传统文化真谓无处不在,关键是能否敢于挖掘、大胆探索,可想对此创新,还真要具备不畏世俗偏见的勇气与精神。

我有位初中同学绰号叫"小麻糕",他能证实本地麻糕历史悠久。新中国成立前他父亲就与人合伙在老双桂坊开了家麻糕店,所以在未成年时他就成了位做麻糕的好手,星期天就在店里帮忙,那时我每经此地,就悄悄递三分钱和一两粮票给他,但他拿给我的,总是五分钱一块的葱酥长圆扁麻糕！

传统常州麻糕形状有几种,最小的应是萝卜丝饼,直径一寸半多的圆麻糕面上布满白芝麻,背后烘得微焦稍黄,咬一口,脆软、爽口,葱油萝卜丝也蛮多,可惜是没吃几下就没了——毕竟才两分钱一块嘛。

有种叫"鞋皮头"的长方形麻糕很受青睐。三分钱一块,十五公分左右长、五公分左右宽的麻糕,表面被烘得焦黄,上撒黑白芝麻还被划了几条杠——这样两面熟透,掰开里面椒盐白糖加桂花,口感相当不错。

在那忍饥挨饿的年代,麻糕可谓经济实惠！

传统大麻糕有葱油白糖,还有椒盐酥油等,可当时要二两粮票加一毛两分一块,所以一般人舍不得常买。

后来走南闯北,虽感麻糕这食品不仅咱本地有,各地大同小异也没少见,可我总会带点本地麻糕在路上吃,往往吃着吃着,就想起那件事。

1967年初秋,有天上午我背个破军用挂包,身无分文挤上一列火车。车厢里水泄不通,行李架上、厕所里、走道上到处都挤满年轻男女,连想插脚的空隙都没有,拼命硬挤进车厢,好不容易拱到个座位下面,弯身朝下一看:"嘿,下面也早人满为患！"好在我人瘦小,稍费力一挤勉强躺下。四下观察,见躺在这里的大都是男红卫兵,紧邻是位年龄相仿的小伙。车子刚启动此人就在黄挂包里摸索,然后拿出个铝饭盒,他用脏兮兮的手指捏块腥味特浓的熟带鱼,先很友好地递到我面前问:"您也来点?"满口东北话。面对婉谢他吃得津津有味,可那腥味把车厢空气漫得愈加复杂,不料他又掏出块圆圆的麻糕:"在常州火车站上买的！"说完就狼吞虎咽起来,那阵阵芝麻香味居然将腥味掩盖掉。火车像患了气喘病,哼哼唧唧,停停开开,几个小时后才停到个车站,然后像钉了桩般不动了。有耐不住的人立刻打听才知道:因为上海造反派正在搞夺权,沪宁铁路运输被迫中断。问铁路工人火车何时会开,他们全答不知道！挤到窗口朝外一看:列车停靠的是苏州车站！

一起下车蜂拥般走出车站。在大门口见一个"红卫兵接待站往西一百米"的牌子，由此指引我找到个小窗口。只见长长的队伍看不到头，操着南腔北调口音的红卫兵全拿着介绍信在等接待！凑近窗口，里面是位男接待员，他一手拿个木头戳子，一手从窗外接过介绍信，见一张就戳个印，戳了几张就换个戳子……下午四点多，我的介绍信终于给他了，说是一个人就换个木戳啪地用力一盖，然后大叫："下一个！"

细看介绍信上，蓝方印戳框内有三排大字，上"从火车站乘某路公交车到某地下。"中"换乘某路公交车到朱家庄党校接待。"下"市委红卫兵接待站某年某月某日。"照此指示找到这一大排平房时天大黑了。

有位头戴黄军帽，身着黄军服，高耸胸前别了"为人民服务"胸章的胖女人在此恭候。她瞪眼看了看瘦猴般的我凶巴巴地问："啥地方来的？要蹲几天？几个人？"我像受审般一一回答。登好记，她回头对一位同样打扮的年轻女子说："取个草垫子加条破毯子。"接着还大喊一声："某号房某号铺——进一男！"模样蛮像看守所里又关进个犯人！早已饥肠辘辘的我小心翼翼问："请问吃饭在何处？"不料她回一句："对不起，这里食堂还没弄好呢。"这话让我几乎软瘫。

今早上在家喝碗稀饭，至此粒米滴水未进！幸那年轻女子立刻补充："凭介绍信可到接待室领干粮，每天发10块僵麻糕！"我才松口气。

拿出介绍信给那胖女人，不料她又问我："从啥地方来的？准备蹲几天？几个人？"年轻女子忙对她耳语，她才哦一声，转身从个竹篓里取出10块圆扁僵麻糕递给我，还特别交代说："晚9点前凭介绍信来领明天口粮，过点不办！"那年轻女子又补充："过几天食堂就有饭吃了！"

拿了这10块苏州僵麻糕，我回屋里从室友处借个大瓷缸装满温开水，然后盘腿坐在地铺上狼吞虎咽，究竟是啥味道像没感觉，吃饱喝足和衣裹了毯子躺在草垫上，这觉一直睡到大天亮。

早上起来草草洗漱，揣着剩下的僵麻糕，我边吃边在苏州城里东荡西窜，开始进行"革命的大串联"！可到第三天晚上再去领时，这矮胖女人只肯发 6 块了。"明天中午食堂供应白米饭,所以要扣脱 4 块!"她凶巴巴地说,可我不敢有半点不满,因她捏着我的命根子,毕竟没有这些僵麻糕我将忍饥挨饿。只是为能吃到大米饭把"大串联"改成午后,事实上连续几天吃苏州僵麻糕,我的肠胃也……

从苏州回来不久本市发生了大规模武斗。这天上午,从部队抢到一门六零迫击炮这派,突然朝那派据点炮击,可无瞄准镜——事先部队已把它藏了,所以离目标甚远,本想击中消防大楼,可弹头却飞到小东门桥附近,当场炸死炸伤多名无辜的买米百姓!

和平路与关帝庙弄交界口上有家麻糕店,那天听见外面轰的一声巨响,全家人顿时吓得顾头不顾腚钻到木板床底下,这颗从天而降的弹头先穿过屋顶,然后轰的一声将麻糕桶炸得面目全非……殊不知这有关麻糕的旧事,是否也能收到将来的麻糕博物馆里?

打工将军

如今买新房装修早成惯例,但我心有余悸。记得那次老房装修后,两台空调不能同时启动,所有下水道经常堵塞,半年不到,瓷砖像患牛皮癣般块块大片剥落! 最骇人的是在有天半夜,我们全被一声巨响惊醒,"地震了还是地陷了?"老婆紧裹在被子里战战兢兢地问我。

突如其来的一声,确实让女人吓得直打哆嗦,我立刻举棒披衣壮胆出来查巡,很快查明隐患来自客厅地面:因黄沙水泥的比例严重失调,使地砖拱起而突然发难,回想干这绝活的主,全是装修老板从路边临时拉来的那帮"山寨"人士,情景令我一辈子刻骨铭心!

为防患于未然,买了新居后我们就精心考察各装修公司,最终确定就由同幢大楼内的这家公司来承担——这样出了问题"跑得了和尚跑不了庙",当然首先要对业务责任人小张进行再教育!

而他却对我大大咧咧地说:"尽管放心吧,陈先生,铺墙、地砖的小朱是咱公司金牌级选手,还有……"可我仍咬定"须现场检验方信"!

水、电安装时我到现场观察:见几位师傅工装齐整,器材先进,手脚熟练,明显经过专业训练。检验表明确无后顾之忧。铺设瓷墙、地砖的那天傍

晚,我悄然开门潜入新居卫生间,开灯取出钢啤酒扳手老道地往砖上磕去,
"笃笃笃!"响声较为踏实。再换块地方敲敲,也不是"壳壳壳!"。"没问题
啦,老板!"听背后有句皖南腔,忙转身,见有位穿着红 T 恤的健壮男子,在灯
光下咧嘴冲我微笑。已收工的他头发梳得很溜,足下一双黑皮鞋,在笔挺的
长西裤腿下,闪闪泛光。"我是小朱!"他自我介绍道。"嗯!"我应了一声。
"明天要铺厨房了!"他对我说。

厨房形状确实不太规则,施工有点难。第二天起早我来此开门,见小朱
早摆好了阵势:桶里装满清水,黄沙水泥拌匀,盆里瓷墙、地砖浸好,电动切
割机等一应工具齐备……但他却站在厨房中央一声不吭,若有所思地两眼
圆睁,环顾四周良久未见动手。正疑惑间,忽见他如一位大艺术家,又像一
位将军般,挥动手中的小泥铲,伸臂在空间画了个大圆弧形便开始动手……
很快,块块墙砖被牢牢地粘贴到粗糙的毛坯墙面上。贴到折角拐弯处时,他
先放下工具,对着墙面细细琢磨,考虑成熟后开始动手。瓷砖接口隙缝协调
对称,上下左右衔接精确,若遇特殊包沿地带,他必将材料切割配比好大小,
使瓷砖釉面花纹尽显自然,舒展美妙! 巧夺天工之处的是在墙面暗角,他不
是一带而过,贴点瓷砖就算,而是设计好过渡环节使整体完美无缺。施工时
他全神贯注默不作声,如我问他,他仅吐一字:"好!""对!""改!""不!",但见
我把啤酒扳手朝砖面磕去时,他才冒出句"没问题啦,老板"的皖南腔……

略显灰暗零乱的厨房,经小朱两天精心施工再见时,眼前霍地一亮:釉
光闪烁,擦刮腊新。不规则的厨房,现竟显得艺术氛围十足! 此景让刚进门
的我老婆看得目瞪口呆,满脸惊愕! 现实效果使我对他刮目相看,与他主动
攀谈。他坦言家乡在皖南山区,过去太穷:"要不是被父亲逼的,我肯定能考
上大学!"对此他仍充满自信,"后来我仔细琢磨:学门手艺也是条出路,报上
介绍了位身价不菲的世界级打工皇帝,我想就当个打工将军也行嘛!"他笑
着自言自语。

"蛮有个性!"听我很赞赏他更加高兴。

劲草丛语：□晓亚□散文选

　　"我女儿快上中学了，多挣点钱，让她将来也去考名牌大学！"说到这里他卧蚕眉下双目如炬，对未来充满美好憧憬和无限期望。

　　见他如此自信，我大声激励道："你没问题，坚持干下去目标一定能实现，老板！"语音也是股皖南腔！

婚姻理念

人类学家说婚姻是种生存形式，可我突然发现，在这形式上如今附加的东西越来越多！

譬如有位男孩本身条件很好，职业稳定，家境殷实，不过年龄已过而立，亲朋好友热心帮他相亲无数次可均不成功，因孩子家长是我好友，那天他苦着脸问我对此有何妙方，我说先了解到他真实想法再说。

后听他透露："我的预先条件不达到宁可终身不娶！"可条件说出来让我咋舌，心想："哇，简直是比选妃子还难啊！可人家不同样也要选你嘛！"

还有位大龄女孩子条件也是很好，但父母亲为她的婚姻简直操透了心，不是嫌人家模样长得不好，身高不行，就是说对方不会说话，要不就是条件不匹配，等等。这些年来，几百个男孩子看下来她没有一个满意的，结果硬生生把自己挤进了大龄剩女范畴。

还有位女孩子大学刚毕业就和男友租房子闪婚生了孩子，父母气得从此不让她进自家门，可没多久，因没工作加上性格实在合不来，两人很快离了婚，孩子生下来就是单亲家庭……

由此我开始注意且很快弄清当今社会类似的事还不少呢！由此深思：

"裸婚、闪婚、离婚现象频繁,与其说是当代年轻人不相信传统婚姻,不如说他们正在改变传统婚姻!"这观念有道理吗? 为何现在剩男剩女越来越多? 当代年轻人对择偶究竟有何想法? 是不是因为物质条件太好,加上认为自身有许多优势,所以对婚姻产生的期望值太高,还是对未来婚姻有不安全感? 谈恋爱也是种能力体现吗?"裸婚"究竟好不好? 收彩礼合法吗? 举办隆重婚宴对新婚夫妻有何意义? 离婚率越来越高是社会进步的表现吗? 如何才能维系婚姻长久? ⋯⋯

对此我也有许多困惑,因此想通过体验实践来了解当代年轻人的真实想法。刚好有关单位联合举办一次《寻求真爱·幸福婚姻公益论坛》活动,作为特邀代表之一我前去参加。

下午冒雨来到会场,哟,星聚厅水泄不通,著名社会学家黄菡博士也款款而至,她面带特有的笑容向观众频频招手,就在走上嘉宾席从容坐定的瞬间,其充满自信的气质感染了观众,大家以热烈掌声表示欢迎。

"黄菡是位知性、睿智、温柔,能让大多数人,特别是年轻人能接受的高雅女性,难怪被《非诚勿扰》所有男嘉宾视为'理想中的妻子'呢!"我感慨万分。

观众除各界人士与热心者外,还有来自农村的男女和从省城赶来的在读大学生们,年龄结构大都是中年人且女性多于男性,除想亲睹黄菡风采,还带着许多困惑想与这位"年度爱情导师"面对面探讨。

从古至今,人们就将婚姻列为"人生三喜"之一,《诗经·国风篇·谬木》,当代诗人舒婷的《致橡树》都专门描述过。

人的婚姻问题小则关系家族兴衰,大则关系社会安定与国家民族兴盛。可目前有些年轻人对婚姻存在困惑,如择偶是否应考虑门当户对,应预先给自己定好择偶条件标准吗,等等。难怪有位观众不解:"不久前在万达广场举办的万人相亲活动现场,我发现许多年轻人择偶定位条件很高,甚至比较苛刻,是否可认为这些都是对婚姻缺乏自信与安全感的体现?"场内顿时议论纷纷、各抒己见。

我不由想起风靡上世纪六十年代的印度电影《流浪者之歌》,故事在"法官的女儿能否嫁给小偷的儿子"的主题上纠缠,结果理智战胜偏见,感情战胜误会。

择偶首先考虑门当户对,其实这种理念已发生质变。"事先给自己设定择偶条件,那么成功的婚姻概率几乎是零! 说到底,婚姻最终的目的是过锅碗瓢盆的平常日子!"黄菡用自己的经历证实。

社会节奏很快,策动事物变化的因素很多,由此人们的思维方式也应不断调整,往往错过一个机会,再去寻找就很不容易。

"必要的经济基础,健康的身体状况,无不良嗜好等,这些条件可看成择偶底线,但性格互补可说是择偶首选,相互投缘比门当户对更重要!"这一观念与我不谋而合,"适合才是你择偶的最佳选择!"

对此我有成功案例,上面说的那位男孩就是听了我的意见后很快找到理想女友,目前已进入谈婚论嫁的阶段。为此我想:年轻人都能按此理念去实践,剩男剩女定会有减无增。

"结婚究竟是自己的事还是父母亲的事,为何要把婚宴搞得那么庞大隆重? 有必要吗? 能不能采取其他形式,譬如旅游等。"对此有些婚姻登记部门也大有微词:"现在年轻人大都是轻登记重婚礼!"

细听黄菡高见后我发表看法:"站在家长的角度我认为婚礼婚宴是非办不可的! 理由是借此向全社会公示子女婚姻的合法性,宣布他们有了自己的家庭,同时昭告他们是有家庭和社会责任心的人了,应受全社会支持保护。借此也能对关心子女成长的亲朋好友表示感谢,接受亲朋好友祝贺,营造婚姻喜庆氛围,这给双方均能留下难以磨灭的印象,有利促进婚姻长久。这也是不能抗衡的传统习俗,而且经济条件完全具备,当然不能铺张浪费!"

从全场热烈的掌声和黄菡完全同意这一观念的表态,我想此观念大多数人赞同!

"裸婚"究竟好不好? 人们看法各异:"裸婚与闪婚有本质区别,裸婚确实存在真爱和相互励志的成分,特别是在多年情感基础之上的裸婚,维系长久婚姻的概率很大,社会应予认可鼓励。事实上大部分裸婚者家庭相对稳固,譬如我们年龄阶段的人基本都是裸婚者。那年代没良好的物质条件嘛,虽当今时代不同,可真爱和相互励志还是维系婚姻长久的精神支柱,但不主张全裸婚! 现在物质条件下全裸婚没必要!"我的观念让掌声依然热烈!

彩礼源于古代,虽社会原始但爱情永恒,"窈窕淑女,君子好逑",否则就没有民族兴旺。当时年轻男女间产生爱慕之情,就以互赠物品表示,一片树叶,一朵野花,一串兽骨,甚至几根发丝,都有可能发展成两性结合的契机。那时男女不可能像当代人这样浪漫,但男女到了谈婚论嫁的程度必然是相爱极深了,随着社会变化才把赠物演变成彩礼且沿袭至今。

有人认为收彩礼也有合理性一面:作为男方迎娶女方时对女方家的聘金,有对女方父母感谢养育之恩之情。从孝道上来讲,它的存在不为过分,特别是当代年轻女子,同样受到的是高等教育和有工作负担,更要为养育培养下一代付出许多艰辛,且条件好的女方家庭其陪嫁价值不会小于男方彩礼,当然也有不同的。"但是过分地注重礼金数量,让其成为美好婚姻的最大杀手,却让人深思,'这妻子是你买回来的吗?'"我想此观念很有道理,偏激掩盖合情合理必然造成社会误解,于人于己不无殆害……可无论何种形式的婚姻,结婚总是人生大事。有人说闪婚闪离是年轻人在改变传统婚姻观念,我认为很不全面,说到底,放任闪婚闪离现象发展,后果肯定不利社会安定,损害的是和谐社会氛围。对"离婚率越来越高是社会进步表现"的说法,我认为太偏激甚至有误导人的嫌疑。站在社会学的角度或许认为,离婚率越来越高说明社会越来越开放,性格实在合不来那就离,体现了婚姻自由是无可非议的。

其实离婚远在唐朝就有,杨贵妃就是与李瑁离婚后再嫁给原公公李隆基的,但应同时看到,就是唐明皇的道德败坏、荒淫无耻,才导致唐朝逐渐走向衰败。当今许多案例显示,极端自私、过高物欲追求、贪图享受、不负责任、道德败坏、搞婚外情、别有用心的第三者插足等,这些属道德范畴的原因引起的离婚不少,能否从这些现象证实,在经济发展的同时忽视道德文明建设,社会就必须买单呢?

如何从恋爱到婚姻平稳过渡,我认为实际该是一次现代版的"桃园结义"过程,传统的婚姻观念如同东汉末年的汉献帝,在势如破竹的各种起义军——形形色色的现代婚姻理念强劲冲击下,最后只剩下象征性的帝位,但不能小看这空虚的帝位呢,它可是面永远的大旗,人们仍会高举着、维护着,特别是在还没完全适应全新婚姻理念的大环境下,社会仍需要此精神支柱,否则生活目标就会失去方向,因为传统婚姻观毕竟有数千年的历史渊源,其精粹在于稳定社会和家庭等方面的作用。这种"桃园结义"的过程要靠"匡扶汉室"的精神指导——"不求同年同月同日生,但求……"这是有情人终成眷属的支柱。此外,社会的正确引导、年轻人圆满完成自由恋爱过程、健康的婚姻理念、在传统婚姻观念中汲取积极营养、双方父母的积极参与但不是包办,这些可能也是离不开的客观因素。

如何维系婚姻长久?这问题很不简单,我认为维系婚姻长久的根本,应在于扎实的感情基础,相互信赖和包容的心态,有对社会、家庭高度的责任心,实事求是的消费理念和正确的自我价值认知能力。

个性多元化的时代,究竟何谓"适合社会发展的正确维系婚姻长久的理论、方法"?人们困惑专家也难说清。事实上,社会上总会有很多诱惑不断产生,外部环境变化对价值观认知产生差异等因素,使婚姻中产生的矛盾变得格外错综复杂,加上个人的思想水平、文化修养、对生活态度定位的差异等,这些问题的出现对家庭稳定的影响不可忽视。所以有人建议有关部门,对维系婚姻已多少年以上的家庭,应给予物质鼓励和隆重表彰! 我想这主意不错,至少能起到推动全社会树立维系婚姻长久理念的积极作用……

论坛结束后黄菡博士主动握了我的手说:"谢谢您,作家先生!"我表示感谢。话别从会场出来,看着市行政中心朦胧的轮廓,脑海蓦生念头:今天讨论的婚姻现象,或许就像过去这里还是一片低矮平房荒芜田野,若干年后建成高楼大厦一样,也是社会发展必经的过程,新的健康婚姻理念定会在全社会的不懈努力下,很快……

第五辑 江山美好

夏游蒋巷村

　　若问苏南支塘镇，知者恐不多，因它在地图上位置很小，人们一时难找，可该镇蒋巷村的名声却不小！因它是江南，乃至全国闻名的农村旅游示范点。随民建组织团队，今夏我们乘车来此游览。

　　上午先到木渎。尚在幼年的印象，是每年清明前后，街头巷尾常见几位裹着头巾，腰围白底蓝碎花自织布围裙，手挽只提篮的年轻女子，边带股特有浓香款款而行，边"白兰花，白兰花"满口吴语吆喝。若有人询问，女子便会主动掀开提篮布巾，见下面盖着好多朵洁白的白兰花正整齐排列在篮中。买一支别在前襟，那一路上就被它渲染得香气扑鼻，清醒爽目，这白兰花特有清香确实令人陶醉……若问："你等从何处来呀？"她们便会齐声答曰："苏州木渎！"

　　木渎镇位于苏州西郊灵岩山麓，这依山而筑的古镇上老宅丛居，历代名人荟萃，文化底蕴凝重得让人不能不仰慕。最著名是这严家花园，且不说出了严家淦这位民国名人，就这大院内建筑典雅洞深，文瀚古幽莫测，特色确实耐人寻味。那四季景色分明的后花园也堪称一绝，时下正是高温酷暑，可见到花园树荫婆娑，满目静谧情景你心自然就凉了。游览老街时，我询问一位正在店堂摇扇的老者："请问老伯，这白兰花，栀子花何处有卖？"老者眯眼沉吟了半晌答曰："少哉！少哉！"不知他在说当前季节这些花少哉，还是……

下午赴蒋巷村，当晚夜宿村三星级宾馆。

蒋巷村曾是个小雨白茫茫，大雨成汪洋，穷土恶水，血吸虫横行且异常偏僻闭塞的苦地方。经过四十多年艰苦奋斗，特别是在村书记常德盛的带领下，在以"农业起家工业发家旅游旺家"创新发展新思路的指导下，坚持走强村富民、共同富裕的道路，终让仅 3 平方公里范围，186 户 800 人口的小村，成为如今全国新农村的发展典范。面晤常德盛老人，见他微驼腰背满脸憨厚，笑容安详质朴，典型的中国农民本色。可在他身后，风雨四十多年的艰苦奋斗，脚印步步都铿锵有力——千亩良田，全靠人工增高 1 米土壤，洒下汗水的回报是，如今常盛工业园产值逾数十亿，成为乡村经济发展的有力保障。600 多亩生态园，20 多亩农民自留地菜园，是蒋巷村的旅游旺家风景线！"天不能改，但地一定要换！"一方水土养育一方人，铮铮誓言是咱农民奋斗的硬目标！

所以这里没有浮躁喧器，唯有务实真干。"全国文明村""全国民主法治示范村""国家级农村现代化建设示范村""中国小康建设十佳红旗单位""江苏省百佳生态村"……大小数百块奖牌，随手可触的业绩，啥叫中国社会主义新农村？到此定有贴切感受：座座气派豪华的别墅，城里没几百万恐难归你所有，而蒋巷村户户农民均可无偿独居金顶黄瓦小楼一座，150 套老年公寓外是绿茵、草坪、彩石、人行道……榜样在呼唤。"全国农村都像蒋巷村，我们的小康就实现了！"有位中央领导看过这里后，从内心发出如此感叹。

车子刚停到村委会楼前，在一位年轻女导游的引领下，我们迫不及待地全程参观了蒋巷生态园、蒋巷展览馆，还有村民蔬菜园、村民新家园。"哟，这与我当年所在农村的情况相比，可真是天翻地覆了！"看着蒋巷展览馆里旧农村农民劳动生活的景象，我深有感触，抚掌叹息。

　　清晨，从下榻的宾馆出来，途经蒋巷村委会办公大楼，我沿着宾馆前那偌大的环湖小道散步。

　　夏意正浓的湖面空气清新静谧，湖水清澈碧波微荡，偶有条把鲫鲤从水中跃出脑袋，围咬住莲荷茎叶做有氧健身运动，弄得水中气泡毕剥有声。湖中蓬莲争先恐后昂首，粗壮的莲茎在深埋于湖底淤泥的老藕支撑下做出各种美姿，到处是出水芙蓉盛开的景象。

　　湖畔被郁葱的绿叶包围。透过密匝的树荫，遥见新农村别墅金黄色尖顶时隐时现……心情被新农村夏天早晨的美景激荡。昨晚在金碧辉煌的宾馆会议室，大家兴致盎然尽情抒发："蒋巷村是中国新农村发展的典型，城市要往深层次发展，能不能从中得到启迪？"凝视这油画般的景象，我若有所思……蓦然听见鸟儿在树丛中叽叽喳喳，像在提醒我："回宾馆吧，香喷喷的典型农家早餐，还有蒋巷村特有的绿色食品——新鲜鸭蛋、芋艿、水蜜桃和葡萄正等你呢！"

民间博物馆

此前没去过锦溪，下午听带队女导游介绍说：这锦溪就是陈墓镇。我恍然大悟：当年到省民政厅参加局级干部培训，有位年长学友就是该镇民政助理。巧的是我弟媳也是该镇人，每年春节带回的家乡年糕，口感香软黏糯，更有自家腌制的咸鱼腊肉，那美味也很难用语言表达："哇！这陈墓镇真是个好地方啊！"

坐进这条满眼泽国的小游船里，我目不转睛。发现这是条两头翘中间凹、船底较窄、船舱上面搭顶乌篷便于遮阳防雨的混底船，我不禁警觉，清楚站在这种船上不能随意走动，否则船身易侧，严重的还会导致人仰船翻。

当年我下乡插队不久就发生了一次意外——数千斤好口粮倾刻沉入河底，而船上的人见之全束手无策，否则全要落水。现在小仓里坐了 8 位游人，我是有点担心，可见年轻船娘神态若定橹浆划动，小船也很平稳地向五保湖中晃悠，才心平许多。听着身边流水哗哗，远眺古镇（绰绰憧影）思绪联翩，对这有 2500 年历史的古镇，居然大有自来熟的感觉。

乌篷船左右晃动，我探出半身暇顾周围风景，小船绕过陈妃水冢后，水平线呈现一片新建的休闲别墅，游船向幽古内河河道渐近……经过大家轮番蛊惑,船娘虽不好意思腼腆一阵子,但还是鼓起勇气,面对灿烂斜阳,荡漾波涛,唱起本地民调:"四月里来兰花香,水映春曙照伲乡,姑娘小伙……"歌声(涓涓)绵绵,余音耳边回荡,遥见许多小船穿梭如织,穿过一座石穹桥洞。"前面就是古镇老街了!"接过我们给的小费的船娘满脸喜悦对我们说。见河道狭长,水流略显湍急,游船慢慢驶入古镇老街中心水域。抬眼细窥夕阳斜照河道两旁,街上房屋都呈木构造型,明清建筑特色显著,窄窄的石板路迤逦蜿蜒、弯曲迂回。但街上人烟稀少环境静谧从容,明代痕迹浓郁的河畔,长长木栅栏上挂满醒目的"茶"字黄旗……

"河道(驳岸墙屏)已有 800 多年历史,刚才看到的那座莲池禅院,历史也很悠久呢。"船娘边摇边详细介绍。听罢此言,手摸近在咫尺的石墩驳岸,挨挨拴船圆孔,回眸远见那块"莲池禅院"的匾额,此刻在夕晖下闪出金灿光泽。"莲池禅院"乃著名书法家启功行书,后面是座明黄色寺院。"这小小的锦溪镇,唐宋以来遗迹竟随处可见,古典气息蛮浓嘛!"让人不由心生此念……

与年轻船娘告别,小心翼翼鱼贯登岸,经过石阶码头慢慢踽行老街,环顾这貌不起眼的小镇,发现其实规模不小——沿古河道两岸而筑的老街,牵牵拉拉的道路也有好几里长呢,沿街壁弄拐弯角处,不经意地出现不少大小园圃,团簇花草竹林风景也蛮吸引游人眼球,每隔几户民宅便有几家商店毗邻,茶馆、古玩、旧货、本地特产、食品、画廊、书店,这些大抵雷同的旅游景点很多。与众不同的特点是,未走几步路就能见到一块招牌提示:"前面是……博物馆!"且一个接着一个。停步细查导游指南:"哟!美术馆、紫砂馆、砖瓦馆、金石人家、千壶馆,还有流动馆、名人馆、文革馆,加之文昌阁等,还真不少!"且这些供游人观展场馆,全分布在小镇两条石板路旁……"名堂真不少哪!"我们面面相觑感慨不已!

好奇心促使我走进一家名叫"民间博物馆"的院子,见这幢老办公楼模样的房子共四层,面积不少于一千平方米。弄清这是座百姓个人自筹的博物馆,我很惊讶。虽听说在欧洲私人办博物馆现象极其普遍,譬如许多欧共体国家,平均 500 人左右就拥有一家私人博物馆,内容五花八门,有人别出心裁搞了个马桶博物馆,结果参观者也络绎不绝……可在国内,特别是在这小小锦溪镇上,竟也有如此规模较大、名目繁多的私人博物馆真令人不可思议。带着疑惑心态参观,发现上下十几个房间堆满了物品,文物小到锅碗瓢盆、文具墨盒、大龙邮票、古今钱币、各种泛黄纸片,大到各朝代祭祀法器、古瓷陶罐、各历史时期青铜器皿、各类名贵木质中外款式家具、历代名人字画、形状各异的老式钟表,另加上我熟悉的小人书、洋片、年画、画册、扇面,还有未成年者不宜看的春宫图画、实物等,东西繁多,种类五花八门……

收集于民间的物品,包括唐宋元明清及民国时期的珍贵物品,少说有上万件,而代表南方文化特色的实物为多数,我想每件文物,哪怕最细小的物品背后,必有神奇甚至催人泪下的故事……

让我最感兴趣,并让人必然观瞻的,是高悬于三楼朝南墙面上的那两块木质条幅及中间悬挂的一块木质匾额。这些呈古铜色的木板上,分别刻有几行飘逸潇洒、笔锋遒力的烫金行书,视其含蓄娴熟笔势,让人顿染儒士风雅。看清落款方知,那近丈高的一幅条幅,乃台湾原国民党装甲兵上将蒋经国先生亲书对联,而另一块气势磅礴的木匾额上刻的,是中共陆军上将迟浩田先生的墨宝……

记得在两岸对峙时期,他俩分别任过国共两党武装首长,在那更遥远的战争年代,两位曾在战场上跃马驰骋兵戎相见过。可今瞻两骁将墨宝,字间无半点铿锵气势,却蕴含企盼统一、血浓于水的同胞情谊。

识时务者为俊杰,和平统一的潮流使两岸老英雄所见略同! 如此丰富多彩的民间博物馆,见罢让人耳目一新,物主能收集到如此繁多、内容完整的文物,可谓煞费心机、耗资不菲。然仅凭其良苦用心,就是对继承中国传统文化的不小贡献,为子孙后代做了件意义深远的善事! 为此我想:这些私人博物馆虽还不能算顶级,但也是不可多得的地方影响名片!

都市之外

　　浙西山村过去极其偏僻,户户出门便是无垠的竹林和蜿蜒陡峭的小路。可如今家家都是小别墅——说小其实不然,上下四层,大小房间几十个,面积起码几百平方米,外加别墅周围的偌大空地,真是一座大庄园也。后来知道这些别墅屋基地大都是原来的自留地,所以家里人口多的沾大光。

　　上午出省界不久,旅游车进入浙西山区,因道路越来越窄所以旅游车越换越小,直到"车到山前疑无路,竹林深处有人家",此行的目的地终于到了。

　　下车舒展四肢同时目不暇接,见右边竹梢层叠摩冲云霄,竹海沿路曲径,宛伸向前见不到头。其实这里山不高,可今天天气阴霾还不时洒点小雨,所以虽近中午还看不清远山顶峰,视线全被眼前朦胧神秘的绿色遮蔽,唯感环境如氧吧清新静谧。

　　左边就是安排下榻所在的庄院,擦刮锃亮的不锈钢大门里面是座黄瓦白墙、灰瓷砖、四层落地式门窗的主楼,阳台宽敞,两边裙楼对称,后面另有一排两层楼房。

　　庄院连水泥庭院足有上千平方米!"欢迎你们来我家!"男主人笑容可掬地从屋里迎来,后面还跟了三条摇头摆尾的大黄狗。或许早习惯这欢迎场景,那两条健壮的母狗对任何人都不狂吠,"客人是咱衣食父母!"这理念连狗也拎得蛮清。

可发现土狗对外来同类异种态度绝然不同,特别是那条公狗尤为突出。

隔壁院里停辆挂上海牌照的名车,还带了一条毛发华丽的牧羊犬和一条模样乖巧的贵宾犬,见它俩正对小主人摆尾求宠,虽这不速同类对其妻妾无任何作为,甚至没半点献媚信息,可强烈的领地意识使公狗焦虑不安窜进窜出,龇牙咧嘴不停咆哮,两母狗也不停汪汪表态声援。可来自大都市的名犬除偶尔吠叫作点回应外,对这些"土八路"不屑一顾……

随男主人进来细看院子全貌,"像是新落成不久的楼房嘛!"我立刻询问。

"是的是的,确是前年刚建好的房子!"主人笑着印证,"花了一百多万!"环顾四周一圈他啧啧地说。"请问你们是从哪边过来的?"听到有人在头顶突然询问,抬头见第四层楼大阳台上探出几个男女脑袋。

"昨天下午来的那批上海游客!"主人立刻介绍,那群人也朝我们频频点头以示友好。

原认为只接待我们九人,可主人说:"哪里,我家里有通铺,三人间,双人间,还有单间,可同时接待三十几人。咱这村子三百多户人家,现在全是农家乐庄院,去年成立了农家乐产业协会!"

我恍然大悟。难怪车子进入这山间公路,沿途惊见错落有致的竹林里的建筑,全是幢幢华丽别墅,牵拉绰约前后有数十里长。"我们的优势是低价、低碳、环保!"主人不失时机地宣传农家乐旅游特色:"今年几乎天天客满,把人忙得团团转!"模样倜傥的中年人表情有喜似愁,对此我们极其理解。农家乐旅游接待全靠自己勤劳的双手,但夫妻俩每天要安排这么多客人的衣食住行,确实是件很不易的事。

"每天早上5点起床要忙到半夜三更,客人走了,就要立刻洗涤收拾,干干净净接待下批客人,忙啊!"老板娘抽空当诉说,模样蛮像祥林嫂,我们唯有啧啧表示理解。厨房隔壁是间棋牌室，内有几桌牌客正在尽兴，此时院外又稀稀落落进来许多人，细打听这些人，原来是一批昨天来的无锡客人。

"今天是星期六，在县里读高一的我女儿咋晚回来帮忙了！"听中年人说，果见有位小姑娘在往灶膛塞木柴。这农村的两眼火灶让我忆起插队的日子，"好像没闻到猪粪味！"此言一出众人大笑："还是啥时代的事哟！"可对此我记忆犹新。

在客堂大皮沙发坐定环视，见四周墙面上农家特有吉祥物尽有，地面铺着雪白大地砖，沙发前摆着新的卡拉 OK 自动选唱音响，五十四寸平板彩电，这些，使我想到当年农民家里挂的有线广播喇叭。"改革开放了几十年，虽是山区农村，可信息化时代，物质条件跟城里没太大区别，但也有城市不具备的……"

现实与主人的自信毫无悬念。此处农民致富，靠的就是信息与灵感，这样的小山村在咱中国农村可说铺天撒地。可虽极偏僻却超前开辟农家乐旅游，巧妙利用自身自然条件优势打张调整都市人精神的牌，使处于高压环境的都市人，到此感觉心灵彻底释放，"啊！可真安静啊！"来者个个赞叹不已。

农民由此发财致富，否则仍是"贫穷"两字。

弄清他俩竟有三个女儿，"老大、老二分别在上海、杭州读大学，小女儿也读高一了！"指着正在忙碌的小女儿母亲舒展眉眼。"哇，两个在读名牌大学，不容易，不容易！"眼盯中年汉子面孔我竖起大拇指。但问他年收入多少，这瘦精汉子龇牙笑笑默不作声，因老婆正朝他瞪眼睛……

开午饭时刻，"农家乐中晚餐九菜一汤，原料自产自销，鸡鸭鱼肉山珍蔬菜，全是自家菜园和竹林产物，如假包退！"主人上菜时诙谐介绍。看看色香味俱摆满桌子真正吊人胃口，眼扫偌大餐厅："哇，满满当当五桌人呢！"在南腔北调中大家觥筹交错，没多时便酒足饭饱。

饭后稍憩出院漫游，方向是来时所见的农贸市场，远见这地方篷棚接踵，人头攒动，熙熙攘攘，生意确实红火，"山区市场定有不同！"心灵感应非看不可,于是付诸行动。可这一路东张西望竟走了几小时,虽随意但觉到处景色不错:山野大坪茶树郁郁葱葱,层叠竹林里鸡鸭成群,远处山峦雾气蒙蒙,差异不大的土狗在行人稀少的小路出没,到处是一片农家恬静景色。路边不时出现摆满山货的小摊,于是询价掌握行情,特别对关注的东西要货比三家。

路边蜿蜒小溪澈泉顿驻,人在水边倒映似逸。"请问你洗啥呢?"见一位游客模样的妇女蹲在水塘边洗着绿色植物,我好奇询问。"哦,洗野生荠菜呢,这东西路边随时可取!"女子操着浓浓的无锡口音回应。"三春戴荠花,桃李羞繁华!"我倏然想到顾禄的《清嘉录》,野生荠菜乃吴地之物。可眼下初秋时令,哪来此鲜嫩野菜? 不由将信将疑,"不信? 细看看脚下就清楚了!"女子抬头笑吟吟地说。大家连忙弓腰寻找,"哎,这边真有呢!"指着路边泥里的一簇盎然荠菜,我喜出望外,"采荠竹山下,疑至三月三,星移日光在,四季无变换!"随口即兴小诗一首。

路边小山坡旁一座古色古香的竹亭引起了大家注意,走近一看虽极简陋,其实非同寻常。旁边石碑文字介绍这是座春秋时期制茶的作坊,数千年流传历代文人骚客吟诗品茶,留下了许多脍炙人口的典故,鉴证此地制茶历史悠久。

从厚簧般的竹枝竹叶墩上逶延过去,发现亭边有段陡峭攀岩直冲山腰,"全国重点文物保护"的石碑告知游人,史上此处曾发生一次影响深远的事件,但我没攀上去考证,因此刻下起沥沥小雨,而我们没带雨具,听来往行人说:"离市场还有里把路!"可雨却下个不停,只能就近在农家大院暂避。

别墅外形一致,可进去方知大相径庭。特别是院中的一张乒乓桌,两张硬木秋千摇椅引起了我们的兴趣! 进去东瞻西眺,见几大间屋坐满麻客,仔细看看,居然是清一色老头老太。"来四天了!"有位戴老花眼镜的老太对我说,听口音还是同乡。

"寂静,确实寂静!"她很感慨,"胡了!"对面一位老头忽然喜滋滋大喊。

"是个安心休养的好地方,且价格很便宜!"老人们边和牌边议论,"反正没事,住住,住住!"最后全如此说。

雨不停,我们却兴致盎然地打起了乒乓车轮战。"好多年没这样打过乒乓了!"曾是校乒乓队主力的这位女生说,要知道此言穿越了整整四十五年!

逛完市场,天暗了雨又越下越大,我们分乘两辆小面包车满载而归。

"远离城市喧嚣,回归自然,到这里确能放松解压!"晚饭时,隔壁桌上一位年轻女子主动过来和我碰杯。相互攀谈得知,他们是群来自上海的高级白领。

"平常工作压力太大,每晚都要到十一二点才能下班!"那位胖小伙拥着漂亮妻子对我说。"这两天简直太放松太舒服了!"这帮精英们边大吃大喝边放肆宣泄。我旁敲试探:"压力虽大可收入不菲嘛,年薪有十几万……"

话没说完他们全哑然失笑,我莫名其妙。"你说的这收入一个月差不多!"胖小伙笑着对我说。这下我傻了眼!"老先生我敬你一杯!"另一位时尚女子笑着打断我的思绪。

"明天下午回去,先去看看咱可爱的小宝贝和爸妈!"漂亮妻子眼露眷念目光(娇嗄嗄)对胖小伙说,丈夫郑重其事地点点头。"看看,一定要去看看!"其他人也纷纷附和。"我儿子三岁了,可屈指数起来和我见面不超过十次!"小伙红着眼对我说,妻子已泣不成声,边掏手绢边说:"明天一定要去看看他!"说完举杯呷口甜涩的绍兴老酒。

我极其惊讶:"这些白领年收入都在七位数以上,可钱挣得再多,这亲情……"由此纠结。"竞争太激烈,但不竞争,怎能立足国际接轨行业前列!"听对面一位中年人醉醺醺自言自语……"来,大家共进一杯,回去继续干!"听时尚年轻女子提议我也举杯附和:"对,回去大家全好好干!"说完一饮而尽……临别方知这些人都是上海某家大保险公司的高层主管,每人都带数百员工团队!

农家乐的目的是休闲放松借此调整心态,所以男主人说附近的旅游景点有专车接送时,我们婉言谢绝:"还是随意走走吧!"

第二天早餐后就往山谷漫游。密密匝匝的竹林中间有条乱石压平的山路,天气似要转晴但仍凝云重重,三三两两边闲聊边在林中转悠,发现每棵刚直粗壮的竹身上都刻有不同记号。"各人的竹子,所以记号不同!"此言从回来经过的首家农家乐庄主那里得到应验。

"分竹到户,这是唯一的区别办法!"他笑吟吟对我们解释。这位胖男主人原是中学教师,"去年留职停薪,如今专门打理这份产业!"他指着身后一幢气派的大楼充满信心地自我介绍。一打听,这幢楼也是去年才竣工的。

文化人与众不同的理念表现在内装饰上,我发现楼上楼下墙面挂了好几幅油画,像是《江山如此多娇》之类,与农家特有的吉祥物对照还真有点雅俗共赏的味道。

"再挂些名人字画,弄点名人下榻过的照片,主动邀请几位知名艺术家、作家过来休闲休闲,搞搞创作啥的,这样你这里就成了蛮有文化气息的度假沙龙!"指着别墅旁边那座气度不凡的竹园和鱼池,我半开玩笑地对他说。"金点子,真正金点子! 下次你来我定免费接待!"没料他听后笑逐颜开,随后一本正经递上名片,细看内容:"哟,XX 第一家嘛!"不过从没路可走的东边竹林出来,这幢别墅位置确是本村第一家。

回来对毕罗氏——已弄清他姓罗老婆姓毕,可大小事他都听老婆的,所以改称他为"毕罗氏"——说起这事情,谁知他不屑一顾撇撇嘴说:"他啊,在我们这里还早着呢!"同行必妒可见一斑。

回程时太阳露出久违的笑脸,但道上车辆拥挤不堪,看看基本是返程车且东南西北的都有。好不容易上车坐定,我掏出一张当天的报纸细览,有则最新信息引起了我的注意:"没有电视,没有空调,没有煤气,夏天靠电扇,冬天靠火炉,鼓励客人自己动手做三餐……这种与农家乐大相径庭的'洋农家乐'正悄然走热!"

原来,由外国人投资的农家乐正在浙西某山区悄然兴起。不同的是这些"洋农家乐"更注重低碳环保，譬如利用旧房、旧家具，什么老石墩旧水槽，还有遗弃的雕花木梁，尽量不用新家具和建材等，客源基本属于中高端人士，如外企的高层，国际友人什么的，每人每天平均消费均在千元以上。"'洋农家乐'深受长三角地区高端客户的青睐，生意一直十分火爆。"看到这里，远望窗外渐渐离去的山峦和竹林别墅，我不禁感慨："毕罗氏啊毕罗氏，你等真正的对手已行动啰！"

再叙浙西

每次去浙西我的感受都会不同,此次亲临长兴金钉子远古世界实地观摩,对这全球最完整的二叠系至三叠系界线层型剖面和点位有了全新体验,为能保持如此完整的世界地质概貌叹止!

上周六上午 9 点,由宝马 X5、奔驰 350、别克旅行车,还有辆尼桑越野车组成的车队,载了 19 名年轻男女出发,鱼贯驶入高速公路,虽此时小雨不停,但彼此能保持经常联络,从而拉开自驾考察的良好序幕。坐在宝马 X5 副驾位,远眺湿漉路面我却担心:"如此霏雨,能否圆满完成此次考察之旅,特别又是浙西山区!"心中没把握。

对浙西雨中崎路我心有余悸,有年仲秋随一群老同学到这里的农家乐休闲,就因气候不佳扫兴。都市人理想的农家乐离城市越偏视感越旷,越回归原生态越感刺激满足,可此次来的地方实在太偏了:连绵细雨中,破旧的车把我们带到一片竹林中,然后地遁般不见踪影……

毫无遮蔽的我们浑身湿淋淋,像群弃儿般伸头东张西望:"哇,除一条泥泞小路,其他便是云雾缭绕的竹山,恐连条本地土狗也弄不清东南西北!"我们面面相觑联想。

更尴尬的是两天里一直下雨，只能被困在一座农院里——其实也是一种另类休闲，但对既不搓麻又不会打牌的我来说，却度日如年像回到当年插队光景。

"没问题！到了仙山湖肯定无雨！"开车的朱总看出我的担忧，边熟练地驾驭着宝马 X5，边充满信心对我说。

可我哪能信呢？事实上窗外雨点越来越大！看我仍然失落，这位来自孟河的年轻民企老板就和我热聊起来，没多久我对他兴致益然："没想到，这位外表五大三粗的年轻人，知识竟然如此渊博！"不刮目相看真不行。我欣赏他那丰富的中外历史知识，扎实细致的文学鉴赏水平，诙谐幽默的风土人情描述，老于世故的时事评述。"读书，我业余爱好就是读书，读各种书籍！"新加入民建组织的这位小伙乐呵呵对我说。

"读完大学，我不愿在大都市工作就回乡办了企业！"听出他现在事业有成，我脑海泛出："睿智青年典范，充满希望的 80 后英才！"这感慨，阴郁心情也被其积极向上的气质置换。

车子停靠在一幢仿皇家行宫的建筑前，雨真止了，天转阴。"真神啊你！"喜出望外的我竖起拇指，笑着舒展手脚轻松下车……

简餐后，导游引领我们到一条悬浮桥前排队。

原来游览仙山湖须先经此地，看此模样必然产生"智夺泸定桥"的联想。"浙江人噱头是多，把这桥弄得这般神叨吓人，不过也蛮刺激人！"听位上海口音的中年男子介绍，大家全跃跃欲试。

年轻女导游马上告诫："心脏病、高血压患者请绕道而行！"说明此桥也有几分惊险。情况确实如此，雨后强劲的西北风，使这不足 150 公分宽的板铺浮桥悬在空中摇摆不定。几十米下，通仙山湖河水也显汹涌澎湃。虽人数限量，但兴冲冲的人们刚上去走了几米，这浮桥就左右严重摆动，只能放缓脚步调整情绪后谨慎行事……

仙山湖，严格地讲就是个较大的低洼湿地。从游船上观赏，今天湖水与阴沉铅灰的天空几乎连成一体，所以湖中的野生珍稀水鸟，无论种类与数量都不尽理想，但水中杨林的突兀幽径，静谧环境让人遐想联翩，尤其是远眺湖畔一座雄伟的大禹雕像，让人思绪立刻穿越历史空间——肆虐的水患长期困惑周围的百姓，被大禹彻底治服后，江南终呈鱼米富庶景象，人口得以繁衍。"大禹是咱中国人的祖先啊！"五支部主任王先生不无感慨地说。登岸上坡瞻仰祖先尊容，见他手持大锹头顶襄帽，目光炯炯凝视滔滔湖水，时刻做好下湖擒拿水怪的姿态。听说"为何大禹治水三经家门而不入"已成面试公务员必问的题目。我想："凡是造福于人类的英雄，人民世代不会忘掉他，公务员确应向他学习！"

而且大禹治水的故事岂止仙山湖？

长兴金钉子是世界地质遗迹，是全球最完整的二叠系至三叠系界线层型剖面和点位，但从其光秃的山脊外表看，就像一座被废弃的巨大石灰矿。"是的，过去这里确是石灰矿区！"那位当地人笑着应我疑问……当年插队农村，对此类陋山我确领略不少！

但细览地质公园全境和金钉子展示馆，尤其看过世界上最具动感的 4D 特效影片，"有海底水泡绕头，有亲感地震惊悚，还有金钉子戳腰的动感，等等……真正亲临其境，妙！确实妙！"联想恐龙园的动感电影，真是"小巫见大巫"！不由感叹。对古生态奇观，及其在世界地质学界具有的无可替代的至高地位，大家立有全新认识。

2001 年 3 月，这里被国际地质科学联合会正式确定为全球对比标准点位，是地球史上三个最重要的断代界线之一，也是地球历史上六次生物大绝灭中最大的一次绝灭事件，是与全球变化相联系的点位。其意义相当于大英博物馆的铂金米达尺，具有世界标准的衡量意义。

所谓"金钉子"是一种永久性纪念标志的代名词。它根据 1972 年 10 月 17 日联合国教科文组织，以及在巴黎通过的《联合国保护世界遗产公约》，由世界遗产委员会负责实施，旨在以整个国际社会的集体性援助，来参与保护具有突出价值的文化和自然遗产。

长兴灰岩代表世界晚二叠纪最高层位，是全球二叠系至三叠系界线层型标准剖面，在国际地质学界具有至高地位……

据说"大唐贡茶院"是中国历史上首座专为朝廷加工茶叶的"皇家茶厂"，中国茶文化的精髓就凝聚在这里，从眼前几幢高耸的仿唐皇宫巨大建筑来看，此说法有点近似。不过观摩过茶圣陆羽尊容，参观了茶文化介绍，品尝皇家茶味后，头脑还是产生如此疑问：博深久远的中国茶文化，为何精髓偏聚于此？值得专家认真研究！

不过我未虚此行，向女服务员讨一小块"皇家饼茶"泡在自带水杯里："带回去让没来参观的同行品尝品尝，都沾点皇家茶文化的韵味嘛！"此举我相当满意。"再配几位穿唐装的漂亮美女在此行走，最好再现杨贵妃与唐明皇缠绵品茶的场景，定能吸引更多中外游客观尝！"回首空旷高大的富丽宫廊，我居然冒出如此设想……

下榻在一幢气派的三层别墅，生活设施与星级宾馆相仿无几，特别是院子里柿子红、柑橘黄，大片竹林后是猕猴桃树，上面全果实累累……秋天是丰收的季节！如今的浙西农家乐与过去大相径庭！

下午回程，我们带着满意的收获——天气良好，行程紧凑，感受一次科普知识体验，同时得以全身心放松；品尝农家乐的粗茶淡饭，饱览原生态景色的同时，闲购无污染的猕猴桃及其他特产。

季子墓前

因心诚则灵的感召，昨晚听电视台天气预报说：第二天上午本地将普降中雨！可事实是从今天上午 8 点半起，我等 50 余人从市区分乘数十辆小车，行驶数小时先后到达江阴申港季札墓前瞻仰祭祀，几个小时内天上居然没下一滴雨，只是在回程时降起淅沥沥小雨，所以组织者王总用手抚额呼气说："季圣显灵呵护，我等终于如愿！"

季札是延陵始祖，在中国尤其在本埠可说家喻户晓，有关他的故事，以及有其伟大思想的文章很多，数千年来也褒贬不一。

尤其在他去世两千多年的今天，仍有不少人对他三让国位的做法评价各异，当然不排除有人是为自我炒作。

平心而论，对这位已去世数千年的古人，年龄比孔子还长 25 岁的吴国先祖太伯（一作泰伯，是周文王的大伯父，姓姬）——二十世孙季札，他那事关国家兴衰命运前途的谦让，究竟是为淡泊名利，还是为避矛盾害怕引火烧身的不负责任？尤其面临礼崩乐坏、史说无义的春秋战国历史时期，这事还真有点说不清。倘若再用现代人的名利理念理解，那更难揣度。

当今社会"学而优则仕"的思想趋炎，每年录用公务员的考核就是一次竞争白热化的角逐，有些含金量稍高的"吏位"，都要用几百分之一，甚至数千分之一的比例筛选。当官为何如此热门？人人心中清楚。其实这些饱读诗书、满腹经纶的年轻人心中，除有崇高的"为人民服务"动机，还有任人想象的空间！

可这位不愿当君王的季札，一生中却做了不少对后人很有影响的大事，为传承民族美德作出不朽贡献。许多开创性业绩，我想即使再过几千年，历史学家也无法否定。

譬如为解陈国之难，他以高龄与抱病之躯，不远千里亲使楚国劝说退兵，使百姓免遭兵殁之灾，此事在中国历史上几乎没有。回来不久他便病殁于封地延陵，虽然92岁在春秋时代相当长寿，但为此劳顿也是他仙逝的根本原因。但此事最大的历史影响，是他从此开启致力德行安定社会之先河，确属绝举！

第二是徐墓挂剑，恪守信义举动，这确实为当前市场经济环境下的社会奠定了诚信的思想基础。

改革开放之初，社会上到处存在三角债问题，情况严重得连国家总理都感到头痛，原因是法律跟不上经济发展。

经过几十年不懈努力，尤其在古人笃信信誉思想的影响下，这些问题现在基本不复存在。"心许不欺"的季札遗风，"故言信于心"观念寓教历代贤人，类似故事举不胜举！

最重要的是中华民族诚信的传统美德由此代代相传，成为让后人取之不竭的精神财富！

即使对他三次让国举动史学家颇有争议，但对当前某些专门弄虚作假，沽名钓誉的"专家教授"倒是面极好的镜子："作为王位正宗继承人，他却为恪守道德文化修养，宁可潜心研究学问，也不愿沉溺于声色犬马的君王生活！"

季札是位有独创思想的学者，他认为做学问就必须脱离喧嚣尘世，甘于清贫,如此才能静心潜研学问。

季札离开吴国退隐于自己的封地延陵后,一边过着农耕自足的生活,一边潜心研究周公礼乐,终于成了一位礼乐思想的典范。因他学问高深,具有高度艺术鉴赏能力,所以受到世人尊重。譬如他在北上聘问期间,对鲁国乐人表演的商周古代歌舞、《王风》、陈国的诗,及《大雅》《小雅》等诗乐都能用"乐为民声""文以载道"剖析其表达思想,以仁为本、以礼定位的学术思想,对后人产生积极影响,所以他被尊为儒家先驱!

且不管他是何理由谦让王位,避免国家纷乱就是对历史最大的贡献。因为他奠定了儒家的谦让风范,继承了"循周道,行仁政"的道德传统,给孔子后来创立儒家思想提供策源,所以有些史学家认为季札是孔子的老师,这说法也不无道理,事实上孔子确实带弟子们观摩过季札葬子之处,学习到有关这方面的周礼……孔子闻之季札去世非常悲痛,提笔写下"呜呼有吴延陵君子之墓"十个大字,这是孔子仅留在世的两个真迹之一,现刻在季子墓碑上,即史称的"十字碑"也!

司马迁将《吴太伯世家》列为三十世家的第一册,写了吴家一代代君王逸事。季札虽然不是君王,但因他具有博大思想,是位胸怀宽广的德贤君子,司马迁给他的文字就占了其中四分之一,目的是为宣传他的"天下为公"的社会道德思想!

"入世而不求私利,济世而不危及自身!"回首现代社会,这些儒家思想离开我们已有多远难以忖度,唯愿那些仅为名利就不惜出卖自己道德良心,寡廉鲜耻的贪官污吏、"专家教授"越来越少,社会道德修养越来越高!

也正抱此愿望,隔日下午我专门理发沐浴,于癸巳年二月初六日上午来到申港季子墓前虔诚拈香行三叩大礼,为这位被孔子推崇的圣人祭祀扫墓,以表后人对他的崇高敬意!

杭州印象

文革中经过杭州但没出火车站，不知是哪天的晚上了，我们从南昌车站挤上车后就少吃不喝，行李架上、厕所里全是人根本不能动弹。幸亏在南昌花五分钱买了根甘蔗，否则这一路上……

开开停停，列车终于半夜在杭州站停下。大家急匆匆下车喝水寻厕所，一番忙碌再去找归途的列车，可这么大的站台，又是初来乍到，根本搞不清东南西北，晕头转向中忽见有帮男女红卫兵从站外拥进来，于是趁机夹了进去……听口音他们全是东北人，据说有趟车就要开往上海，于是东窜西寻还真找到了它。

大呼小喝中一哄而上准备上车，可女列车员死活不肯开门："这是国际列车，没接到上客通知，任何人都不能随便上车！"边说边将所有门窗关上。北方红卫兵火了，边喊口号边捡起石块朝车窗狠狠砸去。女列车员被吓得不敢再动，任凭他们砸开车窗。

几个身强力壮的男生像强盗般爬上窗子翻身跳进车厢，从内打开所有车门，车厢很快人满为患。没一会儿列车就离开了杭州……

后知，这是当时国内为数不多的国际双层城际列车，女乘务组是闻名全国的"三八红旗乘务组"！车厢里的设施也蛮"资本主义"：软皮沙发、豪华茶几，厕所里干干净净，还有漂亮的服务员小姐等，跟现在的动车高铁一样……列车速度极快，中间啥站不停，所以很快到了上海，也很快就返回杭州……

此事已过去四十五年，中间我也没再去过杭州。

去年夏天小暑晚，我们乘高铁又来到这里。室外温度仍在 37℃ 徘徊，抬头看人群一眼见不到头，此时全挤在这条狭窄又不很通风的长廊中，里面的滋味可想而知……可出租车却稀稀落落姗姗来迟，"没想到，天这么热，来杭州的人还这么多！"我边擦汗边感慨，数小时的忍耐后终于上了辆出租车。

"还算运气哩，瞧瞧窗外马路边上的那些人吧，不再等两小时根本打不到车！"听这位河南籍小伙说，我抬眼往车窗外张望，见周围车流如潮，出租车很多但全满。幢幢灯红酒绿的高楼大厦前，树荫团簇的马路边，三五成群的人们用企盼的眼神逐驰淡绿色的出租车，且挥手致意……然都属无望。

"听说市政府将再投两千辆出租车，到时情况会好转！"小伙子边加大油门边对我说，"不过对我们而言，竞争又更激烈了！"他立刻补充。著名旅游天堂杭城，打车难与堵车矛盾比较突出，当地政府也在采取各种积极措施，正在加快地铁工程进度，改造火车站扩容，还有……可眼前确实麻烦。"天下事总是有人欢喜有人愁……"我想。"若真自驾来此，绝对自投罗网！"同行者无不拍额庆幸。

清早，望湖宾馆七楼餐厅座无虚席。紧靠落地玻璃窗品尝丰盛的早餐，随意俯视窗外美景，无论在何角度远眺，画面均为郁郁葱葱的绿水峦峰，雷峰塔与六和塔遥遥相望，眼底尽收晨曦中的西湖秀色，正是"两堤岸陲依依柳，青荷叶蓬水莹莹；碧山近峦翩泛舟，西子满目俏倩影！"

上午 9 时，室外气温已 36℃，看来 39℃ 高温警报没错！好在宾馆服务项目中可帮客人预约出租车，让我们免除尴尬，五人出门分乘两辆出租车前往灵隐寺。沿西湖边的马路往西行驶，道路不宽，各类车辆来往如潮，最多的是出租车、高大豪华旅游客车,细想今天正是周六:"全 OUT 啰!"

塞满乘客的公交车,正可怜巴巴地在车潮中挤来拥去奋力行驶。道路两旁的法国梧桐阔绰茂盛,枝叶将正趋猖獗、如泻火般的灼热阳光隔阻,游人在林荫下成群行走可个个面红紫涨,体魄肥硕者浑身如水洗。六月杭城的火炉之称果然名不虚传,到处是大汗淋漓的面孔,到处是冷饮的世界……但人们游兴不减有说有笑,在大灌矿泉水中向各自的目标行进。见景色相宜处,年轻男女适时举起相机留下倩影——西湖在蓝天阳光的衬托下的确更美。

坐在空调车内仍感窗外热浪舔袭。聊起昨晚打车的事,年轻驾驶员阴沉着脸,回应令人意外:"这么热的天,又没人请你们来!"话说的虽有道理,但品品滋味却有点……于是停止交谈。

"啊,什么? 前面的路又堵了? 没半个小时恐怕……"当他从手机上得到同伴告诫,立刻扶了扶额前的墨镜,机警地挤过两个十字路口,然后将车子娴熟地拐上了另一条林荫小道……车子顺利开到灵隐寺停车处,遥见售票处窗口前人如长龙,林荫下游人一堆堆,而先行的三人那辆出租车很久才到。

"堵得一塌糊涂!"为此多付好几块车费,蓦地想起那位说话蛮冲的驾驶员,"哇! 其实心地很善良呢!"

来灵隐寺烧香拜佛的信徒真多。众人闭目静心态度虔诚,在各有所托的佛座前磕拜如仪念念有词,见大家往功德箱大把撒钱,我也朝里放去,然后在尊佛座前低头便拜连磕三个响头,心愿:"广交博友!"

出来环顾古刹雄姿,真正名不虚传:"大雄宝殿"四字写得苍劲雄浑,寺院布局凝重有致,殿堂层峦庄严,环境一尘不染,来灵隐寺膜拜的香客每天如云,大小香炉内总清烟缭绕不熄,可大小寺院殿堂内外,婆娑树荫下,石板地上总不见纸屑杂物,到处管理得井井有条……

五百尊罗汉堂佛尊们姿态各异,在心定自然凉中祥坐潜心佛事,庄重肃穆的氛围感染游人,跨进此地个个气定神怡,暂忘世间喧嚣、功名得失,缓踱中追思人生真谛,静下心超度自己来世。

时有身材颀长、眉清目秀的年轻僧人在眼前走动,他们举止飘逸形态轩昂,明黄色僧袍说明他们地位不低。后听一位出租车司机说:"灵隐寺的年轻僧人出门开奔驰车的不少!"我听了先是惊讶,随之坦然。

灵隐寺创建于东晋咸和元年(公元 326 年),至今已有一千六百余年的历史,为杭州最早名刹。当时印度僧人慧理来到杭州,看到这里山峰奇秀,认为是"仙灵所隐",所以就在这里建寺,取名"灵隐"。

五代时吴越国王钱叔崇信佛教,广建寺宇,当时灵隐寺的规模有九楼十八阁、七十二殿堂,僧徒达三千余众。北宋时,有人品第江南诸寺,气象恢宏的灵隐寺被列为禅院五山之首。灵隐寺确实深得"隐"字的意趣,整座寺宇深隐于西湖群峰密林、清泉浓绿之中,寺前有冷泉、飞来峰诸胜景。

清康熙南巡时,登上寺后北高峰顶览胜,即兴为灵隐寺题匾,数千年来,名人骚客为灵隐寺留下的绝句数不胜数……古刹在世界赫赫有名,每年要接待数不清的海外信徒,信息时代现代僧人年轻化、知识化、专业化,在这点上灵隐寺做得超前不足为奇……

寺院外,凡尘已正午时,骄阳似火但不见出租车身影,难忍烈焰烘烤,我们像逃难般钻进一辆小面包车里,此时"不管白车黑车,能带咱回程就是好车"!且这是一辆带有空调的车……

早闻西子湖畔有家"外婆餐馆"生意很火,并听说倘若不预约恐一生难如愿品尝。司机是位地道的杭城人,她证实:"情况确实如此,本市两家'外婆餐馆'生意确都好得不得了,天天爆满的原因是价廉物美,你们真可去体验体验。"在大小餐馆如林的杭城,如此良好声誉确能吊起食客胃口。不出所料,车子还未到该地方,老远就见该餐馆门口排了老长队伍,架势令人生畏:"今日此愿恐难实现。"我们作好思想准备。但领号并未等待太久就很快如愿,呼唤中电梯将我们升到熙熙攘攘的大厅,很快找到指定位置便直奔主题……

数小时用膳下来结论一致："真不错！'外婆'家口味、价格确实名不虚传，定要再来！"

酒足饭饱商量下午活动计划，那位一直在外面等候的女司机建议："先去黄龙洞，回来去购物！"此言蛮专业，女宾顿时兴致盎然击掌雀跃，男士唯奉命尾随而去。

黄龙洞位于栖霞岭后的山麓上，从岳庙边上的一条山径上去，左右二山夹峙，路旁有翠竹千杆，景色极为清幽。进门松篁交翠，山径幽深。主景有池，池后有山，水石交融。其山虽由人作，但却宛若天开，山崖之上饰有一龙头，泉水由龙嘴泻入池中，地中立石，上刻"有龙则灵"，洞边岩石上刻有"水不在深"，这是座叠理很好的水假山，池边有亭有廊，可满足游人"常倚曲栏贪看水"的心理。

鹤止亭、香雪亭依山傍水，错落有致。池的对面有一组小庭院，植有各种竹类植物，其中以方竹最为著称，是种名贵的观赏竹。池右假山的半腰有个山洞即黄龙古洞，听说过去洞内有座石刻的黄龙祖师像，即慧开和尚。沿山径而上可至卧云洞，洞壑宽敞，常有雾气弥漫，因名卧云洞。这里的接待人员全部古装打扮，池边亭檐上斜挂着"太白遗风"的酒旗，游人可入内小酌，凭栏观看前面亭子里的戏文。也可在黄龙古洞前聆听国乐古曲，音响经古洞反射十分洪亮，曲毕大有余音绕梁的感觉。黄龙洞已成为现代人寻古探幽的好去处。

既有幽奇洞壑精巧亭台，又有茂林修竹怪石清泉，整座园林覆盖于森森的浓荫之中，显示一派藏龙卧虎的神幽，可惜天气实在太热，否则非要仔细品味品味不可。

小游戏使我获得一块精致的小手帕，有意思的是我连投四枚铜钱，均准确无误地无意进入"财"字区域，而各位在各自所需区域内均有所获，当然除了去抽签问津。

印象更深的是景区里有座造型别致的清洁洗手间，不禁令人起敬，挂在门口墙上的一块锃亮大铜牌表明，此处曾获"2003 年度全国最佳洗手间"的光荣称号，如此殊荣在国内其他旅游景点确实难见，我建议有关方面应该大力推广，尤其在国内著名的旅游胜地推广很有必要。

杭城各大购物中心环境都不错，唯一不足是人性化服务考虑不周——外面热浪滚滚，而此处凉风习习，老弱游者倘能在此处坐坐歇歇，喘口气清凉清凉该多好！对此我深有体会，她们去逛商场了，我在门口等了两个多小时，实在站不住想找个地方坐坐但毫无办法——偌大个商场竟无处可坐。巧的是我当天见《新民晚报》报道说：上海各大商场这几天专设众多椅子让人们进来消暑歇夏，并附照片介绍。我想作为旅游大鳄的杭城，对此是否也可效仿效仿呢？毕竟都是来杭旅游消费的嘛！

享受温泉

旧居院中有口古井。六月正午，骄阳似火酷暑难忍，家人从井里拉出个网兜，从里取出湿漉漉的翠纹大西瓜，破开咬一口，晶莹瓜瓤的凉甜顿沁肺腑，暑气消去大半。

腊月天北风呼号滴水成冰，但井水却总冒着热气，伸手浸入顿感温暖如春。有人说此井若再挖深点效果堪比温泉！

温泉里有锶，锶有改善心血管、增强精神及肌肉兴奋性等功能，对冠心病及儿童身材发育迟滞也有辅助改善作用。

过去我仅知北京小汤山、南京汤山、广东从化和辽宁鞍山汤岗子这中国四大著名温泉。后知宁海南溪等地也有许多知名温泉，据说唐代闽王在修建福州城时发现温泉，缘此有了官办汤池，专供皇亲国戚、达官贵人们享用。

许多年前我去锦州开会，期间参观游览。途经某个国家级疗养院，组织者说里面有温泉，说话间有人将我带到有一只浴缸的小单间。仔细一看，见两根水管从外引进，龙头打开一热一凉形如家中卫生间。脱光衣服爬进浴缸放泉水，十几分钟后浑身发热，但手捧碧泉吮吸并无感觉。

不过这情景与有一次在黄山泡温泉相比则好多了，浑身光溜溜走进一个黑漆漆的山洞,昏暗的灯光下沿湿漉漉的石级小心往下,来到不足十平方米、水深不及小腿的泉池,大家像下饺子一样站着"泡温泉"！

但在那种不富有的年代,能去泡泡温泉也应是件很值得炫耀的事！可现在说来算是翻老皇历了。去年深秋我去泡了本地的恐龙谷温泉,感受探迹索隐。

事先听朋友介绍说"咱们地方上也有温泉可泡了"！我将信将疑,知道温泉是岩浆在地壳内部冷却时,水蒸气凝聚形成热水,通过断层地下水进入几公里甚至更深的地方变成。

朋友听了笑着说:"落伍了吧！这恐龙谷温泉已开放多时,周日不预定还轮不上你哩！"

"它采自地表以下 2009.70 米深处、距今约 2.5 亿年前的三叠纪地层,日涌量达 500 立方米,井底温度为 82℃,终年出水温度超过 55℃,水质经南京矿产资源监督检测中心检测,锶含量超国际医疗热矿泉标准,浓硅酸等含量,均符合国家天然矿泉水标准！"

遴选日本、加拿大、德国及中国台湾等国际一流专业机构联手策划打造,追求正本清源的"温泉秘汤"的极致泉境,包括温泉主题公园汤屋(客房)中心、会议中心、顶级餐饮会所、温泉定食餐厅、SPA 芳疗美体康娱等项目,是国内一流的温泉旅游和养生度假胜地！听朋友如数家珍,我笑了,心想:"这家伙该不是个托吧！"

不过国家 5A 级景区的档次令我好奇:"作为本地人,应该捷足先登一睹为快为是！"那天下午车子开到温泉广场一看,哇！还是在周四下午,场地上就排满大小车辆,挤不进去,细看牌照,大部分是从外地来的,尤其上海方面来的豪华大旅游客车居多。

经服务人员温馨指引,我来到楼上内厅更衣,然后裹着浴巾沿阶梯来到室外,沿茂林密蔽的小径独自蹀行。

东张西望,悠见花团绰约中有个面积 20 平方米左右的圆池,走近一看,确是一泉冉冉薄雾中的清水，于是先下为快。

沿阶小心涉足，试探一下感到水温适中偏低，干脆躺下全身浸泡，顿觉舒坦并闻到微浑泉水中有股硫黄味，而泡者唯我一人。

温泉井底温度 82℃，终年出水温度超过 55℃，所以不同池中水温须采取人工调节。无声息中，有位年轻工作人员走来打开池边的井盖，长柄探入慢慢旋动，我顿感水温渐升。

不一会儿便上下发热冒汗，如腾欲颠心旷神怡，我眯眼想："好好享受这美好境界，将一切烦恼抛在脑后！"

没注意时间流逝了多久，也没注意有众多男女青年在嘻哈欢笑中纷纷下池，雾气笼罩年轻人的逸仙神韵活体，特别是那些年轻漂亮、面容姣好的女孩子们，神态更令人怦然心动，若用古人诗句"态浓意远淑且真，肌理细腻骨肉匀"描述恰如其分。

抬头再看周围，蜿蜒的密林丛中，影绰中男女老少接踵摩肩，来往不绝，季节乃深秋下午。接着领略别园龙池、养生休闲、情侣浪漫和雀巢密林等五大汤区，浸泡红酒精油、花瓣漩涡、亲亲鱼池等露天泉池，环顾这都市森林花树，真乃清芬凝雾碧溪，环流亭廊贯通，浸泡者在隐蔽的大小池中欢声笑语。

池中水温果有不同，譬如亲亲鱼池里的水温偏低些，否则，这些来自非洲尼罗河勤劳活泼的"清洁工"们，很难完成清理客人身体的重要任务，而奶池、红酒池温度直近 55℃，特别是红酒池。

如边勇敢地泡着烫池，边用双手从竹筒里捧点流出的清酒品尝，那清醇浓郁情趣，确实有番返璞归真的感觉！流连忘返不觉天色已晚，阵阵西北风吹来有很浓的凉意，但华灯初上的温泉园区内，拥进的群比下午还多！后知温泉开放时间到晚上 24 点，听服务员说："如在周末，温泉景象是人满为患！"

是啊，联想晚上在此享受温泉，情景定有另一番乐趣，但我清楚泡温泉时间控制很重要，否则适得其反。"反正以后机会多得是！"边想边更衣。

"果不虚此行!"回来我马上就对朋友说,他听了哈哈大笑说:"看看,现在你也成托了吧!"

"温泉水滑洗凝脂!"这古代诗人描述贵族的生活,今也能进入寻常百姓中,更关键是收费不高,能让普通百姓承受得起。

与路同行

"现在咱家乡的道路真美!"这是人们对城乡道路变化的真实感受。

如今城市的大美可见媒体每天新闻,小美就看咱每天出行之路,这恐怕也不是我一个人的感觉。据统计自 1983 年以来,我所在城市已有公路里程 8348 公里,管养道路总里程 8035 公里,全市共有桥梁 2564 座,计 160285 延米,变化确实惊人!

从我的亲身经历也能深切体会。1984 年秋,我为所在单位造职工宿舍,多次押车去乌山水泥厂,可 130 多公里的路程汽车走了五个多小时——卡车从市区出来就全是狭窄的砂石路,到了溧阳更全是险象环生、崎岖不平的山路。那时乘长途汽车到 120 公里外的省城也全是砂石路,行驶起码四小时。

如今出门无论东南西北中,基本都是宽敞的道路,速度不用说,仅路两边生机盎然的环境,就能让人觉得心旷神怡美不胜数!

我不由感慨这些成就的取得,完全离不开道路建设者的辛勤劳动与无私奉献。三十多年来城市道路高速发展,必定经历不少艰难曲折的过程。譬如 1994 年前的本市开发区,除一条通江大道外周围进出基本靠坑洼的农村小道,根本没几条像样的道路。

时任国企驻京办主任的我,有天从北京回来刚下飞机就接到个陌生电话:"是陈主任吗?我是……"听口音是本地人。丈二和尚的我出于客气回应:"是啊是啊,请问您……"脑子却快速飞转,"哦,我是……啊!"待她报出名字我才想起,原来是我过去的同事,去年调到高新区任市区办事处负责人。可平常彼此无任何联系嘛,为何忽然……疑问中弄清事由:原来刚组建不久的本市高新区资金极其短缺,加上国家宏观调控举措更加艰难,"一个政策一块地,除了蓝天是荒地!"连想修条像样道路的资金也捉襟见肘,所以急需融资。可我第二天来此一看,举目农田与农村小道,心里就不愿意了。

直到新世纪来临我来开发区工作,此时公交车已有十几班,高楼大厦也先后林立,可出行仍不尽人意。"知汝使车行意速,但令骢马著郭泥!"用唐代诗人吕温这诗句来形容我每天要通过的这条小路,确有过之而无不及:丈余宽的碎石子路,两边长满艾草和狗尾巴草,春夏郁葱秋冬枯黄,远处除了荒地及零落民宅便一望无际。

但因周围新厂房不断出现,让此路更显繁忙,原来此地还是条唯一能与S338连接的交通要道。所以每天除了大量的上下班人群,就是各种车辆穿梭,本来高低不平的小路被轧得更是坑洼不堪。真正是晴天尘土飞扬,晚上灯色苍茫,人影与车辆不断穿行,雨天车辆把小路弄得水浆迸射,泥泞不堪,行人避之不及就被溅得浑身湿漉。

黄梅天更是不堪入目,天上暴雨唰唰下个不停,路面积水哗哗流淌不止,大小车辆在人群中艰难行驶,大家都是深一脚浅一脚地艰难步行,再看看远处民宅全都浸泡在一片泽国之中。开会常能见到面的那位社区书记,此时穿着雨衣,卷着齐膝的裤腿正蹚水查看水情,蓦然抬头见到了我,他皱眉摇头叹起苦经:"你看这阎王路啊,何时才能彻底改变啊!"从此每次开会他总离不开路啊路!直到2005年我离开此地前,虽然周围修建了许多条新马路,可此处状况依然如故。2008年有一天我办事再经此地发现小路尚无任何改变！

2011 年金秋有天下午，我乘 BRT 去开发区参加社会公益活动，时间尚早就突发奇想："去故地重游一次吧！"之前听朋友介绍，说如今开发区又大变，尤其新建不少现代化道路，我兴致盎然想去感受一下。高楼在车窗外闪过，清新的绿化带让道路更显明亮，车上许多人说："现在咱城市变化可真大，几天不来就快不认识了！"我听了大有同感。

不知不觉，车子开到与 S338 道路交界处，见一幢标志性大楼就到站下了车，可眼前情景令人难以置信："哇，这就是当年……"睁大眼细看，居然已是一条笔直宽阔的柏油马路，路边绿化带高低错落四季如翠，人行道地面釉光五彩缤纷，广玉兰、香樟树如少女般婆娑排立，两边高耸盏盏干道金卤灯，树丛悬挂条条 LED 景观灯，地里埋了只只泛光灯，还有各种事故报警信号灯。"哪还有过去半点痕迹哟！"我感慨不已。

想象此处每晚缤纷灯光与路口闪烁红绿灯交相辉映，情景妙如无数神驹纵骋！

平坦路面上，各种交通警线明显醒目，道上大小车辆在上面疾驶来往，唰唰唰！车轮摩擦声轻快敏捷，没想到天上下起沥沥小雨，柏油路面瞬时湿漉如镜，映出车辆急驰的倒影让人感觉来到梦幻世界。可马路中间众多窨井盖引起我的特别注意，为此纳闷："为何七八个窨井盖要同在一起？"边想边拉伸目光远眺，发现几十米外同样如此。

正在百思不解，"智能化道路超前设计，必然预留不少涵洞，道路上是不能装拉链的啊！"有个熟悉的男中音在耳边忽然骤响，我抬头一看，居然就是那位熟悉的社区老书记呢。刚从市里开会回来的他，竟在此与我又不期而遇！

相互寒暄几句他笑吟吟当起我的义务向导："那是我居民的新村大楼，边上是文化健身活动中心，再边上是社区医疗保健站，还有……"手指道路两边的幢幢高楼、如荫绿化带，他如数家珍。"变了，此地模样彻底变了！"我不禁赞叹!"是啊,这里确实大变样啰!"他也满脸欣喜地感慨。忽然我的目光被那幢楼旁边的一条不协调的小路吸引。

这是段约十米长丈余宽的石子路,路旁还长了半人高的艾草与狗尾巴草。见我已注意那里他呵呵大笑:"道路变化证实百姓生活改变,如今城市确实越来越美,为何还要留下这段老路?我想目的是让子孙永记这幸福的来之不易,有比较才有鉴别嘛,道路才是真正的晴雨表,'美不美先看路,富不富全靠路'!你说是吧?"

远眺前面无数条与国道、省道相通的大小道路我欣然回应:"是的,道路变化就是社会发展的最好见证,相信明天的家乡更美好!"

联 系

　　那晚应约和班里几位男女老同学一起，聚集到小肥牛火锅店，详商纪念下乡插队四十周年活动事宜。议程结束大家也吃饱喝足，召集人丁的同学很合时宜地递张纸条给我，并说："这些人请你设法通知他们，务必参加本月底的这次活动！"

　　凑近灯光细看："哟，还是这三位兄弟嘛！"我顿时面有难色。

　　记得十年前搞三十周年纪念活动，大家全来了唯独他们没出席。

　　"任务光荣而艰巨！"上次联络任务完成不佳的赵同学，过来拍了拍我的肩膀苦笑着说。是啊！在这到处都被拆得面目全非，有几百万人口，建设速度快得若几天不上街就觉如同置身异地的城市，且要在这互相之间一直毫无联系的茫茫的人海里，去寻找这三位默默无闻的人确有很大难度。

　　但大家都进入花甲之年，算算这样的活动今后还会很多吗？想到这些，我很自信地对大伙表示："放心！只要他们仍活着我就一定会找到的！"

　　然我仅知：虞兄，曾在某国营菜场当过主任（现称：经理），可菜场原址，现早成为外商投资的五星级宾馆。姚兄，下乡没多久就被调到某轮船公司去跑运输了，随后几十年杳无音信。而那位黑大个陶老兄呢，自十多年前从服装厂下岗后便下落不明。现在赵同学能提供的唯一信息,是他家曾住在某条老街内的一座老宅子里。此话等于没说:当年一起读书时我和他同桌,所以经常去他家玩,能不清楚?而且那里早变成大马路了。

但我想:在通讯网络高度发达的今天,找他们总比公安去抓流窜作案的疑犯容易吧!于是我很快投入到寻找行动中!

常言道:"跑得了和尚跑不了庙!"想想这虞兄吧,不管怎么说当初他毕竟是位"主任级官员",就到他原来的主管部门——原蔬菜公司现"菜篮子工程办"去打听打听,顺藤摸瓜总会得到点他的蛛丝马迹。此法确实有效,当我打到第十八个电话便与他联系上了,这位前主任现仍操旧业,他在市冷冻食品城里干个体经营户多年了。

首战得胜我异常兴奋,但在找姚兄时此法自动失效。

水陆空交通异常发达的今天,小吨位轮船驳船队早承包给个体船户,至今快有二十年了。据打听连这家轮船公司的名目也早没了,所以打爆了114我均被告知:"对不起!您要找的电话号码是空号!"

唉!这位五大三粗、满口磁性男低音的姚兄啊,如今你究竟在何方?

或许他正在哪个湖里、江里或河里,领着自己承包的船队很艰难地航行着。当船队晚上停泊在异乡寂静的港湾时,他肯定会怀抱着那只旧吉他,坐在船头上对着皎白的月亮,弹唱着那首印度老歌曲《拉兹之歌》:"啊巴拉嘎!(到处流浪!)啊巴拉嘎!(到处流浪!)……"

或许他边驾驶着轮船,边用手机正向自己的妻儿父母亲诉说着自己的艰辛和思念之情,或许……

正在替他设想众多或许时,脑海突然闪出:"他父母亲与我父母亲曾是同事,尚且健在,何不就此去拜访拜访他们二老呢?"此念一出茅塞顿开!

此举收获颇丰,我欣喜得知这位姚兄现确仍在航行,但不是在湖里、江里,更不是在大运河里,而是在浩瀚的太平洋、大西洋……

多年前在铁驳船上那很窄小的空间里,他充分利用枯燥无味、单调航行的日日夜夜刻苦自学,恢复高考那年考上了大连海运学院! 几年后分配到远洋公司专门驾驶远洋轮,如今已是位万吨级远洋轮上的船长! 在世界五大洲的海洋里,地球上各国知名的港口里,他跑进跑出不亦乐乎! 不久,我就收到他的 Email,原来是得知本月底将举行纪念活动,姚兄在这艘远洋轮停泊地——意大利的热那亚港特意给我发来的。他很高兴地告诉我:已购下星期一从罗马直飞上海的飞机票,更有件让我意想不到的事,是此次与他同行的,还有我正在四处打听,且怎也找不到的那位黑大个子陶老兄!

他俩竟在罗马的中餐馆里不期而遇! 弄清这位如地遁般的陶老兄,此时正在威尼斯做着挺大的服装生意。